影视艺术专业精品课系列教材

影视剧改编经典案例解析

YINGSHIJU GAIBIAN JINGDIAN ANLI JIEXI

李胜利　黄金华　杜　斌 / 编著

中国传媒大学出版社
·北京·

目 录 Contents

前 言

我研究生在一个综合大学的中文系读文艺学，毕业后进入中国传媒大学戏剧影视文学系工作，成了一个艺术类专业中参与过创作的史论教师。20多年来的这种身份转变，使我越来越欣赏案例分析这种研究方法：理论性与实践性兼具，且相对通俗易懂。对艺术类学生来说，案例分析既能成为他们进一步走向具象开展艺术创作的必要阶段与重要工具，也能成为他们进一步超越具象走向理论研究的必要阶段与重要工具。

基于这种看法，作为戏剧影视学专业的一名老师，我希望带领有兴趣的师生们围绕影视剧的首度创作即剧本创作撰写案例分析系列文字。第一个成果便是这本《影视剧改编经典案例解析》。

由于毕竟有一个原作（如今流行叫IP）存在，使得改编在某种程度上比原创要更为容易——当然只是某种程度上，事实上，换个角度看，改编在某种程度上也是一种原创。如果原作有一定的社会接受面，便更为改编增光添彩，因此，改编一直是影视剧创作的重要途径之一，有诸多精彩案例需要选择。

本书中的案例选择主要兼顾各种改编类型与改编效果，以此来保障案例建设的完整性与典型性，比如，既要包括从原著到影视剧的改编（主要内容），也要包括从小说到戏剧的改编（本次相对较少涉及，将来待补充）；既要包括从短（如短篇小说）到长（如连续剧）的改编，也要包括从长（如长篇小说）到短（电影或短剧）的改编；既要包括从原作到改编作品的单次改编，也要包括从原作到改编作品的多次改编（改编难度不同）；既要包括忠于原著的改编，也要包括不那么忠于原著的改编；既要关注宏观变化（比如主题思想、主要人物、主要场景、主要情节的变化），也要关注比较特别的微观变化（具体台词、场景、细节的变化），并努力关注从剧本到完成片的变化，以便让编剧对整个剧本的定稿过程有更全面的认识，以此来保障对案例使用者的高度启发性。

本书最终收录了16个有代表性的影视剧改编案例，有些案例只涉及单次改编（如从小说《潜伏》到电视剧《潜伏》的改编），有些案例则涉及多次改编（如从《左传》《史记》中关于赵氏孤儿的相关记载到两个戏剧改编、一个电影改编、一个电视剧改编，相当于分析了4部作品的改编）。列表如下，从表中可以更清晰地看到案例的类型。

收录案例目录

原作			改编作品（同名改编作品以√表示）		
序号	作品名称	类型	电影	电视剧	备注
1	天下无贼	短篇小说	√		首次改编
2	色戒	短篇小说	√		首次改编
3	盗官记	中篇小说	让子弹飞		二次改编
4	金陵十三钗	中篇小说	√		首次改编
5	万箭穿心	中篇小说	√		首次改编
6	法国中尉的女人	长篇小说	√		首次改编
7	白鹿原	长篇小说	√		首次改编
8	哈姆雷特	话剧	狮子王		多次改编 动画改编
9	潜伏	短篇小说	√		首次改编
10	贫嘴张大民的幸福生活	长篇小说		√	首次改编

续表

原作			改编作品(同名改编作品以√表示)		
序号	作品名称	类型	电影	电视剧	备注
11	暗算	长篇小说		√	首次改编
12	裸婚时代	长篇小说		√	首次改编
13	福尔摩斯探案集	长篇小说		神探夏洛克	多次改编
14	纸牌屋	长篇小说		√	多次改编 跨国改编
15	西游记	长篇小说		√	多次改编
16	《史记》之赵世家等	历史传说	√	赵氏孤儿案	多次改编多种改编

当稿子校订完毕,我感觉原初的目的只有部分达到了,还留有很多遗憾。比如从类型选择来说,缺少从真人真事改影视剧的案例(这也是影视创作的一条重要途径,广义上也可归为改编),还缺少从动画剧集改动画电影、电影改电视剧、电视剧改电影等案例,分析还有不够深入、具体、准确之处,等等。如果不考虑面、只考虑点的话,那么,从中挑选单个案例进行更为细致的改编分析,让每个案例都能成为一本书,效果应该更好。我们继续努力。

李胜利

2020 年 9 月 16 日

原作:《天下无贼》(赵本夫)

改编作品:《天下无贼》(电影,120 分钟,2004 年 12 月 6 日首映)

导演:冯小刚

编剧:王刚、林黎胜、阿鲁、冯小刚

主演:刘德华、刘若英、葛优、王宝强

获奖:2005 年第 42 届台湾电影金马奖最佳改编剧本

第一章 《天下无贼》:从短篇小说到电影

一、原作的可改编基础

《天下无贼》原为江苏作家赵本夫于 1998 年发表在吉林作协主办的《作家》杂志第 5 期上的一部短篇小说(10,747 字),小说发表后被一些文学刊物转载,还获得了 1999 年《小说月报》第八届小说“百花奖”。这个奖每两年评选一次,是国内文坛唯一采用读者投票方式决出获奖结果的全国性小说大奖。《天下无贼》获小说“百花奖”这件事本身,已经展现出它对读者的一定影响力。

据赵本夫透露,《天下无贼》的小说最早是葛优妈妈向葛优推荐,然后再由葛优推荐给冯小刚的。电影版权方面最早则是北京电影制片厂联系的,已经达成意向,但那时冯小刚手中有别的剧本,项目因此一度搁浅。到了 2001 年前后,冯小刚导演再次找到作家赵本夫,提出要将《天下无贼》拍成电影的想法,无奈当时该小说的版权已经被转卖给了峨眉电影制片厂，冯小刚只能等。后来峨眉电影制片厂在改编时碰到一些障碍，做不下去，才经过协商，又将版权转卖给冯小刚。[①] 冯小刚也披露过类似的信息。[②]

冯小刚之所以坚持改编《天下无贼》，是因为这部小说确有能够改编成电影的重要基础。

（一）题材新颖，主要人物特色鲜明

在世界电影范围内，以窃贼尤其是侠盗、义盗、名盗等为主角的电影还是有一些的（香港电影中还不止一部），如《纵横四海》（1991）、《神偷燕子李三》（1996）、《惊天大贼王》（1998）、《偷天换日》（2003）等。但在2004年之前的内地电影中，以普通小偷为主角的优秀作品并不多见（此后有《疯狂的石头》《小武》等）。相比之下，小说《天下无贼》以普通的小偷为主人公，叙述两个小偷联手对抗其他小偷、保陌生打工仔钱财平安的故事，在题材上还是非常新颖的。作品对王薄与王丽这对主要人物、小偷鸳鸯的动作刻画有限，但内心描绘丰富，并且展现了其性格上的重要变化。

（二）主线鲜明，结构完整，具备公路片的基本元素

原小说对情节的展开并不细腻，但主线是鲜明的——两个小偷呵护一个陌生民工天下无贼的梦想，结构是完整的——开端、发展、高潮、结局齐备，具备了一部公路片的基本元素。

（三）充满理想主义精神，与主流意识形态无冲突

关于原小说，冯小刚在电影公映后接受采访时说过："最有意思的是小说中两个坏人、两个贼呵护了一个'天下无贼'的梦，这种悖反在创作里很少见。一个淳朴的农民相信天下无贼，恰恰是两个贼没让这个梦破了，没有让

① 刘江华. 改编难在内心戏很多 《天下无贼》是个"肥皂泡"[EB/OL]. (2004-02-16)[2015-07-12]. http://enjoy.eastday.com/eastday/enjoy/ptzt/node17379/node17380/node17383/userobject1ai187319.html.

② 谭政，冯小刚.《天下无贼》：用梦慰藉心灵[J]. 电影艺术，2005(1)：25-31.

傻根从‘天下无贼’的梦里醒过来。”[①]这种戏剧性很强但又透露出理想主义的小说主题,用赵本夫自己的话讲是“一个近乎美好的童话,一个肥皂泡”,小说探讨的是“人灵魂的一种进化,呼唤的是一种美好的东西”[②],由此,这部作品避免了类似于后来《小武》与主流意识形态间的差距,具备了走进院线公映的重要基础。

换个角度来看,这种关于“天下无贼”的理想主义展现,还与“天下有贼”的社会现实构成巨大反差,无论是标题还是剧情都容易展现出强烈的戏剧性。“我首先就不相信天下无贼,后来我找到了一个说服自己的理由——我不相信天下无贼才拍这个片子,正因为这个世界是有贼的世界,观众才爱看。否则的话,我们待在非常干净单纯的世界,现实生活中就要拍一个天下有贼的电影了。”[③]从冯小刚的这段话中,我们可以看到这部作品对观众的吸引力所在。

二、改编中需要重点解决的问题

原小说虽然有着不错的改编基础,但仅有刚过万字的篇幅,并且包含大量的心理描写,要想将其改编成一部标准的院线电影,还是有很大的难度的。除异质文本间常规的视听转换等任务外,改编者还必须面对电影中情节的强化、人物的增设、风格的控制等问题。

(一)小说主干情节的可信性铺垫不足

原小说是这样描写二王为何准备保护傻根的:二王本非以敛钱为目的的贼,只把偷盗作为一种营生(他们甚至化名为“希望工程”捐过款),后来他们在游览大沙漠时决定金盆洗手。偶遇傻根之后,王丽觉得傻根特别像自己傻里傻气的弟弟,但她的弟弟并不知道她是一个贼,因此,她想呵护傻根天下无贼的梦想,而王薄也决定成全王丽这个美丽的梦。

---

① 谭政,冯小刚.《天下无贼》:用梦慰藉心灵[J].电影艺术,2005(1):25-31.

② 刘江华.改编难在内心戏很多 《天下无贼》是个“肥皂泡”[EB/OL].(2004-02-16)[2015-07-12].http://enjoy.eastday.com/eastday/enjoy/ptzt/node17379/node17380/node17383/userobject1ai187319.html.

③ 谭政,冯小刚.《天下无贼》:用梦慰藉心灵[J].电影艺术,2005(1):25-31.

应该说，原小说已经充分注意到主干情节的真实性问题，并作出了相关解释。但由两个良心发现的贼免费呵护一个陌生打工仔天下无贼的梦想，对任何人来说都还是太过梦幻，冯小刚也觉得如此，即便在电影上映后，他也曾经在中国传媒大学的放映会上说过："《天下无贼》剧情漏洞百出，连我都没法自圆其说，奉劝看过一遍的千万别看第二遍！原著就完全是个站不住脚的故事，改编时最大的障碍就是我自己，因为我不信。这部片子始终没与我的心灵挂起钩来。"[①]这段话说得有些过分，后来记者再提问时冯小刚也不再回应。但也说明，原小说对二王免费倾力帮助傻根的原因确实铺垫不够，改编时有待进一步补充，以增强情节的可信性。

（二）小说情节相对松散，矛盾冲突不够

因风格不同，篇幅有限，原小说中情节的展开并不充分，缺乏适宜展示的动作与事件，既有事件的描述也比较简单。比如这一段：

> 王薄觉得有趣极了。先前王丽制止傻根让座，并把那个瘸腿老人赶走，是王丽看出他是个扒手。他骂骂咧咧是装样子的。这种小伎俩骗得了傻根，却骗不了王丽。王丽把他赶走，是不想让他在这个车厢里作案，准确地说是不想让傻根发现真有贼，她宁愿让那个傻小子相信天下无贼。他知道王丽有时候很聪明，有时候又很傻，她被傻小子一句话感动了，于是要充当保护神的角色。可是这可能吗？王丽被瘦子踩了一脚，又是瘦子疑心王丽要下手，也是从中作梗的意思。螳螂捕蝉，黄雀在后。因此王薄笑起来。[②]

从中可以看出，本应该惊心动魄的保护傻根的情节，在小说中只用王薄一段简单的心理描写便匆匆带过。这在短篇小说中算是情节高度凝练，放到电影里则会显得整个故事缺乏应有的冲突和起伏。

在原小说中，主要矛盾方是王薄、王丽与想偷傻根钱的人（先后有6个

---

① 赵楠楠. 冯小刚称《天下无贼》漏洞百出 无法自圆其说[EB/OL](2004-12-27)[2015-07-13]. http://ent.sina.com.cn/2004-12-27/0155610740.html

② 赵本夫. 天下无贼[J]. 作家，1998(05)：34-36.

人,但各自为战,一盘散沙、溃不成军),双方虽有对抗,但激烈程度太弱,即便是原小说中的高潮段落(王薄与小偷搏斗并受伤部分),放到一部商业电影中也是缺乏看点的。二王与傻根的次要矛盾并非敌我矛盾,二王与刀疤脸的次要矛盾一直处于隐性发展阶段,直到结尾部分才点明刀疤脸的真实身份使双方矛盾公开。

(三)小说人物相对单薄,关系相对松散

原小说中的主要人物较少,算起来只有王薄、王丽、刀疤脸(警察)、傻根,着墨较多的人物是王薄和王丽,但囿于篇幅和风格,主要人物的性格描写都相对单薄。比如在提到王薄和王丽时,有下面这样一些模糊的描述:

> 这两人做贼并不以敛钱为目的,有了钱就花。有时还寄些钱给希望工程。某省希望工程办公室收到一万元捐款,署名“星月”,登报寻找叫“星月”的好心人。他俩看到了大笑,说咱们也成好心人了。两人最喜欢的事是旅游,数年内走遍了全国的名山大川。他们是贼,可他们爱山水。
>
> 当初王薄就是因为没钱旅游才做贼的。旅游是为了寻找灵感,可是跑了几年也没找到,越跑越没有感觉。王丽就取笑他,说艺术是圣女,你太脏,找不到的。王薄咂咂嘴,不吱声。①

读者只能从这样的只言片语中推知王薄和王丽不是普通的贼,不是纯粹以敛钱为目的的贼,他们懂艺术,心中有山水。王丽嘴比较刁,王薄有时候会拿她没办法。除了这两点之外,二者的人物形象和人物关系其实都是模糊的,一切全靠读者自己想象和感受。

另外,除了四个主要人物(傻根、王薄、王丽、刀疤脸)外,小说中仅蜻蜓点水般塑造了几个过路的、缺乏组织关系的毛贼,与主要人物之间并没有形成有效的、戏剧性强的对抗关系。这种松散的线性人物关系撑起一部短篇小说尚可,想撑起一部商业电影显然距离尚远。因此,在改编成电影时,创作者需要增设人物,强化人物对抗关系,多侧面展示人物性格。

---

① 赵本夫. 天下无贼[J]. 作家,1998(05):34-36.

（四）小说偏内心戏的平实叙述与大众接受有距离

小说叙事风格总体偏于平实，虽然也偶有幽默之笔，但无论是细节的铺陈还是笑料的设置都与现代电影观众的审美期待存在落差。

> 两人并不时常作案，一年也就二三次，够花了就住手。要动手就瞄住大钱，比如老板、港商、厅级干部，后来也偷处级干部。因为有一次在一座省城听人闲聊，说现在全中国最掌实权的就是处级干部，厅、局级干部其实只是原则领导，不管那么细……后来两人看报纸，专门研究反腐报道，果然发现揪出来不少处级干部……有回在宾馆碰到一个处长，贼溜溜乱瞅女人，王丽就恶心，然后去钓他，果然一钓一个准。睡到半夜，王丽悄悄打开门放王薄进来，王薄把处长拍醒，说处长咱们谈谈，处长惊得张口结舌。王薄摸摸大胡子，说你别怕我没带刀子，你睡了我女朋友，得赔点钱。王丽把他的保险箱提过来，说你自己打开吧。处长说我这钱是有大用途的，王薄说咱们这事也很重要。处长一脸汗水，抖抖地打开保险箱，有五万块，说你们要多少？王薄说要两万吧，给你留三万。两人就拿两万元走了。出了门王丽说你这人没出息，手太轻。王薄说算了，他也不容易，回去说不定把官撤了。①

从上文节选的片段中可以看出，作者将王薄和王丽的犯罪动机做得很实，用大段的篇幅夹叙夹议，大量实实在在的议论颇有些针砭时弊的味道。这样的内容放在小说里可以为小说的思想性增光添彩，放在电影中则有可能显得扎眼。而对于王薄、王丽对处长的敲诈过程，小说则语焉不详，一笔带过，设计上也比较简单，难以给人留下深刻的印象。可这部分内容，又恰恰是现代电影所需要呈现的。因此，在改编过程中，创作者必须注意风格的把控，缩减甚至去除不必要的现实议论，放大观众期待和作者省略的戏剧性过程，并且体现出风格。

---

① 赵本夫.天下无贼[J].作家，1998(05)：34－36.

三、重要改编分析

(一)主要人物的改写与增设

原小说中人物关系比较简单,如图1－1所示:

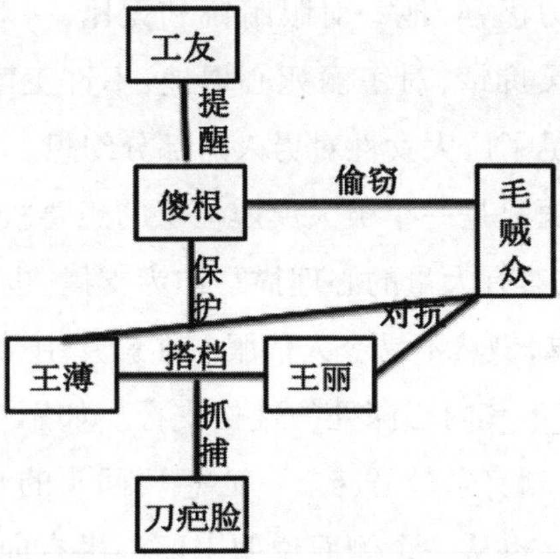

图1－1　原小说主要人物关系

电影在原小说的基础上,增设了不少次要人物,同时对人物关系进行了极大丰富。

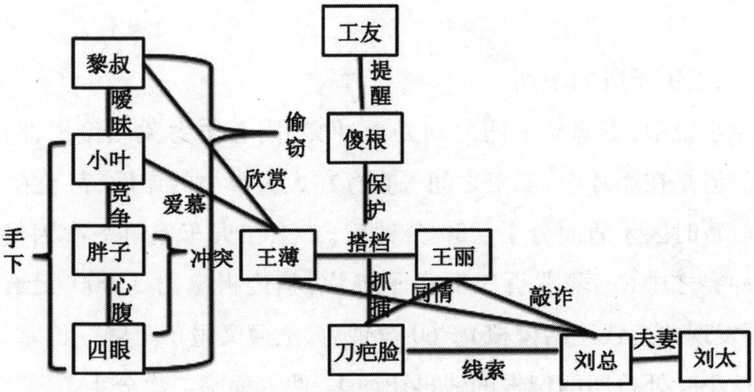

图1－2　电影主要人物关系

对比两图可以清晰地看出,改编创作者对原著人物和人物关系进行了改写与丰富。

1. 王薄、王丽性格的改写与冲突的增加

第一，性格维度的丰富。

在原小说中，王薄只是一个有点艺术气质的盗贼。到了电影中，王薄则变成了一个身怀绝技、聪慧狡黠、盗亦有道、有些固执却最终为爱献身的角色。如此转变，实质上是改编创作者对主人公进行了多维度的偶像化塑造。在业务层面，王薄能力极强，他一对眼睛锐利无比，一双巧手出神入化。在感情层面，王薄则温柔痴情，对王丽死心塌地，不许王丽受到一点伤害。这样一个形象，其实满足了广大女性对男人的部分幻想。

在原小说中，王丽只是一个被大漠震住了的想要“回头是岸”的女贼，她对傻根忘我的帮助虽然有大量的心理描写作为支撑，也找到了诸如“特像我弟弟”[①]这样的理由，却仍然不易令人信服。在影片中，人物的这些匪夷所思的行为都找到了根植于其内心深处的性格支撑。如影片故意将王丽与傻根的第一次相遇设置得颇有宗教意味。一心想要回头的女贼见到了修庙的匠人，内心得到净化。这也从一个侧面说明王丽心中有向善、向佛的一面。在此之后，影片又设置了傻根帮助王丽的桥段，还送给了王丽一枚“降魔杵”，这进一步增加了王丽向善、向佛的动力。更重要的是，王丽在影片中被设定为一个即将成为母亲的人。母性的觉醒使得王丽内心向善的一面被无限放大，而这样的放大又由于有了母性的支撑而显得真实可信，更容易令观众接受。

第二，二王矛盾的增加。

在原小说中，王薄与王丽之间并无冲突，同心协力关照傻根，防止他的钱被偷。但是在影片中，二王之间一直存在大大小小的矛盾，甚至在开场 17 分钟后就暂时因矛盾而分手。50 分钟后，二王在火车上再一次因傻根而陷入矛盾冲突之中（王薄哭诉王丽得了绝症，骗傻根拿出 5,000 元给王丽治病，王丽发现并把钱还给傻根）。60 分钟后，王薄又甩了王丽一巴掌，不让王丽把他从小叶处抢回的傻根的钱再还回去，两人面临二次分手。

---

① 赵本夫. 天下无贼[J]. 作家，1998(05)：34 - 36.

第三,人物形象的变化。

在原小说中,王薄“三十岁上下,高大魁梧,一脸大胡子”[①];而到了电影中,王薄则留着一头帅气长发,由刘德华饰演。在原小说中,警察的脸上有着骇人的刀疤;到了电影中,警察则成了颇具侠义风范的画画人,由张涵予饰演。人物形象的这些变化,并非必要变化(有时受制于演员的长相),而且利弊兼具,但容易使主要人物在第一时间对粉丝观众形成强大吸引力。

2. 盗窃团伙的搭建与人物关系的钩织

影片对原小说中的众毛贼进行了大刀阔斧的改编。在原小说中,几个被一笔带过的毛贼手段低劣,能力较差,几次动手都被轻松化解,基本上未形成对王薄、王丽的重要威胁。例外的是最后的窃贼用蛮力抢了傻根的钱(缺乏技术),又用蛮力将王薄砍伤(缺乏搏斗),算是造成了破坏,但很快又被刀疤脸这位便衣警察轻松制服。换个角度说,小说中的这些反面盗贼角色,只是推动叙事前进的道具,几乎不能算作人物。

而到了电影中,众毛贼变成了一个组织严密、有着“千门八将”的犯罪团伙。老大胡黎老谋深算、阴险狡诈,手下小叶、胖子、四眼个个身怀绝技、出手不凡。创作者还有意在犯罪团伙内强化了冲突。如小叶和胖子对继承人位置的争斗,胖子和四眼对黎叔统治的反抗,小叶对黎叔的出卖等,这些冲突大大丰富了影片内容,增加了影片的可看性。

改编者还注意在盗窃团伙与二王之间构建戏剧性的人物关系。如在影片中,犯罪团伙中唯一的女性成员小叶对王薄明显有爱慕之心。王薄第一次出手,其高超的技艺即令小叶折服。之后两人几次交手,小叶对王薄的感情越来越深,最后甚至因为对王薄的感情而放松了戒备,在与王薄的对战中败下阵来。犯罪团伙的老大胡黎,则对王薄有着爱才惜才之情。他见王薄年纪轻轻便有如此技艺,一心想将王薄收入麾下。在最后的交手中,又不得不舍财保命,亲手将王薄杀死。他和王薄之间,早已不再是简简单单的对抗关系,而是带有了某种命运的悲剧性。

---

① 赵本夫. 天下无贼[J]. 作家,1998(05):34-36.

（二）场景的集中与情节的强化

正如上文所述，原小说受篇幅限制，情节上不免显得有些单薄。同时，原著作者将故事的时空跨度拉得很长，这就使得原本未来得及展开的情节更显得松散。因而影片场景的集中与情节的强化，无疑是摆在改编创作者面前的一大难题。

1. 主要场景的集中

原小说仅万字稍多，主要时空的迁移便多达7处——西部工地、西部小镇、驶往西北小站的卡车、驶往北京的火车、北京站、驶往河南的火车、河南某火车站。电影将诸多时空进行了合并，把主时空放在一辆从西部驶向北京的长途列车上。这样的改编，使得原小说相对松散的叙事一下子集中起来，同时大大降低了制景成本，缩短了影片的拍摄周期。这样集中起来的叙事互相交织，使得影片情节的危机度大大提升，将原小说原本平实疏淡的情节叙事一下子提高到了可谓惊心动魄的程度。

2. 主要情节的强化

在原小说中，王薄、王丽这对扒窃搭档和傻根初识在东去的火车上。这样的萍水相逢使得王丽对傻根的情感难以落到实处，显得有些飘缈。改编创作者敏锐地发现了原小说的这一问题，在电影中对王丽与傻根的前史进行了极大丰富，先后设置了王丽怀孕、王丽拜神遇傻根、傻根帮助落难的王丽等数个情节，将王丽与傻根的情感落到实处，让每一个观众都可知可感。

在原小说中，王薄最后只是被劫匪刺伤。到了影片中，改编创作者却设置了王薄之死的情节并大肆渲染。这一情节的设置有着多重的意味。第一，王薄为保护傻根"天下无贼"的美梦而死，表现了王薄这一角色人性中善意的回归。第二，王薄为守护王丽的愿望而死，死前还紧紧握着手机，上面有给王丽的没发出去的短信，这无疑进一步塑造了王薄痴情的人物形象。第三，王薄死前在火车天花板的大战，在增加影片看点的同时更是将善与恶的较量提升到了哲学层面，即善与恶相比可能是弱小的，但善意与恶意相比，却有着强大了不知多少倍的力量，那是守护的力量、新生的力量。

（三）商业元素的强化

冯小刚导演的电影《天下无贼》能在向来战况激烈的贺岁档杀出重围，取得傲人成绩，与他积累多年的对商业元素炉火纯青的驾驭能力密不可分。冯小刚导演的贺岁电影，历来追求商业性与艺术性的动态平衡，《天下无贼》也不例外。影片在最大程度保持原著精神气质的基础上，尝试使用丰富的商业元素，既增加影片的可看性，又在无形中为影片的商业价值保驾护航。

1. 知名演员的出演

主要人物的选择体现了影片的商业追求。在原小说中，21 岁的农村青年傻根首先出场，有关他的讲述持续了 3,300 多字（全文的 1/3），之后，王薄、王丽才首次出场。而在影片中，由著名演员刘德华、刘若英分别饰演的王薄、王丽成了开场戏重点描绘的主要人物，由新人演员王宝强饰演的傻根反倒“屈居二线”，在全片第 12 分半时第一次出场露了两面（无台词）。这样做的原因，既有艺术上的，也有商业上的——要考虑观影主体对演员的认同感，锁定基础票房。由于王宝强老家在河北，电影中说家乡话的傻根的老家也变成了河北，而在原小说中是河南。

由冯小刚导演的这部电影，不仅强调明星出演（连配角也多为明星），也强调气质搭配，尤其是平民气质的比例。唯唯诺诺的四眼，争风吃醋的小叶和胖子，憨傻一根筋的劫匪，甚至由明星葛优出演的胡黎等，都体现了“冯氏电影”人物塑造平民化的特点。这样的人物选择极“接地气儿”，容易引起主流观众的情感共鸣。

2. 奇观场面的强调

在原小说中，众毛贼企图偷盗傻根六万块血汗钱的情节基本上被一笔带过，只有第二个小偷在站台上手脚麻利地偷钱又被王丽不动声色地“偷”走放回傻根袋子的段落被稍加渲染，“专业性”较强。

到了电影中，偷窃与反偷窃这部分内容被充分放大为鸳鸯二王与胡黎团伙强度越来越大、直至生死决斗的数轮对抗，成为影片中不可或缺的重要动作场面与奇观场面。这几轮对抗被改编创作者大加渲染，跌宕起伏、惊心动魄，王薄与胡黎等人可谓棋逢对手、斗智斗勇，由此形成的一个又一个悬念大大增加了影片的可看性，出色的动作设计更是不停刺激着观众的视觉神经。

大量动作场景、动作元素的使用使得整部影片的节奏大大加快，符合观众对贺岁片强情节叙事的审美期待。

3. 喜剧元素的加入

电影中加入了大量带有“冯氏印记”的喜剧元素。影片一开场，王薄、王丽二人对富商的敲诈就被处理得颇具趣味，几句英文在不同场景的反复使用产生了巨大的喜剧效果。临近结尾，由范伟、冯远征二人饰演的一胖一瘦、一高一矮的两劫匪的火车打劫戏，更是将“冯氏幽默”发挥到了极致。人物性格与人物身份的极端反差，再加上极富特色的语言，使得该段落笑料百出。

电影中还增加了不少在当时甚至在现在仍广泛流传的台词，比如：“21世纪什么最贵，人才！”“人心散了，队伍不好带啊！”“我可以很负责任地告诉你，黎叔很生气，后果很严重。”在特定的戏剧情境里，由葛优这个喜剧明星把这些诙谑话语一本正经地说出来，饱含特定的时代信息，令人忍俊不禁。

喜剧元素的加入，既调节了影片的叙事节奏，使得叙事带有某种欢乐的游戏性，又中和了影片相对深沉的主题意旨，使得影片更加符合贺岁档观众的审美期待。

4. 植入式广告的运用

影片融入大量现代商业元素，植入产品参与叙事。相对于原小说叙事的朴实，影片的叙事则带有强烈的时尚感。植入式广告在本片中运用很多，佳能摄像机、宝马汽车、诺基亚手机、长城润滑油、惠普笔记本……大量的植入元素不但宣传了品牌，更参与到影片的叙事之中，显得十分精巧。如宝马汽车就是王薄、王丽在影片开头骗到的赃物，同时又成为两人落网的证据。诺基亚手机既是展示王薄偷盗技巧的工具，又是展示王薄、王丽二人感情的桥梁。有资料称，影片《天下无贼》“仅植入式广告收入就高达4,000万之多”①。

---

① 万素花. 从《天下无贼》看冯小刚贺岁片特点[J]. 电影文学,2009(21):33-34.

四、小结

影片《天下无贼》改编自江苏作家赵本夫1998年发表的同名短篇小说,原小说仅万字有余,由于篇幅所限,人物形象比较模糊,人物关系较为松散,情节冲突严重不足。冯小刚等人将其改编成一部两个小时的贺岁电影,做了大量工作,几近原创。在保留原小说精神内核、故事框架的基础上,电影对原著中涉及的人物和情节进行了大刀阔斧的增删和改编,同时尝试运用丰富的商业元素进行包装,成功提高了电影情节的对抗性与可看度,既为影片在历来战况激烈的贺岁档突出重围保驾护航,又延续了自己"冯氏电影"一贯的轻喜剧风格。影片于2004年至2005年贺岁档席卷全国各大影院,取得了票房和口碑的"双丰收",成为当年当之无愧的"贺岁片之王"。影片《天下无贼》故事令人耳目一新,剧情使人潸然泪下,票房成绩名列前茅,堪称短篇小说改编电影的经典案例。

这个案例提示我们:第一,一部小说是否适宜改编成电影,最重要的不是篇幅的长短,而是故事核是否具备足够的创新性与吸引力。第二,为了更好地吸引观众,商业电影对矛盾冲突的强度、冲突双方的势力对比及团队内部人物关系的复杂性往往有更高的要求,对动作性、奇观性甚至是喜剧性也常常有更多的要求,这都是将文学作品改编成电影时需要关注的地方。

原作:《色·戒》(张爱玲)

改编作品:《色·戒》(电影,145 分钟,2007 年 11 月 1 日首映)

导演:李安

编剧:王蕙玲、詹姆士·沙姆斯

主演:梁朝伟、汤唯、王力宏、陈冲

获奖:2007 年第 44 届台湾电影金马奖最佳影片、最佳改编剧本奖,2007 年第 64 届威尼斯国际电影节金狮奖,2008 年第 27 届香港电影金像奖最佳亚洲电影

第二章 《色·戒》:从短篇小说到电影

1950 年,移居美国的张爱玲创作了短篇小说《色·戒》(约 1.4 万字),几经删改,直到 1978 年 1 月才发表于台北《皇冠》第 12 卷第 2 期,同年又与作品《相见欢》《浮花浪蕊》等结集为《惘然记》出版。从英文版初稿到中文版发表,张爱玲一遍遍斟酌改写,"一点都不觉得这其间三十年的时间过去了。爱就是不问值得不值得。这也就是'此情可待成追忆,只是当时已惘然'了"①。

《色·戒》是张爱玲小说中少数以前卫手法探讨女性心理及情欲的作品,甚至带有某种"自叙传"的印迹。该小说篇幅短小却历经近三十年的修改,足见张爱玲对其的喜爱与重视以及她在创作上的严谨,自称"最不会辩论,又写得慢,实在匀不出时间来打笔墨官司"的张爱玲甚至还因《色·戒》与人打过笔仗:1978

① 张爱玲.惘然记[M].广州:花城出版社,1997:3.

年11月,她发表《羊毛出在羊身上——谈〈色·戒〉》一文,对“域外人”的批评[1]进行了逐一反驳,认为“域外人”的书评“通篇穿凿附会,任意割裂原文,予以牵强的曲解与‘想当然耳’”,并重申了自己的创作初衷。

2007年,导演李安将《色·戒》搬上银幕,获得诸多大奖,使得张爱玲这部名不见经传的作品一下子声名鹊起,不但小说得以再版热销,作家出版社甚至还专门推出一部新书《张爱玲〈色·戒〉》来揭秘小说创作背后的故事。

从张爱玲的小说到李安的电影,人物、主题及其表现方式和艺术手段都发生了根本性的变化,可以说,电影《色·戒》的改编是小说改编电影创作中的经典案例。

一、原作的可改编基础

(一)张爱玲的作品有相对广泛的受众基础

张爱玲是中国文学史上独具风格的女作家,其小说作品曾被数度搬上银幕。早在20世纪80年代,香港导演许鞍华就将张爱玲的名作《倾城之恋》改编为电影,之后1988年但汉章执导的《怨女》、1994年关锦鹏执导的《红玫瑰与白玫瑰》、1997年许鞍华执导的《半生缘》、1998年侯孝贤执导的《海上花》等都是根据张爱玲的小说改编的,李安在2007年又再度将张爱玲的作品搬上银幕。这些作品有一定的创作基础,也有相对广泛的受众基础。

(二)《色·戒》的视角独特

与此前被搬上银幕的作品不同,《色·戒》原本只是张爱玲一部万字左右的短篇小说,情节设置上高度凝练,留白空间大,同时人物塑造偏向写意,大量方言的使用又给阅读设下障碍,再加上大段意识流式的心理描写以及由此造成的叙事时空上的跳跃,使得改编成电影作品难度很大。

不过,在李安看来,这种改编难度在这部作品的独特性面前不算什么。

---

① 1978年10月1日,作家张系国以“域外人”的笔名发表了《不吃辣的怎么胡得出辣子?——评〈色·戒〉》,文中说:“作家故意标新立异,特意发掘不道德的题材,也许反而会毁了自己。至少我认为,歌颂汉奸的文学——即使是非常暧昧的歌颂——是绝对不值得写的。”

他曾经反复对此进行强调：

> 张爱玲的原著切入角度很独特，这是从一个女人的眼中去看一件历史大事，而她通过这个事件对人性的挖掘在中国没有第二人能和她相比。
>
> 其实，它还是一个普通的爱情故事，还是由色生情，情里生爱，这是人很自然的心理取向。张爱玲是一个非常有勇气的女作家，她从一个女人细微的心理变化来看一个大的时代，不是用主旋律的方式来看一个战争和一个大时代，我觉得非常特殊，非常有勇气，也非常真实。
>
> 张爱玲蛮西方的，她的中英文程度都很好，在洋文里面学到的东西放到中文里，用西方电影手法的写作放到一个东方的故事里。尤其在上海这样一个华洋杂处的世界里，有一种风味在里面，是世界上都独到的。①

张爱玲擅长用西方电影的手法写小说，以戏剧的、意识流的手法进行创作，当年那个华洋杂处的时代环境里的中西冲突恰好让她发挥了自己的长处。而这与当时已两度获得奥斯卡殊荣、擅长表现中西文化差异的李安在文化心理上是相契合的。在李安看来，张爱玲是很西方的，而《色·戒》则是她最成功的作品，整篇小说的字里行间都有着很大的想象空间。② 这给了他冒险的动力，也给了他创作的灵感，“我选择《色·戒》，还有一点就是，它是一部短篇小说，可以给我更大的发挥空间”③。而事实也证明，小说《色·戒》那精巧的结构、练达的叙事、真实的人物以及微妙的情感关系有着巨大的改编价值，获得了广大电影观众的认可。

二、改编中需要重点解决的问题

张爱玲的小说素以心理刻画细腻和独具女性意识著称。小说《色·戒》

---

① 姚尧.云霞明灭或可睹——李安谈《色·戒》[J].电影,2007(08):36－38.

② 窦欣平.李安的世界[M].北京:人民日报出版社,2010:205－206.

③ 姚尧.云霞明灭或可睹——李安谈《色·戒》[J].电影,2007(08):36－38.

沿袭了张爱玲的这一特点,大量意识流式的心理描写、跳跃的时间线以及极富地域特色的语言,都大大增加了小说改编成电影的难度。李安在创作之初曾苦恼于如何表现《色·戒》这个故事:如果只是单纯将张爱玲的文字转化为影像,不但不具备一部电影应有的厚度和广度,也将永远无法超越原著。

除了每一部小说改编影视剧都势必要面对的视听转换等常规任务外,改编《色·戒》还必须面对如下几个难题。

(一)小说中的意识流手法导致时间线索跳跃

原小说大部分内容是通过王佳芝的视角来观察和描写的,其间穿插的王佳芝的心理活动均以意识流的形式表现,各种感觉感受、等待易先生时的种种猜测、对梁润生和邝裕民等人的观感、失败的预感和选戒指时细微的甜蜜等都以细腻的笔触表述。

> 是马太太话里有话,还是她神经过敏?佳芝心里想。看他笑嘻嘻的神气,也甚至于马太太这话还带点讨好的意味,知道他想人知道,恨不得要人家取笑他两句。也难说,再深沉的人,有时候也会得意忘形起来。
>
> 事实是,每次跟老易在一起都像洗了个热水澡,把积郁都冲掉了,因为一切都有了个目的。
>
> 那,难道她有点爱上了老易?她不信,但是也无法斩钉截铁地说不是,因为没恋爱过,不知道怎么样就算是爱上了。①

小说结尾部分则跳出了王佳芝的叙事视角,同样以意识流的手法展现了小说男主人公易先生的内心世界。

> 他对战局并不乐观。知道他将来怎样?得一知己,死而无憾。他觉得她的影子会永远依傍他,安慰他。虽然她恨他,她最后对他的感情强烈到是什么感情都不相干了,只是有感情。他们是原始

① 张爱玲.张爱玲典藏全集(14)[M].哈尔滨:哈尔滨出版社,2003:175,177,183,190.

的猎人与猎物的关系,虎与伥的关系,最终极的占有。她这才生是他的人,死是他的鬼。①

小说全篇就是运用这样意识流似的心理描写,串联起整个叙事的。这些心理描写不仅揭示了人物内心的情感,而且体现了人物之间的关系和冲突,并直接推动了情节发展。虽然小说在整体上是由一次暗杀行动构成的"闭锁式"结构,但这些心理描写的加入,使得叙事完全突破了"闭锁式"结构带来的时间上的局限,用举手投足间细微的心理活动勾连起四年间大量的情节和细节,显得十分跳跃。电影改编时,必须通过台词设计、情节设置等艺术手段将这种种心理活动变为动态发展的人物关系和线性的情节推进,使电影可看性更强。

(二)小说人物塑造偏写意,人物关系不够丰富

由于篇幅限制,小说在人物塑造上偏向写意,并未给出足够丰富的性格维度和性格展现空间。小说中共涉及十几个人物,但真正着以笔墨描绘出内心维度的,只有王佳芝和易先生两人。剩下的角色,包括邝裕民、易太太、梁闰生、赖秀金等都属于纯粹的功能性人物,每每提及都仅以只言片语带过,面目模糊。如小说中提及邝裕民的名字仅7处11次,且几乎全部出现在王佳芝的意识活动中,这就使得邝裕民的形象显得有些主观和单薄。

原小说中人物关系的设置比较简洁。全文万字的笔墨,几乎都花在了塑造王佳芝与易先生微妙复杂的情感关系上,对王佳芝与话剧社同学、王佳芝与邝裕民、易先生与易太太、易先生与同事等人物关系展现得很少。如下文中寥寥几句,便带出了王佳芝与邝裕民、梁闰生等人的关系。

就连现在想起来,也还像给针扎了一下,马上看见那些人可憎的眼光打量着她,带着点会心的微笑,连邝裕民在内。只有梁闰生佯佯不睬,装作没注意她这两年胸部越来越高。演过不止一回的一小场戏,一出现在眼前立刻被她赶走了。②

① 张爱玲.张爱玲典藏全集(14)[M].哈尔滨:哈尔滨出版社,2003:195.
② 张爱玲.张爱玲典藏全集(14)[M].哈尔滨:哈尔滨出版社,2003:178.

在改编为电影的过程中,势必要为这些被一笔带过的人物关系找到有说服力的情节和细节加以支撑。而对原小说中未明确提及的人物关系,则更是必须在适当联想的基础上加以丰富。

(三)小说女性主义色彩鲜明,大众接受效果不一

张爱玲以《色·戒》来表达她对爱情虚幻的认知、对大时代中悲剧女性的同情与悲悯,以鲜明的女性立场去探索女性的情感与命运,带有强烈的女性主义色彩。

> 英文有这话:"权势是一种春药。"对不对她不知道。她是最完全被动的。又有这句谚语:"到男人心里去的路通过胃。"是说男人好吃,碰上会做菜款待他们的女人,容易上钩。于是就有人说:"到女人心里的路通过阴道。"据说是民国初年精通英文的那位名学者说的,名字她叫不出,就晓得他替中国人多妻辩护的那句名言:"只有一只茶壶几只茶杯,哪有一只茶壶一只茶杯的?"
>
> 至于什么女人的心,她就不信名学者说得出那样下作的话。她也不相信那话。①

就文学作品而言,像这样带有强烈女性主义倾向的文字自有其特定的受众群体去细细品读和赞赏。然而,电影是一种面向大众的文化消费品,如果照搬张爱玲式的主题表达,则容易影响大众的接受程度,使电影的受众范围大大受限。因此,改编创作者在表达自我的同时还要兼顾影片在大众文化语境下的可接受性,这就要求改编创作者在改编时必须考虑到如何通过叙事流的调整、台词的改编、人物性格的丰满等方法实现原小说主题意旨的拓展。

三、重要改编分析

(一)叙事结构的调整与时间线索的厘清

原小说采用了"闭锁式"结构,全篇现实时空的跨度只有几个小时,从头

---

① 张爱玲.张爱玲典藏全集(14)[M].哈尔滨:哈尔滨出版社,2003:190.

到尾其实是王佳芝最后一次暗杀行动的全过程。但由于小说采用了大量的意识流式处理手法，叙事本身远远超出现实时空的限制。大量过去时空的事件由情绪、思绪牵引着，顺着王佳芝的内心世界融入现实时空，十分灵动。原小说中的叙事线索整理如下：

易家牌局——咖啡馆等待——索要公寓——咖啡馆等待——港大话剧社经历——第一次接近易先生的经历——任务失败逃回上海——再次接受接近易先生的任务——咖啡馆等待——与组织接触经历——演话剧的经历——咖啡馆等待——首饰店惊魂——与易先生的感情经历——与邝裕民的感情经历——任务失败——全体牺牲

这种结构在文学作品中比较自然，甚至可算是特点，但在影像叙事中却成了影响大众接受的一道障碍。因此，改编此类文学作品的第一步，往往就是厘清影片的叙事结构与时间线索。"张的小说是按照电影的剪接手法写的，很有黑色电影的风格，但是电影这样拍，里面的力度出不来。只有处理成一个圆形的结构，用线性发展来叙述。但是这个故事内在很复杂，因此挑战性很大，这个过程也是非常痛苦的。"[①]整理后的影片叙事线索如下：

易家牌局——咖啡馆等待——王佳芝赴港求学——王佳芝加入爱国话剧社——王佳芝接受暗杀易先生的任务——任务失败逃回上海——再次接受接近易先生的任务——与易先生日久生情（包括索要公寓等）——执行暗杀任务——咖啡馆等待——任务失败——全体牺牲

可以看到，改编创作者将原小说故意模糊的种种事件都拎了出来，再将它们按时间先后顺序依次排布。如此一来，一条王佳芝的命运轨迹便清晰自然地呈现在了观众面前。

① 钟平丹. 电影：从《色 · 戒》到色相——李安创作谈综述[J]. 北京电影学院学报，2008(01)：101－103.

(二)主要人物及人物关系的改写与丰富

原小说充斥着大量的意识流式心理描写,用大量细节展现当下的感受,难以塑造出鲜活突出的人物形象。另外,原小说的人物关系也比较单一。如何克服这两个问题,无疑是电影改编过程中的一个重点。电影《色·戒》的改编创作者在全面理解原著的基础上,通过合理的联想与想象对人物进行了丰满,同时添加了大量人物关系的细节,以支撑整部电影的叙事。

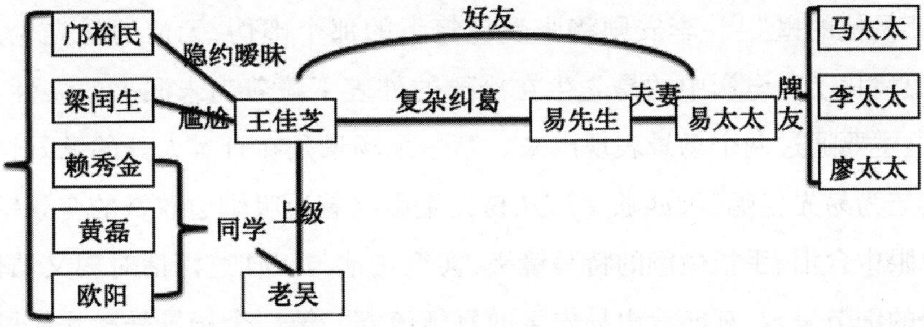

图2-1 原小说主要人物关系

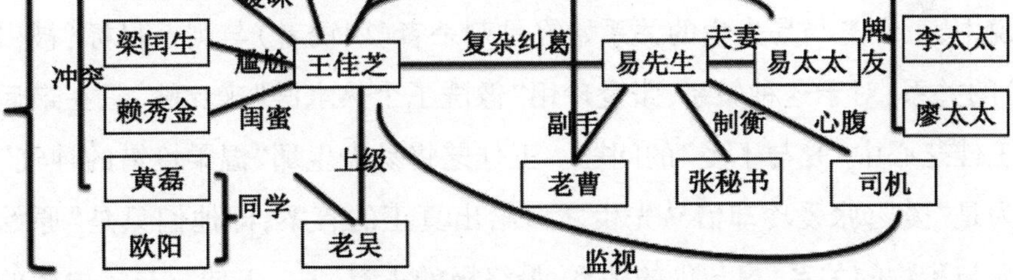

图2-2 电影主要人物关系

对比两图可以清晰地看到,电影改编时对原小说中的人物关系进行了丰富。如增加邝裕民与王佳芝的感情纠葛,放大黄磊与同学们的冲突,增加赖秀金和王佳芝的闺蜜关系,增设老曹、张秘书等人物等。这些人物关系的丰富,不仅增加了故事的情感容量,还对塑造人物起了重要的作用。例如,电影增加王佳芝父亲这一角色,就暗示了王佳芝的恋父倾向,使得王佳芝这一角色在深层心理层面更加丰满真实。再如，电影增加张秘书这一角色，就对丰满易先生形象起了重要作用，让观众看到了易先生脆弱、力不从心的一面。下面，笔者将对电影中改动最大的两组人物及人物关系进行具体说明。

1. 对易先生及王佳芝与易先生关系的改写

在原小说中，易先生是“矮小”“清秀”，“有点‘鼠相’”的好色之徒，又虚伪得“表面上端坐，暗中却在蚀骨销魂”；他可以为女人买六克拉的大钻戒，却在转眼间为着自己的生存而枪毙她，并且暗自得意着“她这才生是他的人，死是他的鬼”①。李安则将张爱玲笔下的那个虚伪、无情的易先生人性化、温情化了。电影中的易先生在冷酷的外表下藏着尚未泯灭的人性与真情，这主要通过两个场景表现出来。第一个场景是在日本人开的歌妓馆中，王佳芝为易先生唱《天涯歌女》，从易先生微笑着边吸烟边欣赏的全景镜头，到他眼中含泪、手指微颤的特写镜头，甚至是他与王佳芝深情对望又悄悄抹眼角的细节呈现，都能看出易先生的真情流露。第二个场景是影片结尾，易先生回家后到王佳芝房间，轻轻抚摸她曾睡过的白色床单，双眼润湿，似在为王佳芝的死而伤感，而又紧闭双眼，似在克制着内心的痛苦，一个人性尚未泯灭的，甚至是无限深情的人便这样呈现在观众面前。

对易先生的这种改编使得易先生与王佳芝的人物关系也随之变化。在小说中，王佳芝与易先生的关系始终是刺杀者（引诱者）与刺杀目标（被引诱者）的关系，对于这种关系，张爱玲用“像洗了个热水澡”来比喻，只在最后引出王佳芝心中“爱与不爱”的问题。王佳芝将易先生那“温柔怜惜的神气”错以为是“爱”，张爱玲却借易先生之口给出真正的答案，即他们只是“原始的猎人与猎物的关系，虎与伥的关系，最终极的占有”②。王佳芝与易先生的关系自始至终都是注定的，是毫无爱情可言的一场虚幻，当易先生能够从中迅速脱离自保的时候，王佳芝作为一个普通女人却迷失其中，在理性与感性之间拼死挣扎。在电影中，由于易先生这一人物被温情化，他与王佳芝之间产生真正的爱情就成为可能。电影改编让易先生和王佳芝的关系有了发展，

---

① 张爱玲. 张爱玲典藏全集（14）［M］. 哈尔滨：哈尔滨出版社，2003：178，185，195.

② 张爱玲. 张爱玲典藏全集（14）［M］. 哈尔滨：哈尔滨出版社，2003：195.

从引诱和占有逐渐发展成为彼此相爱,却又因各自的处境而压抑、痛苦着。这主要是通过三场感情戏来表现的,它们不仅是对"像洗了个热水澡"等文字的影像化解读,也是对两人压抑、扭曲的人性的直观表现。这三场感情戏,展现出一对男女从征服到交融再到因爱而痛苦的全过程,将小说中秘而不宣的感情历程以一种近乎裸袒的姿态呈现在观众眼前,产生了强大的冲击力,其感染力与小说中只言片语的描述不可同日而语。

2. 对邝裕民及王佳芝与邝裕民关系的丰富

小说对邝裕民没有特别的描述,甚至只把他简化为王佳芝口中的一个名字,一个他们行动中的普通人。在小说中,王佳芝与邝裕民的关系只有些心理层面的暗示。"就连现在想起来,也还像给针扎了一下,马上看见那些人可憎的眼光打量着她,带着点会心的微笑,连邝裕民在内。"①这一句"连邝裕民在内"就暗示了邝裕民在王佳芝心中与其他同学分量不同,但这一分量,在小说中始终未有机会言明。而在电影中,邝裕民这个人物具体而丰富起来。他是仇敌爱国的热血青年,是那支撑整个故事发展的刺杀行动的核心人物和坚定拥护者,这一形象主要是通过人物那宣讲式的、愤怒的台词塑造起来的,他不断强调着残酷的时代环境,始终鼓舞着刺杀行动。在李安的镜头下,邝裕民成为那个战争年代青年人的代表,时代赋予他们无限的热情与勇气,却也剥夺了他们最起码的情感需求,甚至摧毁了他们的人性。电影中增设的刺杀老曹的情节,更是将以邝裕民为代表的爱国学生那种既幼稚又狂热的一面展现得淋漓尽致。

在电影中,邝裕民在王佳芝的视线中出场,意味着这个人物与王佳芝构成一种特殊的人物关系;而在原小说中,对于王佳芝与邝裕民的关系,张爱玲只这样写道:"有一阵子她以为她可能会喜欢邝裕民,结果后来恨他,恨他跟那些别人一样。"②电影对邝裕民与王佳芝的这一微妙关系给予了更多的篇幅去表现,流亡途中王佳芝第一次对邝裕民远远注视便开启了这一暗潮涌动的情感关系。在众多场景中,王佳芝的眼睛频频望向邝裕民,然而邝裕

---

① 张爱玲. 张爱玲典藏全集(14)[M]. 哈尔滨:哈尔滨出版社,2003:178.
② 张爱玲. 张爱玲典藏全集(14)[M]. 哈尔滨:哈尔滨出版社,2003:190.

民却只被塑造成一个面对感情怯于行动的懦夫。在电影中，王佳芝对邝裕民的爱慕成为她加入戏剧社并最终参与刺杀行动的直接动机，而原小说则没有过多去关注王佳芝参与刺杀行动的动机，只是简单讲述邝裕民在定下美人计之后以一句轻描淡写的“这角色当然由学校剧团的当家花旦担任”①，将王佳芝与刺杀行动联系了起来。而第二次也仅仅以一句“他们只好来找她，她也义不容辞”②就将王佳芝再次卷入刺杀行动中。

（三）主题意旨的拓展与丰富

为了突破原小说的女性视野及主题限制，电影改编版在主要人物及人物关系改写与丰富的基础上，以突显时代环境、淡化女性视角的方式生发出更符合大众认知的主题意旨，拓展了电影的受众群。

1. 时代环境的铺陈渲染

在张爱玲的小说中，小的往往赢过大的，《色·戒》也不例外。她将时代背景统统淡化，代之以棱棱角角的细节，甚至将家国、革命、救亡、除奸等大时代元素也全推到个人命运的暗影当中。原小说中王佳芝的悲剧命运无关乎环境，而只在于她自身人性的弱点，在于一个枯萎的女人对爱情的热望。学校演出后她的兴奋以及在她以为能够成功引诱易先生之后的自觉“顾盼间光艳照人”，无疑都暴露出她性格中的弱点。而她因为易先生为她买钻戒以及在她看来那温柔怜惜的神气，就断定易先生是爱她的，足以表现出她人性中对物质、色相的贪恋。

而李安的电影则把张爱玲刻意淡化的时代背景极力渲染出来。首先，电影开头呈现出汪精卫伪政府府邸阴森恐怖的气氛，狼犬的特写、仇恨眼神的特写、持枪戒严的全景，再加上低沉诡异的音乐，为故事的发展设定了一个灰色而压抑的背景基调。其次，电影用几个段落的空镜头来表现战争环境中的城市及人，如王佳芝坐车去咖啡馆的路上，镜头由车内转向车外，呈现日本人设置的关卡、日本人对中国百姓的欺压以及路边排队领救济的人

---

① 张爱玲. 张爱玲典藏全集(14)[M]. 哈尔滨:哈尔滨出版社,2003:181.
② 张爱玲. 张爱玲典藏全集(14)[M]. 哈尔滨:哈尔滨出版社,2003:183.

群等场景。最后,电影还对王佳芝的身世背景做了简要介绍,一方面通过王佳芝自己诉说,另一方面则通过舅妈与牌友的聊天传达出来:父亲只带弟弟而不带她去英国,她只能苟且活在舅妈的白眼中。由此,在这抗日救亡的时代环境下,王佳芝无法去追求自己心中的爱慕对象——邝裕民,邝裕民也因除奸责任无法保护自己所爱之人——王佳芝,而易先生在冷酷世情的压抑下而变得冷漠、无情,即便最终动了真情,也因权力斗争而忍痛割爱。

2. 女性主义色彩的弱化

张爱玲以《色·戒》来表达她对爱情虚幻的认知,并在其中关注普通人的人性,更重要的是,她以鲜明的女性立场去探索女性的情感与命运。而当李安把易先生塑造为身不由己却饱含深情的男性角色,并将时代环境设定为影响人物情感及行动的重要因素时,小说原本所具有这种强烈的女性意识便在其中消散了。可以说,李安为这部充满女性主义色彩的小说注入了相当比重的男性元素,也使得整个故事更加平衡。

在原小说中,张爱玲所独具的女性意识通过她采用的叙述视点表现出来。易先生的视点只在小说结尾出现,虽是从男性的角度表达对整个人物关系的认知,却也充满女性主义的反讽。而王佳芝的视点则是小说最主要的叙述角度,甚至整个故事情节的发展都是由王佳芝的心理活动推动的,这种表现方式本身就具有强烈的女性意识,而张爱玲由此表达的也是女性在情感关系中的挣扎及其命运的悲剧性。

电影则没有从特定人物的视点出发去讲述故事,而是在人物关系的发展中、在环境与人的冲突中去表现一种无奈和压抑。除此之外,李安以时代环境为底色的表达方式与张爱玲细腻的女性视点相比则更具有男性导演的性别特征。由此,纵使电影失去了独具张爱玲特色的女性意识,却也在新的主题中生发出极具思考价值的意义。

3. 主题意旨的深化拓展

电影通过对主要人物及人物关系的改写和丰富、对时代环境的凸显以及对女性意识的消解,实现了更符合大众认知的主题深化。如果说原小说主题是女性意识下对爱情虚幻的认知和对纯粹人性的挖掘,那么李安电影的主题则无疑多了一抹男性话语下对大时代环境中情感无奈和人性压抑的慨叹。

(四)视听转化中的情感表达

所有从文学作品到影视剧的改编都需要注重视听转化问题。在电影《色·戒》中,李安式的影像解读使张爱玲小说那种种不可言传的东西通过精彩的视听语言表现出来,直抵观众内心。例如,电影以王佳芝的一段边歌边舞的《天涯歌女》以及穿插的表现易先生情感变化的镜头来向观众呈现王佳芝与易先生慢慢生发的爱情。再如,最后买戒指的段落,小说中的细腻描写被精彩地呈现在镜头里,王佳芝和易先生相携走进店铺时切入王佳芝环顾四周的视点,晃动的镜头表现着王佳芝忐忑不安的心情;试戴戒指时,牵手的动作,连续的大特写,将易先生那一瞬间的深情以及王佳芝内心的挣扎生动地表现出来。而影片最后易先生回到家坐在王佳芝床边的片段,明暗反差的影调处理以及床单褶皱的特写,把不同于小说的温情而落寞的易先生呈现在观众面前,并留下耐人寻味的情感余韵。种种视听语言的精彩表现,使小说到电影的视听转化呈现出独具李安风格的情感表达。

四、小结

张爱玲的短篇小说《色·戒》被李安改编为同名电影,虽引发各方争议,但无论从艺术价值还是商业价值来论,影片都不失为一次从小说到电影的较为成功的改编。导演李安在基本忠实原小说人物配置的同时,又对主要人物进行了多维度的深入挖掘,使影片在人物塑造上比原著更加有血肉。不仅如此,李安还用他独到的影像语言,对小说主旨进行了深度拓展与解读。本案例主要关注电影改编过程中人物形象与人物关系的丰富,以及在此基础上主题的深化与拓展。正是这样的改编,使得电影中的人物更加丰满立体,主题意旨更加深刻,成功实现了文学语言到影像语言的飞跃。

这个案例提醒我们,针对小说作品常见的意识流手法和时间线跳跃,改编创作者们首先要删繁就简,厘清叙事时空。针对短篇小说人物和事件往往单薄的特点,改编创作者们则需要对人物及人物关系进行适当丰富,对小说中语焉不详的情节作出补充。最后,改编创作者们对小说某些相对尖刻的主题表达也需要作出调整,使之与当代电影观众的主流审美相契合。

原作:《夜谭十记》之第三记《巴陵野老:盗官记》(马识途)

改编作品:《让子弹飞》(电影,132 分钟,2010 年 12 月 16 日首映)

导演:姜文

编剧:朱苏进、述平、姜文、郭俊立、危笑、李不空、马识途

主演:姜文、周润发、葛优、刘嘉玲、陈坤、周韵、廖凡、姜武

获奖:2019 年第 10 届青年电影手册年度华语十佳“十年十佳华语影片”(2009 - 2018);2011 年第 48 届台湾电影金马奖最佳改编剧本

第三章 《让子弹飞》:从中篇小说到电影

“我就是要站着,还把钱挣喽”,这是 2010 影片《让子弹飞》的点题之笔。由此可见,在当代一些电影导演看来,“站着挣钱”并不容易。何谓“站着”?简而言之,每一个创作者都有其思想追求和艺术追求。但是,坚持这些追求,创作者起码会面临两个问题。

其一,如果思想追求与主流意识形态之间不尽一致,该怎么办?如果一味坚持不肯妥协,电影作品很可能不能公映。贾樟柯的《小武》因为“社会描写太过边缘”而不能公映;姜文的《鬼子来了》因为在抗日话题上“立场有问题”而不能公映……这些影片也许能在国际电影节上有所斩获,却在国内票房战争中完全“躺下了”。

其二,如果艺术追求与主流观众的欣赏趣味存在差异,该怎么办?2006年,金狮奖影片《三峡好人》遭遇重金打造的《满城尽带黄金甲》,导演贾樟柯曾经在北京大学发出感慨:“在这个崇拜‘黄金’的年代,还有谁来关心‘好人’?”[①]的确,大部分的中国观众,去影院寻求的是视听刺激而非人文思考。这也使得很多“有追求”的导演感慨“没钱挣”。

在“站着的”和“挣钱的”中间,总是会有一些特例。无可否认,在当代中国电影界,姜文是一位“会讲故事”的导演,也是一位“有话要说”的导演。他执导的《阳光灿烂的日子》创造了20世纪90年代的票房神话。但他接下来的两部影片就没有那么顺利了:《鬼子来了》因为“站得太直”而被“拿下”;《太阳照常升起》吸取教训,以隐晦的方式讲其所想,却也因此将普通观众拒之门外。直到2011年,《让子弹飞》横空出世,以7.3亿元的票房刷新了国产影片票房纪录。而且,这一票房神话,同样是“站着”缔造的。

《让子弹飞》改编自马识途小说《夜谭十记》之第三记《巴陵野老:盗官记》(约4.5万字)。电影虽为改编,但相对于原著变化巨大,实际上是一次借用原著框架的再创作,是在既往经验教训基础之上在创作者、市场与主流价值间进行的一次巧妙协调。

一、原作的可改编基础

(一)有趣人设与传奇故事在当代仍具共鸣空间

马识途是一位老革命兼文学家,其小说《夜谭十记》于1983年在人民文学出版社出版,堪称中国的《十日谈》,“惟无可奈何之年,不死不活之月,凄风苦雨之夕,于残山剩水之国,地老天荒之城,心远地偏之居”[②]写就,以旧中国官场里的十位穷科员轮流摆龙门阵的叙述方式,讲述了一系列令人“难以想象的奇闻轶事”,用以表现“那个社会是多么乖谬绝伦,荒唐可笑;人民的生活是多么困苦无状而又丰富多彩;那些普通人的灵魂是多么高尚和纯洁,

---

① 孙琳琳,郭延冰.《三峡好人》北大首映反响热烈,贾樟柯两度落泪[EB/OL].(2006-12-06)[2015-08-18].http://ent.cctv.com/20061206/102625.shtml.

② 马识途.夜谭十记[M.]北京:人民文学出版社,1983:9.

他们的思想多么机敏,他们的性格多么乐观,他们的语言多么生动而富于幽默感"[①]。作者以辛辣幽默的笔调展现对旧社会反动统治的尖锐讽刺、对普通百姓的深切同情,使这部作品富于吸引力。

《让子弹飞》改编自《夜谭十记》之第三记《巴陵野老:盗官记》(以下简称《盗官记》),讲述了一个懵懂少年在家人被恶霸迫害致死后走上绿林行侠仗义,又花钱买官成为县长造福百姓,手刃仇人但最终不幸被杀的传奇故事。应该说,无论是《盗官记》的有趣人设与传奇故事,还是《盗官记》涉及的多重主体——官、匪、民、霸——间的复杂权力关系,在当代的中国,仍然颇具话题性与共鸣度,这应该是这部小说之所以得到姜文青睐的重要原因之一。

姜文在接受《三联生活周刊》采访时,曾就什么样的剧本适合拍电影发表过看法:"兴奋呀,让人看着兴奋啊。这是我个人的爱好了。我看不了那种不兴奋的电影,看着就累得慌。兴奋的,不一定是动静儿大的。"[②]姜文还以张牧之的人设为例加以说明:"我可能是中了这些东西的邪和毒。我真是不能接受这戏要写流氓,就写成流氓,最浅显的流氓,我受不了。说这人是土匪,可土匪不是你们想的那样,土匪可以是爱听莫扎特的,凭什么你爱听人家不爱听啊,人家也认字儿,只是跟你的想法、态度和境遇不同。"[③]可以看出,《盗官记》有着令姜文兴奋的人设特点。

(二)红色背景为电影改编奠定了意识形态基础

姜文需要与时俱进。正是在这个意义上,姜文对改编底本另有要求:"没有马老阳刚十足的《夜谭十记》,就没有《让子弹飞》的成功。马老是我的保护神,古人有言,'信马由姜'嘛!"[④]

---

① 马识途.夜谭十记[M].北京:人民文学出版社,1983:438.

② 舒可.不会演戏的编剧不是好导演:姜文专访[EB/OL](2011-01-10)[2015-08-16].http://www.lifeweek.com.cn/2011/0110/30856.shtml.

③ 舒可.不会演戏的编剧不是好导演:姜文专访[EB/OL](2011-01-10)[2015-08-16].http://www.lifeweek.com.cn/2011/0110/30856.shtml.

④ 张立东.《让子弹飞》中的"马姜"缘[N].四川日报,2010-12-16.

二、改编中需要重点解决的问题

除视听转换等常规任务外,电影的改编还需要重点解决如下问题。

(一)历史如何与当下更好共鸣

小说透过故事展现当时的社会现实,揭露当时政权下的黑暗与不公,展露官场上的丑态与地主的贪婪,体现普通民众在压榨与欺骗下艰难生存的状态以及最后的揭竿而起。这无疑是有时代价值和历史价值的。但在当时的社会背景下形成的角度相对单一的价值观,在当代相对多元、允许独立思考的时代已不尽合时宜。具有时代特征的人物,如果能以一种更真实、更典型、更有血有肉、更具自我意识的新面貌展现在人们面前,也许会更受欢迎。

(二)二次改编如何进一步创新

1985 年,《盗官记》已经被中国长春电影制片厂改编为电影《响马县长》。其故事梗概如下:

> 1928 年,在四川境内有一位专与官府和劣绅作对的绿林好汉张大川。他侠肝义胆、心地善良,手下弟兄不是能征善战的豪杰,就是足智多谋的军师。
>
> 这一天,他带着弟兄们攻进县府,抓获王县长。在弟兄们的鼓励下,张大川用缴获王县长的钱买了个县长的官位,要借此为百姓申冤雪恨。他们大摇大摆地走进了县衙门。当地的各界名流、商界绅士等列队欢迎,恭而敬之。张大川就任后,审理了财主欺压穷人的公案,惩治了财主,震慑了善于逢迎的朱局长。一时间"革新吏政""堪为楷模"的赞美之词传满县城。
>
> 地头蛇黄天榜,凭着多年的处世经验先给新县长送来晋见厚礼,而后又派密探尖嘴猴腮打探新县长的来历。朱局长也让他的三姨太大施"美人计"。张大川的军师文师爷识破了他的诡计,特地把压寨夫人杨八姑请来抵挡。杨八姑不习惯过县长太太的生活,尤其是她目睹了平民百姓卖儿弃女的悲惨情景却不便帮助,急

得常向张大川发怨气。为此,夫妻二人商定白日里张大川做县长,审理公案,晚上当响马劫富济贫。

张大川在弟兄们的配合下,偷袭了朱局长和黄天榜等官僚劣绅。一次,张大川等偷袭黄公馆时被埋伏的团防队围住,撤退时,张大川左手负伤,引起包书记长及黄天榜的疑惑。他们派密探老于佯装投诚混进西山。端午佳节,张大川把山上的弟兄招到县城共度节日,独眼龙酒后调戏妇女露出破绽。危急中张大川决定袭击黄公馆,捉住了黄天榜,但行刑时遭团防队的劫持。杨八姑为掩护张大川饮弹身亡。张大川怒火燃胸,了结了黄天榜,自己也因负伤被捕。在赴刑场的路上,人们路奠向这位响马县长告别。

从梗概中可以看出,《响马县长》对原作是有改动的,其中最大的改动是压寨夫人杨八姑的增加以及她劝男主白天当县长审理公案、晚上当响马劫富济贫的情节的增加,但是,这个改编版本仍然相当忠实于原著,开篇与结尾基本上没有改变。因此,当姜文准备于2008年再次改编这部小说时,简单地重复第一次电影改编的路子并不可取,因为创新性太弱。如何另辟蹊径大胆改动,便成为姜文的重要课题。

三、重要改编分析

(一)主题立意之变

"意犹帅也。无帅之兵,谓之乌合。"[①]如果要对《盗官记》进行二次改编,立意的改变是重中之重。从逻辑上说,对原作立意的重大改变有无数种路径,《让子弹飞》相比小说原作《盗官记》及电影《响马县长》在立意上的重大改变,是从阶级斗争到文化寻根的转变。

无论是《盗官记》,还是在立意上与其一脉相承的《响马县长》,均以阶级斗争为纲。这条矛盾冲突主线的一方是以张牧之即张麻子为代表的无产阶级,一方是以黄天榜为代表的地主恶霸反动派,全篇以二元对立理论为前

① 戴鸿森.《姜斋诗话》笺注[M].北京:人民文学出版社,1981:44.

提，以肯定前者否定后者为旨归，是对阶级斗争理论的又一次艺术阐释。

为了避免与《响马县长》的改编过于相似，《让子弹飞》将很多经典作品中重点描绘的阶级斗争主线做了升级与置换，重点阐释中国式革命中两大权力主体即革命者、被革命者以及权力客体即国民或群众的文化基因与权力关系。“《让子弹飞》超越了原著阶级斗争的主题，展现了中国式权力斗争的残酷与诡谲，而这正是我们几千年传统文化的历史重荷，有些因子甚至渗透到了我们的民族无意识之中，在当下仍有魍魉一样潜影随行，影响着社会的现代化进程。”①

（二）主要人设之变

“秉刚而目自张，执本而末自从”②，一旦主旨改变，人设、场景与剧情都会随之发生变化。在改编后的《让子弹飞》中，矛盾冲突的双方，一是恶名昭彰的既得利益者黄四郎（小说中的黄天榜）及其属下，他们是社会权力的代表；一是想“站着挣钱”的权力窃取者张牧之及其弟兄，他们是政治权力的代表。

1. 主角张牧之之变：从有勇少谋的绿林好汉到足智多谋的乱世枭雄

在原著《盗官记》中，主人公张牧之是一个在农民革命题材小说中常见的草莽英雄形象，文化有限、机敏不足导致的悲剧结局，使其英雄形象打了折扣。在当下市场化的电影环境中，这样的主人公设置未必讨喜，因为缺乏能够让当代观众热血沸腾、渴望代入的英雄理想。《让子弹飞》的创作者显然意识到了这一点，因此，在影片里，张牧之成了一个睿智、果敢，甚至可以先知先觉的人物，由著名演员姜文扮演。刻意用演员个人魅力强化这一人物身上的霸气与男性荷尔蒙，加以“让子弹再飞一会”的专属台词，打造出一位以一当十的偶像级主人公。

详细论之，原小说中张牧之的主要经历有三：受欺压家破人亡，内心苦闷——因报仇被逼落草，行侠仗义——买官职成为县长，报仇身亡。但在改

① 韩元. 从政治讽喻到文化反思——析电影《让子弹飞》对小说《盗官记》的美学超越[J]. 电影评介，2011(02)：39－41.

② 出自傅玄《傅子》一书，原书久佚，部分内容散见于唐代杂纂百家之说的《意林》一书，与杨泉《物理论》混杂，故常被误认为出于杨泉《物理论》。

编后的《让子弹飞》中,张牧之受欺压家破人亡的第一段故事被切掉了,张牧之一开篇就是一位绿林好汉,在后续情节中可以知道他曾经与黄四郎作对断了对方一条"腿",但并未提及他饱受欺压等事。在电影中,张牧之还有如此的设定:他曾是蔡锷将军的手枪队队长,后来由于蔡锷早逝、军阀混战而落草为寇、劫富济贫。这些并不明确的设定,去除了张牧之贫苦出身的阶级基础,增加了张牧之革命先驱的历史成分。张牧之身份之变,直接将原作品中穷人闹翻身的特定革命故事,转变为与革命相关的权力场中闹革命的中国文化故事。

原小说中的张牧之总体上是一个勇大于谋、不善变通的绿林好汉,因此,缺乏谋略的他在结尾虽手刃仇人却自揭身份,被杀身亡,仅能激起百姓同情而未能发动群众革命。但在改编后的《让子弹飞》中,张牧之一出场就是争抢利益的绿林好汉,并因一次抢劫,从一位深谙权力斗争秘要但不愿涉足权力斗争的旁观者转变成为权力斗争中的权谋师与实践者。

以电影结尾张牧之发动群众攻打黄四郎段落为例,这段象征性极强的非现实主义华彩段落,非常形象而戏剧性地反映出群众是如何被发动起来的,这同时也是对张牧之这位"革命带头人""革命策略"的一种艺术揭示。"张牧之为对付实力比自己强大的黄四郎,想到的就是把鹅城的百姓从奴颜婢膝、谨小慎微的个体组织成一个冲突而兴奋的革命群体,从而形成一股对黄四郎致命的冲击力。作为群体的一个领袖,他借用的是自己作为鹅城政治权力代言人的身份,这种如勒庞所说的'名望'对大众所起到的号召力是麻匪的身份远不能及的。他利用的是群体能够被动员起来的心理基础——对黄四郎的怨恨,'怨恨意味着对对方合法性和意识形态的质疑和否定,它是一个潜在的颠覆者'。"①

2. 从黄天榜到黄四郎:都是土豪恶霸,但来路不同

小说中张牧之的对头叫黄天榜,是县城的头号地主恶霸,卖鸦片、"放棚子"、欺百姓,无恶不作,其身份并不复杂。但在电影中,黄天榜改名为黄四

---

① 韩元. 从政治讽喻到文化反思——析电影《让子弹飞》对小说《盗官记》的美学超越[J]. 电影评介,2011(02):39-41.

郎,除土豪恶霸的既有身份外,还被增加了去过日本、参加过辛亥革命等背景,甚至与张牧之曾经有过一面之缘。相较“黄天榜”那种缺乏个性的恶霸形象,黄四郎则复杂得多,也深刻得多。黄四郎在影片中手捧一只地雷说:“整个南国只有两个,第一个在辛亥革命时炸了第一响,惊天,动地,还泣鬼神。”暗示他也是一位革命先驱。此外,他曾经受到日本文化影响,很可能是现代启蒙思想的接受者。他还可能是中国革命的进步力量,身居高位后却又摇身一变,用独裁捍卫特权,重蹈覆辙。在中国历史上,这样的故事层出不穷,即便在辛亥革命之后,仍不乏这样的“历史倒退”。这样的改编处理,使黄四郎不仅成为一个活生生的、复杂的人,也引发观众对人性和历史的思考。黄四郎是张牧之的头号对手,这种改编,把土豪恶霸黄天榜/黄四郎及绿林好汉张牧之变成从革命队伍中分化出来的两类人物,借此表现创作者对中国革命主体的认识。

在小说和电影中均有黄天榜/黄四郎的替身出现,但在剧情发展中,电影中的黄四郎替身之死是一个关键的情节点,缺之不可,而小说中黄天榜的替身只是替身,可以表现黄天榜之狡猾,但缺乏情节动力。

3. 从陈师爷到汤师爷:从侠义书生到江湖骗子

原著中的陈师爷是一位出身贫苦、识文断字、阅历丰富、正派耿直的侠义书生,一开始被张麻子派人带进山寨时不为所动,当他发现这些土匪劫富济贫讲义气后才同意入伙;然后跑前跑后献计献策,帮张牧之当上县长,百般周旋;最后给被杀头的张牧之送完行才带着一家老小悄然离开。

在影片中,陈师爷变成了汤师爷,除了师爷的功能保留外,人物形象被完全颠覆:汤师爷直接由县长变化而来,他老奸巨猾、见风使舵、两面三刀、爱财如命,最后不仅夫人惨死,自己也死在了钱堆里。

这种变化,一方面是因为主角张牧之智勇双全,不再需要师爷辅佐;另一方面也是因为在动乱年代,厚黑的土豪、骗子及强盗最易得势。小说中张牧之与黄天榜的黑白对垒,变为电影中张牧之、黄四郎与汤师爷的三方混战,戏剧性更为强烈。

4. 武举人等配角的增加:各类配角的典型性

武举人是电影《让子弹飞》新增的又一“弄潮儿”形象,其主要性格特征是见风使舵、唯利是图:他本来是黄四郎的帮凶,对主人忠心耿耿,对群众穷凶极恶。一旦黄四郎失势,他便迅速抛弃昔日主人,转身成为革命的急先锋,带着人民向黄四郎的堡垒——也是他自己昔日的巢穴——勇猛冲锋,甚至连自己昔日的同事——黄四郎的管家——都能毫不犹豫地予以清除。在革命的力量还太小,需要由4个人扩展队伍以打败400人的敌人时,这些缺乏信仰但有功利需求的"武举人"便能大举进入革命队伍,甚至在日后再次成为革命队伍中的重要角色。

除武举人外,电影还增加了意气用事的小六子、貌美善变的花姐、颠倒是非的胡万等配角人物,他们各有特色,各有其典型性,各有其历史代表性。

5. 群众之变:从被肯定到被批判

在原小说中,底层群众固然倍受欺压,但在了解张牧之的所作所为后,却敢于用有限的行动表示自己的反抗:

> 张牧之听了,像受了莫大的侮辱,反问王特务:"为啥子我就不能来当县太爷?你问一问全县老百姓,我给他们当县长,有哪一点不好?有哪一点不够格?"张牧之用手一指围在大堂外的老百姓。老百姓一阵嗡嗡议论,忽然像一声炸雷似的炸开了,"他是我们的青天"!于是,"张青天""张青天""张青天"的呼声在人群中此起彼伏,像狂怒的波涛一般涌进大堂来。
>
> 全城的老百姓几乎都出来了。他们并不是来看热闹的,他们不承认杀的是江洋大盗张麻子,而是他们拥护的张青天。你看,大家都是紧绷着脸,紧咬着嘴唇,沉默地看着那一队一队走过去的团防兵,那骑着高头大马担任监斩官的新代理的县太爷。有好多人家,公然在门口摆出香案,点上香烛,好等张青天从面前过去的时候,给他烧一点纸钱,送他走路。有的还摆着馒头、肉菜和美酒,给他饯行。①

"《让子弹飞》还让我们想起了鲁迅先生对国民性痼疾的批判。在鲁迅的小说中,麻木而不觉醒的'庸众'是一个重要的人物形象系列。电影《让子

① 马识途. 夜谭十记[M]. 北京:人民文学出版社,1983:143-144.

弹飞》中也有这样一个'庸众'的群体,包括师爷、鹅城的百姓、黄四郎的帮凶,他们奴性十足、媚强欺弱、精明圆滑、自私自利。见风使舵的师爷和在'野兽'与'羊'的角色之间变换的武举人是其中的典型代表。这和小说《盗官记》中那群觉醒的民众大相径庭。正是这种普遍的奴性给张牧之的治县理想带来了严重的阻力,使他损失了心爱的六子,使他在广场上真诚的召唤仪式被势力看客们的存在销蚀为一场近乎无聊的闹剧。最终促使鹅城百姓集合起来冲击黄四郎城堡的动力也不是张牧之最初所设想的那种基于反抗压迫的革命热情,而纯粹是第一时间抢夺胜利果实的物欲冲动,这不能不是作为精英的先驱者的悲哀。"①从这个意义上看,《让子弹飞》在中国当代电影发展史中的思想深度值得被重视。

(三)主要情节之变

原小说的情节主线为被逼落草的张牧之买官上任报仇身死记。具体情节如下:"王家宾"县长上任——张牧之被逼落草与黄天榜作对——捕杀冒牌王家宾,放走罗一安——抢陈师爷入伙,买官上任——二五减租——收爱国捐——杀两恶霸——被国民党县党部与省党部调查无恙——手下张德行瞒着张牧之夜晚乔装外出打抱不平——张牧之亲自带队进入黄家受伤撤出——罗一安发现独眼龙与徐大个来往报告黄天榜——黄天榜先后派罗一安进寨打探,派于子入伙——张牧之率人捉黄审黄,法场被劫追黄杀黄,本人不幸被抓被杀——独眼龙投红军。

在电影中,依据新的主题立意,情节主线也相应发生了巨大的变化,成为从革命阵营中分化出来的绿林好汉张牧之发动群众与土豪恶霸黄四郎斗法记。总体来看,电影中只有原小说的主要人物名字和基本情节的影子,具体故事情节大相径庭。因此,姜文说电影只是"从其中一篇《盗官记》里面抽出故事的一个筋儿——或者是叫核儿、头儿——改编的"②,当然,这也是从结构相对松散的小说到结构紧凑的电影在形式上的必然要求。

---

① 韩元.从政治讽喻到文化反思——析电影《让子弹飞》对小说《盗官记》的美学超越[J].电影评介,2011(02):39-41.

② 舒可.不会演戏的编剧不是好导演:姜文专访[EB/OL].(2011-01-10)[2015-08-16].http://www.lifeweek.com.cn/2011/0110/30856.shtml.

比如,与原小说相比,电影中的如下情节有较大变动。

1. 关于开端:从散漫到简洁

原小说首先介绍国民政府卖官鬻爵、真假王家宾上任疯狂搜刮民脂民膏(约3,700字),然后介绍张牧之扛长工拜师、被黄天榜及管家欺压家破人亡、率人杀管家西山落草与黄天榜作对、捉杀假县长王家宾知晓买官途径、抢陈师爷上山入伙省城买官等事(约8,000字)。这两部分的字数占小说总字数(约45,000字)的26%,超过1/4。

电影把大量背景材料全部删掉,直接以绿林好汉张牧之在一次抢劫中意外当上县长开头(加片头共8分30秒),仅占电影片长(约128分钟)的7%。

这种改动很好地解决了原小说"皮太厚"的问题,可以更快更好地引发观众对主情节线及主悬念的好奇。

2. 关于发展、高潮:主线从分散到集中

"他一家死尽了,就是这个他没有见过面的黄天榜干的坏事。他发了誓,死也要进城去报这个仇",原小说中张牧之当官进城后,最初的目的就是找黄天榜报仇,但他进城后首先处理的是为民作主打击土豪恶霸的事(包括二五减租、收爱国捐、杀两恶霸等),一直晾着黄天榜不理,并未将精力放在打击仇人黄天榜之上。在站稳脚跟很长一段时间后,张牧之仍然在当官,仍未把打击黄天榜作为首要任务,甚至不如黄天榜对张牧之的怀疑调查积极。直到故事讲到一半的时候,张牧之才带着兄弟们乔装打扮潜入黄府,目的竟然是"想要钻进防备最森严、墙高屋深的黄公馆去和黄大老爷开个小玩笑……警告他再要作恶,有人是能够进他的公馆来找他算账的"。直到小说剧情过半,张牧之"不想当这个叫他心烦的县太爷了",才"想在城里大闹一场,把黄大老爷这个大仇人砍了"①,换言之,原小说两头强调复仇,中间强调当官,主线游移,中心不稳。

在电影中,由于主要人设和主要任务均发生了巨大的变动,因此,剧情重点成为张牧之与黄四郎双方旗鼓相当、精彩纷呈、各有进退、终分胜负的

① 马识途.夜谭十记[M].北京:人民文学出版社,1983:90,113,120.

斗法，保持了主线的集中。由于姜文推崇"从腰眼儿上就单刀直入"的做法以"把稀汤寡水的都拧干净了，留下干货"①，所以诸如"鸿门宴"等主戏都非常精彩。由于这些与原著区别很大，不再一一细加分析。

3. 关于结局：从悲剧的开放到正剧的开放

原著以悲剧收场，张牧之虽然手刃仇敌黄天榜，但自己也受伤被杀。在电影中，虽然汤师爷与黄四郎对张牧之的身份一直半信半疑，百般打探，但并未强调张牧之的身份败露，而且张牧之最终战胜了黄四郎。

不过，无论在原作中还是在电影中，结局都带有某种开放性。在小说中，这种开放性体现在独眼龙投奔红军。在电影中，这种开放性体现在张牧之的兄弟带花姐前往浦东，体现在张牧之等人手中的黄四郎的帽子——是否会有人像昔日的黄四郎一样，成为明日的黄四郎？欲知后事如何，须在历史发展与其他文艺作品中进行互文性的读解。

4. 风格与手法之变：从现实主义到象征主义，隐喻与悬念营销制造话题效应

为了进一步艺术地探讨国民性问题，也为进一步与原作及电影《响马县长》拉开距离，《让子弹飞》更加注重作品的象征主义色彩，不再如原作那样相对传统地用现实主义手法重点展现具体地理环境中的具体人物，而是致力于用带有荒诞感的象征主义手法重点展现特定文化环境中的典型人物。比如故事发生的地点，原小说中虽然未点出县城的名字，但它显然是当时很多县城的缩影，已经具有了典型意义。而在电影中，此县城被命名为"鹅城"。有人曾经如此解释"鹅城"的意义："家鹅的祖先是雁，大约在三四千年前已经被人类驯养。民间也有'呆头鹅'这一说法。取名'鹅城'，意指这里的百姓被驯化，变得愚昧麻木。"②为了进一步增加电影的画面感与传奇性，电影还经常采用夸张的手法。比如在张牧之鼓动群众起来造反的情节中，鹅城大街上满地堆积的金钱及枪支就是鲜明的体现。

---

① 舒可. 不会演戏的编剧不是好导演：姜文专访[EB/OL]. (2011-01-10)[2015-08-16]. http://www.lifeweek.com.cn/2011/0110/30856.shtml.

② 江寒. 大剧透！解答《让子弹飞》中疑问和暗喻[EB/OL]. (2011-01-10)[2015-08-16]. https://movie.douban.com/review/4541894/.

以隐喻的方式模糊叙事,在《太阳照常升起》中运用极多,但从大众接受的程度来看,《让子弹飞》则运用得恰到好处:既没有为追求视听刺激而过分直白,也没有因追求思想传达而流于晦涩,"隐"与"秀"达到较好的统一,叫好与叫座兼具,实现了创作者如张牧之一样"站着就把钱挣了"的理想。姜文自己对此也颇为满意:"《太阳照常升起》是上帝送给我的礼物,《让子弹飞》是我送给观众的礼物。给观众的,就开心点儿呗。……我原本想把上帝给我的礼物,原封不动地给观众,不行,得翻译翻译,不翻译翻译不成。"①

一部有深度的电影,其主题往往不是单一的。观众可以尽量去揣摩创作者的意图,可以结合影片生发自己的见解。含蓄的表达方式使得《让子弹飞》很好地充当了观众思考的"引导者",甚至有观众从影片中解读出了当下电影产业环境的写照:黄四郎代表了横亘在创作者头顶的产业霸权;姜文扮演的张牧之就像电影业中的姜文本人,他坚持作品的艺术性,又想扭转行业规则和观众盲目的观影趣味,在电影市场中分一杯羹;而葛优扮演的汤师爷就像葛优经常现身的商业电影。这种读解,估计创作者当时未必能想得到,充分体现出"形象大于思想"的奇妙之处。

此外,影片留下了许多悬而未决的问题,比如汤师爷临死前隐瞒的两件事是什么,花姐和老二、老三是什么关系,黄四郎的帽子为何一直被张牧之一方拿在手上……而最让人出乎意料的是,当观众都以为黄四郎已死时,他穿着汤师爷的衣服出现在结尾的马车上。结局这一谜团,成为人们观影后讨论猜测最为热烈的话题之一。也许它只是一种暗喻,也许另有隐情,好为拍续集埋下伏笔……无论如何,能引发人们的热议,创作者的目的就已经达到大半。影片编剧之一兼副导演危笑曾坦言:"我觉得他的出发点并不是要拍一个有深刻意义的片子,他知道这是一个什么行业,一个什么艺术门类,他非常清晰。至于一个电影它承载多少意义,一方面有作者本身的想法,一方面也有观众自己的解读,那么等于这两方面的化学反应构成了一部电

---

① 舒可.不会演戏的编剧不是好导演:姜文专访[EB/OL].(2011-01-10)[2015-08-16]. http://www.lifeweek.com.cn/2011/0110/30856.shtml.

影。"[①]因此,说这部电影映射现实也好,讽刺国民劣根性也罢,抑或体现革命者的孤独,谁知道呢?

四、小结

电影版《让子弹飞》并未像原作一样直白地展现当时政权的黑暗不公、官场的丑态百出、地主的贪婪愚蠢、民众的麻木屈服,而是换用荒诞的方式,以一种戏谑、颇有喜剧感的手段展现时政,以喜剧表现悲剧,以荒诞反衬崇高,比原作更具思想深度。因此,在某种意义上,《让子弹飞》是一部类似荒诞派戏剧的难以归类的特殊电影。原作面面俱到、从头叙述,有累赘之感;电影版则快速建构起张牧之与黄四郎斗智斗勇的情节主线,嬉笑怒骂间高手过招,高潮迭起,较好地实现了思想性与艺术性的有机结合,显示出类型创新的勇气,达成了"站着把钱挣了"的目的,为中国电影的发展贡献了一个精彩的案例。

这个案例提醒我们,改编时应恰当利用象征主义的手法,在创作者的思想表达与主流意识形态之间、创作者的艺术追求与主流观众欣赏趣味之间找到交集,创作出既具有独特思想内涵和艺术追求,又能在市场上获得成功的电影作品。

---

① QING.《让子弹飞》编剧危笑:编剧做烟草,演员是牌子[EB/OL].(2010-12-26)[2015-08-16]. https://www.douban.com/group/topic/16654452/.

原作:《金陵十三钗》(严歌苓)

获奖:2006年《小说月报》第十二届百花奖原创小说奖,2006年《中篇小说选刊》优秀小说奖

改编作品:《金陵十三钗》(电影,145分钟,2011年12月15日首映)

导演:张艺谋

编剧:刘恒、严歌苓

主演:克里斯蒂安·贝尔、倪妮、佟大为、张歆怡、黄天元、渡部笃郎

获奖:2012年第69届美国电影金球奖最佳外语片提名,2012年第31届香港电影金像奖最佳华语电影提名,2013年第15届中国电影华表奖优秀故事片奖

第四章 《金陵十三钗》:从中篇小说到电影

严歌苓创作的小说《金陵十三钗》有两个版本,一个是4万多字的中篇小说,在2006年刊登于《小说月报》第6期,2007年由中国工人出版社出版,电影《金陵十三钗》是依据这个版本进行加工创作的。在参与电影剧本创作的过程中,严歌苓接触到更多有关南京大屠杀的资料,借由海外出版的契机,将原来的故事进一步丰满,扩写为9万余字的长篇小说《金陵十三钗》,这一版本则是电视剧《金陵十三钗》的改编依据。中篇版、电影版、长篇版、电视剧版《金陵十三钗》的故事主线基本一致,但内容和细节安排上有诸多不同。鉴于电视剧《金陵十三钗》的影响力和热

议程度均不及电影，本文主要关注该故事从中篇小说到电影的改编。

中篇小说《金陵十三钗》的故事源于惠特琳女士日记中记录的真实事件。电影《金陵十三钗》的剧本由刘恒与严歌苓联手打造，被张艺谋称为自己20年来遇到的最好的剧本。《金陵十三钗》是张艺谋团队冲击奥斯卡目的性最强的一部电影，一直备受关注。制片人张伟平在接受采访时明确指出，“国际化”是贴在这部作品身上最显眼的标签，它拥有国际化的主题、国际化的题材故事、国际化的合作团队、一流的好莱坞明星，并对准了国际市场。[①] 然而影片在上映后却并未迎来期望中的成功，在国内的口碑可谓毁誉参半，大赞其为可冲击奥斯卡的上佳之作者有之，愤而指责其宣扬“情色爱国主义”者亦大有人在，在国际上，《金陵十三钗》更是遇冷。

《金陵十三钗》的电影化改编幅度较大，启发我们思考改编中需要注意的重点问题。

一、原作的可改编基础

(一)关于南京大屠杀的电影数量有限，争议不断

关于二战题材的优秀影视作品有很多，《辛德勒的名单》《钢琴家》《拯救大兵瑞恩》《硫磺岛的来信》《父辈的旗帜》等影片享誉世界，然而，中国战场上发生的骇人听闻的南京大屠杀却甚少被表现。由于题材的特殊性和操作的高难度，从中国人视角反映南京大屠杀的影片不仅数量有限，而且几乎都处于争议之中，如陆川的《南京！南京！》。可以说，中国至今缺少深刻反映反思南京大屠杀或者以南京大屠杀为背景的虚构类影视作品，因此观众对新作、佳作翘首以待。

(二)《金陵十三钗》视角独特，有很大改编空间

严歌苓提到，《金陵十三钗》的创作动机源于人在异邦时自己族群“自我意识”的增长，这种族群的“自我意识”让她对南京大屠杀的题材具有特殊的敏感性：“战争中最悲惨的牺牲总是女性。女性是征服者的终极战利品。女

---

① 廖红英. 对话张伟平《金陵十三钗》：“用故事攻击大脑，用视觉占领眼球”[J]. 电影,2011(11):50－55.

性承受的痛苦总是双倍的。并且无论在何种文化里,处女都象征一定程度的圣洁,而占领者不践踏到神圣是不能算全盘占领的。这就是男性游戏——战争之于女性的悲剧。这个故事是献给 *The Rape Of Nanking*(南京大屠杀)中的女性牺牲者的。"①

导演张艺谋看到小说后,认为严歌苓对南京大屠杀的处理很独特:"以小女孩孟书娟的视点展开叙述,就是一个突破点,它非常值钱。小说让我想到一个定格的画面:通过彩色玻璃,一群花枝招展的女人走进教堂。我为这个独特镜头而激动。"②

总而言之,中篇小说《金陵十三钗》以南京大屠杀为背景,选取了独特的女性视角,从女学生与秦淮河女人的相处与对立中逐渐走向对战争的揭示、对民族性的反思、对人性的挖掘和展示。小说篇幅虽短,对女学生、秦淮河女人、中国军人、神父、日本人的群像刻画却鲜明独到,同时也因篇幅较短,为电影的改编留出了较大空间。

二、改编中需要重点解决的问题

除视听转换等常规任务外,电影的改编还需要重点解决如下问题。

(一)小说叙事线索较多,时间跳跃较大

电影需要比较明确的时间线索来讲述故事,而小说的叙事在时间上则有更大的自由。原小说常常在正常的线索中插叙人物的前史或者以后发生的事情,比如在赵玉墨跳舞的时候穿插了她与书娟父亲的那段感情以及玉墨的身世,又如英格曼神父从安全区回来后,跳跃写他 1948 年离开中国时对送别的女学生们所说的话。电影如果不对这些段落进行恰当处理,会造成叙事的冗余和混乱。

(二)小说中的心理描写和精妙点评难以展现

原小说是严歌苓献给南京大屠杀中女性牺牲者的,独特的女性视角不

① 严歌苓. 悲惨而绚烂的牺牲[J]. 当代(长篇小说选刊),2011(04):69.

② 张英. "我们不要做狭隘的民族主义者"——张艺谋讲解《金陵十三钗》[N/OL]. 南方周末,2011-12-18[2018-03-26]. http://www.infzm.com/content/66363/.

仅体现在女性叙述者的选取上，还体现在着重刻画的女学生孟书娟和秦淮河女人赵玉墨这一组有着特殊关系的人物上，通过描写这两个人物细腻的心理活动，逐步探讨与揭示战争中女性的生命价值，而这却很难用影像表达。

以书娟为例，“我姨妈书娟是被自己的初潮惊醒的”，故事的一开始，书娟告别了懵懂的女孩时期，这种变化使她对女性的身体带着一种复杂的看法。

> 我姨妈只知一种极致的耻辱，就是那注定的女性经血；朦胧懂得由此她成了引发各种淫邪事物的肉体，并且，这肉体将毫不加区分地为一切淫邪提供沃土与温床，任它们植根发芽，结出后果。
>
> 她站在窗前被一阵腹痛钳住了。没人告诉她这样可怕的疼痛会发生。假如不是因为一个妓女，她母亲不会强迫她父亲离开祖国离开南京离开她，她母亲一定会向她讲解，这腹痛是怎么回事。由此她切齿地恨那个使她家庭支离的妓女。由此她更恨眼前的这一群妓女。看看她们干的好事：竟在一件斗篷后面宽衣解带，大行方便。书娟不理会她敬爱尊重的英格曼神父，是因为她实在太疼痛太仇恨了。她咬碎细牙，恨着恨着恨起了自己。书娟恨自己是因为自己居然也有楼下妓女的身子、内脏，以及这滚滚而来的肮脏热血。她已经痛得自持不得，动弹不得，眼睁睁看着那个身段丰硕肤色如铜名叫红菱的窑姐把豆蔻拉出了法比·阿多那多的手。①

除了心理活动以外，小说中全知视角“我”对当时的人物事件的评价更像是今人站在历史的高度对人性和事件洞察后得出的结论。但是，影片应该用事件和动作来揭示人物，而不能过多依赖文字。

> 法比·阿多那多可以作为中国人来自省其劣根，又可以作为外国人来侧目审视中国的国民性。面对这群窑姐，他的两种人格身份同时觉醒，因此他优越的同时自卑，嫌恶的同时深感爱莫能助。他像个自家人那样，常在心里说：“你就争口气吧！”他又是个

---

① 严歌苓. 金陵十三钗[J]. 名作欣赏，2006(13)：3－31.

外人,冷冷地想:"谁也无法救赎你们这样一个民族。"

我猜他的迷乱是感到自己上了当:真有上帝,上帝怎会这样无能! 他一定是为他的上帝找了许多借口,其中之一是:上帝把一幅地狱画卷展现给人们,一定有一个重大的启示。而他完全解答不了这启示。①

(三)人物众多,叙事较为分散

表4-1 中篇小说《金陵十三钗》人物清单

分类	人物	身份特征	在故事中的状态
教堂原有人物	1 英格曼神父	年迈的教堂负责人	贯穿整个故事的主要人物
	2 法比·阿多那多	英格曼的助手 扬州乡下长大的外国神父	贯穿整个故事的主要人物
	3 陈乔治	伙夫 英格曼神父收养的乞儿	在故事中段被日本兵杀害
	4 阿顾	教堂雇工	贯穿故事的小角色
	5 孟书娟	女学生的代表	贯穿故事的主人公
	其他43位女学生	略	贯穿整个故事,其中24位由惠特琳女士接走。群像略写
秦淮河女人	6 赵玉墨	头牌 秦淮河女人们的主心骨	贯穿整个故事的主人公 与书娟父亲有染
	7 红菱	泼辣	与陈乔治有来往
	8 豆蔻	单纯	对王浦生有美好情愫 因出门找琴弦被日本兵强暴
	9 喃呢	淘气	因倒便桶事件与女学生起争执
	10 玉笙	直接	因倒便桶事件与女学生起争执
	其他8位	略	群像略写
伤兵/ 中国军人	11 戴教官	教导总队教官	为保护妇女小孩而放弃抵抗
	12 李全有	上士	死前奋力与日军中佐一搏
	13 王浦生	小兵,重伤员	被日军杀害
	另外两名伤员	普通士兵	被日军杀害

① 严歌苓.金陵十三钗[J].名作欣赏,2006(13):3-31.

续表

分类	人物	身份特征	在故事中的状态
日军	14 中佐	暴力	带领手下搜伤兵
	15 大佐	文雅	邀请女学生赴宴
	日本翻译	略	与中佐一起行动
	若干日本兵	略	功能性人物
	16 特里默医生	略	对伤兵施救
	17 惠特琳女士	略	救走部分女学生

电影因篇幅有限，需要将叙事重点有效集中，根据人物的特点和承担的叙事任务对其进行有效合并。

（四）对于大片来说，战争场面有限

制片人张伟平“看完小说之后，第一感觉就是小说的格局不够大，缺了战争这条腿，说白了就是不够接地气。这个故事一定要有国家命运，要有中国人的血性”，而他对电影的概括是“美丽如画的女人遇到世界上最大的战争灾难”①。

三、重要改编分析

（一）人物的增删、定位及人物关系的变化

表 4－2　电影《金陵十三钗》人物清单

分类	人物	身份特征	在故事中的状态
教堂原有人物	英格曼神父	年迈的教堂负责人	故事开始时已故，可略
	阿顾	厨师	未出场，故事开始时已跑掉
	1 陈乔治	英格曼神父的养子	贯穿故事的主要人物
	2 孟书娟	女学生的领导者	贯穿故事的主要人物
	其他女学生	略	2 人在日军首次进教堂时死去

① 廖红英. 对话张伟平《金陵十三钗》：“用故事攻击大脑，用视觉占领眼球”［J］. 电影，2011（11）：50－55.

续表

分类	人物	身份特征	在故事中的状态
教堂新增人物	3 约翰·米勒	美国人、入殓师、假神父	小混混-英雄主人公
	4 孟先生	书娟父亲	为救女儿当汉奸
秦淮河女人	5 玉墨	头牌 秦淮河女人们的主心骨	贯穿故事的主要人物
	6 胖美花	追随赵玉墨	因用厕所与女学生起争执
	7 红菱	泼辣	
	8 豆蔻	单纯	因出门取琴弦遭日本兵强暴而死
	9 香兰	爱美	因出门取耳环死于日军枪下
	10 小蚊子	怯懦	误被当作女学生,不愿赴宴
	其他 7 位	略	略
伤兵/中国军人	11 李教官	教导队教官	为保护女学生而牺牲
	12 王浦生	小兵,重伤员	被日军残忍杀害
	13 许大鹏	能力较强的队员	阻击日军而牺牲
	其他十几位	略	阻击日军而牺牲
日军	14 长谷川大佐	文雅而冷酷	邀请女学生赴宴
	15 加藤中尉	残暴 贪财	接受孟先生贿赂
	16 朝仓中尉	残暴 好色	带兵闯入教堂,被李教官所杀
	若干日本兵 其他军官	略	功能性人物
	17 泰瑞	略	约翰好友

1. 原创人物承担重要戏份

由国际一线影星克里斯蒂安·贝尔饰演的约翰·米勒是电影的原创人物,除去制作方海外推广的商业因素,仅从故事的角度来看,约翰这个角色在影片中的叙事分量举足轻重。

约翰·米勒原本是个混混一样的入殓师,为了钱财留在教堂,热衷于与玉墨调情,此后因为目睹了日军的暴行,放弃了离开中国的机会,积极寻求保护女学生的方法,他修好教堂的卡车、说服书娟的父亲弄到通行证、亲手将十三钗打扮成女学生,并最终成功将女学生送出城。约翰这个人物身上体现着西方叙事中典型的英雄成长轨迹。

书娟的父亲孟先生同样是一个原创角色。原小说中并没有汉奸出场，电影中的孟先生则是主动投靠日本人的“汉奸”，不过他并不为虎作伥，而是为了救出女儿。正是由于他帮忙弄到了修车工具和通行证，女学生逃出南京城才有了实现的可能。

小蚊子是秦淮河女人中年纪较轻、十分胆小怕事的一个，在影片的众多人物中，人性的懦弱和自私在她身上体现得最为明显。小蚊子因为找猫被日本人发现，书娟急中生智说她也是女学生，使她得救，然而日本人离开后，小蚊子却马上改口说自己不去赴宴。当秦淮河女人们都已打扮成女学生准备上车时，小蚊子又害怕得大喊自己不是女学生，不愿意去，差点暴露整个计划。

胖美花、香兰是原小说中没有出现的名字，电影中胖美花性格爽直泼辣，起初频频和女学生起冲突，但她善良明理，当玉墨试图说服大家代替女学生的时候，她是第一个应和的；香兰跟豆蔻一起跑出教堂，被日军发现，增加了那一情节段落的恐怖和残忍。

2. 主要人物形象及其关系的变化

赵玉墨在原作中是风情而庄重的。她初次登场是“闯入”教堂避难的时候，别的姐妹或撒泼，或耍无赖，或扮可怜，玉墨向英格曼神父郑重下跪，真诚恳求。搬入教堂后，她将自己的风尘气褪得干干净净，举手投足间完全是闺秀风范，毫无搔首弄姿之态。唯一的一次，就是她应伤兵的邀请跳舞时想起了自己的伤心事，那支舞，她跳得妖娆妩媚，颠倒众人。电影中玉墨的出场则将其风情万种的一面展现得淋漓尽致，她利落地将箱子扔进教堂的围墙，带着姐妹们直接翻进去，对着吹口哨的约翰飞吻回应；衣冠不整地用流利的英语与约翰调情；深夜去约翰房间，提出只要约翰带领她们逃出南京，就会与所有的姐妹一起以身相报。

书娟在小说中与赵玉墨有着微妙而复杂的关系，她的父亲与赵玉墨有情，母亲为了挽救婚姻急与父亲出国而来不及接走书娟，使书娟独自留在南京。因此，书娟对赵玉墨抱有极大的偏见甚至恨意，而书娟本人的性格并没有被特别展现。电影删去了书娟与玉墨的这层关系，两人此前并无瓜葛。

在此基础上,书娟成为学生的主心骨,在日军闯入教堂的时候冷静地带领同学们逃跑,在众多日军面前急中生智救下小蚊子,面对日军的邀请敢于带着同学们爬上教堂顶楼。

此外,小说里为了保护女人和孩子而放弃抵抗的败军之将戴教官变为电影中为了保护女学生而浴血奋战的血性军人李教官,陈乔治由小说里贪色、身份低微的伙夫变为电影中遵循英格曼神父嘱托而全力保护女学生的少年。

赵玉墨、书娟、李教官、陈乔治的形象转变和新增的约翰·米勒形象有一个共同点,那就是都被塑造为世俗英雄般的人物。

(二)重点情节变化

1. 战争恐怖氛围的浓厚渲染

在原小说中,当南京城陷入火海、变成人间地狱的时候,教堂就像最后的绿洲。虽然炮火枪弹声不时传入教堂;虽然英格曼神父和法比·阿多那多会把在教堂外的见闻和拍摄的照片给女学生们看,让她们正视这座城市正在发生的一切;虽然日军进教堂搜查伤兵的时候,女学生们目睹了伤兵们如何被残忍杀害,但自始至终,她们并未直接感受到恐怖。

电影对战争的残酷进行了多处渲染,第一场戏便是女学生们跑在已成废墟、尸体遍地的南京城内,并目睹了一个同学被日军拿刺刀刺死。此外,日军的暴行很早便进入了教堂,逃回教堂后的第二天,一伙日军就持枪闯入教堂,疯子般地追逐女学生,企图施暴,导致一名女学生摔死。这一事件使剩下的女学生们直接感受到了敌人的凶残与恐怖。

2. 救女学生成为核心目标

在原小说中,日军对女学生的意图和威胁起初并不明确,神父、女学生、十三钗、伤兵们都相信天主教堂的庇护能力,女学生的父母把孩子留在教堂也是认为美国神父与宗教形成的双重保护甚至比安全区更稳妥。因此,女学生的自我保护意识并不强,她们甚至在书娟的组织下每晚唱圣经诗篇来抗议十三钗与伤兵的狂欢。

> 英格曼神父起初为歌声不安，恐怕歌声惊动满城疯狂的占领军，使教堂变成更大的目标。但当他走到礼拜堂，看见女孩们天使般的面孔，立即释然了。在这种时候，一座毁于武装对抗的大都市，或许能被宽容的歌声安抚。谁会加害这些播送无条件救赎的女孩呢？狼也会在这歌声中立地成佛。①

直到日军强行进入教堂搜查伤兵，女孩们才近距离地目睹了残暴与恐怖，但即便是这个时候，日军也并未搜出女学生，或者对她们施加暴行。

电影则早早将女学生们置于危险之中，保护女学生的核心任务从李教官下令阻击日军时就已建立起来。乔治因为英格曼神父的嘱托，始终把保护女学生当作最重要的事；日军闯入教堂施暴未遂后，约翰·米勒也开始逐渐转变为学生们的保护者；玉墨和姐妹们最后的决定更是毋庸赘述。

3. 十三钗赴宴前情节的丰富

“圣诞夜事件”是原小说故事的核心情节，但作者并未对其做重点渲染。当天，日本大佐手捧一盆“圣诞红”，带着上百名荷枪实弹的士兵送来请柬，邀请女学生们前去赴宴。只有半个小时的时间，神父苦思而不得法。此时，赵玉墨和十二个姐妹打扮成女学生的样子走到神父面前，表明愿意代替女学生们前去。十三钗和女学生们根本来不及道别，只有躲在窗边的书娟看见了玉墨上车前那机智的一笑。

电影则对十三钗赴宴之前的情节做了极大丰富，可简单概括如下：日军发来邀请——书娟欲带同学们跳楼，玉墨及姐妹们提出代替之法——玉墨与姐妹们商量应不应该真的代替——女学生们送来校服，双方冰释前嫌、姐妹般话别——约翰将十三钗打扮成女学生——因少一人，乔治提出男扮女装——乔治装扮完成，十三钗身藏利器——十三钗上车赴宴。

（三）内在价值取向的改变

“救赎”主题的国际化与女学生贵于妓女价值的反国际化形成了故事深层的矛盾，而这层矛盾的存在从根本上动摇了故事中的人性力量、事件力量

---

① 严歌苓. 金陵十三钗[J]. 名作欣赏，2006(13)：3－31.

和精神震撼力。

1. 自我救赎到他者救赎的转换

电影为了让十三钗救女学生这一举动更有说服力,增加了几场重戏。一是在日军第一次侵入教堂,妄图对女学生施暴时,书娟和其同学没有暴露十三钗的藏身之处,另觅躲处,结果一个女学生摔下楼梯死去。事后,秦淮河女人们都很愧疚,因为如果不是她们占了地窖,女学生们很可能不会遭遇那场灾难。二是在女学生们唱歌的时候,小蚊子为了找猫突然出现,为了保护她,书娟急中生智,说她也是女学生中的一员。三是在女学生们得知日军司令部的邀请企图集体自杀时,玉墨等为了劝阻她们,说出了替她们应邀前往的话。还有一个细节,就是戴教官离开前让玉墨转告"神父":保护好女学生,不然自己那些兄弟就白死了。这些铺垫在一定程度上使十三钗的牺牲更加"理所应当"一点,但同时也削弱了十三钗的举动带给人们的震撼。小说里的秦淮河女人们是在男人无力保护女学生的情况下主动站出来的,在救赎他人的同时完成自我救赎;但电影改动之后,秦淮河女人们的救赎动机则掺杂了报恩、歉疚、安抚等成分,并且,救赎的实施还需要约翰这个"他者"进行帮助,救赎的最终落点不是女性,而是约翰这个男性带着女学生们驶离南京。换句话说,自我自主的救赎被转换为依靠他者的救赎。

2. 一律平等和贵贱有别的错置

小说中女学生和十三钗是平等的,但在电影中被置换为女学生的生命价值高于一切。整部电影围绕着"保护女学生"的中心任务展开,李教官及其兄弟们、约翰、十三钗、陈乔治等先后为了女学生的安全作出牺牲,如若以大人保护孩子的本能作解,这样的安排似乎也无可厚非。然而问题在于,影片在女学生的生命高于一切的价值取向中,又显现出女学生比十三钗高贵的价值取向。当十三钗提出代替的方法,约翰脱口而出:"这是一个好主意。"如果说陈乔治作为一个年幼者尚不明晰"平等"的概念,且因为英格曼神父的嘱托而一心考虑保护女学生,那么作为影片第一男主人公、"救赎"主题的体现者,身为西方人的约翰竟也没有对这个提议存有任何犹疑,这就使得女学生高贵而十三钗低贱的不平等价值体现无疑。在小说里,当赵玉墨将自己和姐妹们的决定告诉两位神父的时候,一向轻贱十三钗的阿多那多先是一阵释然，继而迅速察觉到了自己这份释然中的歹毒和罪恶。即便是在电影完成后重新修改的长篇小说里，严歌苓也始终明确女学生和十三钗之间一律平等的观念：接受女人们牺牲决定的英格曼神父为自己的残忍而深深内疚，阿多那多更是直接向十三钗喊出她们不用去顶替女学生，只要他活着，就不会让任何人拉她们做垫背的。

四、小结

本文重点分析了严歌苓的小说《金陵十三钗》在改编成电影作品过程中遇到的问题和与之相应的解决办法。原小说人物众多，线索繁杂，时间跨越较大，这些都成为改编电影作品时的不利因素。针对这这些问题，改编创作者对原著中涉及的众多人物进行了叙事层级的划分，重点刻画部分人物，将其余人物大幅删减。同时，改编创作者牢牢抓住"救助女学生"的叙事主线，对原著情节进行了重新整合，使之更加符合电影文体的叙事习惯。虽然有许多成功之处，但改编创作者们对原著精神内涵把握有失偏颇，使得电影《金陵十三钗》在国际上为人诟病，难以跻身经典。

这个案例提示我们要关注中国电影在走向国际的过程中所存在的问题。改编作品时，创作者应该抓住一个被普遍认可的价值观念作为核心主题，有序组织人物和事件。比如黑泽明改编自莎士比亚名作《麦克白》的《蜘蛛巢城》，就抓住野心和欲望使人性迷失并走向毁灭的核心，将整个故事置于日本战国时期，用能乐、妖怪、鬼打墙等日本本土元素替换原作中的西方元素，并在细节处理上重视东方特有的美学意蕴，使得一个西方的故事在东方的文化土壤中重获新生。改编自港片《无间道》的《无间行者》在保留基本人物框架和主要事件的同时，祛除了其中的宗教和宿命意味及诗意风格，找到一种黑色现实主义理念进行改编。

原作:《万箭穿心》(方方)
改编作品:《万箭穿心》(电影,120 分钟,2012 年 11 月 16 日首映)
导演:王竞
编剧:吴楠
主演:颜丙燕、焦刚、李现、赵倩
获奖:2013 年第 15 届中国电影华表奖优秀故事片;2013 年第 13 届电影频道电影百合奖优秀编剧奖,优秀影片一等奖第二名

第五章 《万箭穿心》:从中篇小说到电影

电影《万箭穿心》①改编自著名作家方方的同名中篇小说,它在 2012 年冬进入院线,上映时间仅仅两周,每日也只有寥寥几场排片,并最终在《少年派的奇幻漂流》和《一九四二》等影片的热映和夹击下悄然下线,票房只有区区的 200 多万元,但《万箭穿心》被豆瓣观众誉为"2012 年最佳华语电影"之一,入围第 25 届东京国际电影节主竞赛单元,获得第 15 届中国电影华表奖优秀故事片等奖项。尽管随后因发行方和创作方之间产生难以调和的分歧,《万箭穿心》深陷退赛风波,以至于给人们留下"为了名气争曝光率"的不良印象,但它仍旧在业内获得了极佳口碑。从内容上来说,《万箭穿心》确实是一个由新写实小说改编成现实题材电影的成功案例。

除电影外,电视剧《亲爱的》也改编自小说《万箭穿心》,但从

---

① 1971 年香港邵氏兄弟公司曾经制作一部名为《万箭穿心》的古装片。

片名即可看出,《亲爱的》在主题和风格上与原小说和改编电影都有较大的差别,呈现出“悲剧意识淡化,叙事焦点分散化,角色冲突弱化等特征”①,这与电视剧的通俗性和消遣性亦分不开。

本文主要分析电影《万箭穿心》的改编。

一、原作的可改编基础

(一)新写实的风格在娱乐化的文艺大潮中弥足珍贵

方方的《万箭穿心》首刊于《北京文学》2007 年第 5 期,共五万余字,一经发表,便获多个期刊的青睐而被转载。《北京文学》也曾将《万箭穿心》作为5 部中篇小说候选作品之一申报第五届“鲁迅文学奖”,但最终获奖的却是由其他单位申报的方方发表在《十月》杂志的《琴断口》。时任《北京文学》总编杨晓声曾透露:“记得当时我发短信向方方表示祝贺,方方却在回复我的短信时坦言自己更喜欢《万箭穿心》。后来我读了《琴断口》之后,感觉方方说的并非客套话,《万箭穿心》确实比《琴断口》更有深度和力度,因而也更加厚重。也就是说,《万箭穿心》比《琴断口》更应该获得‘鲁迅文学奖’。从两者发表后迄今在社会中不同的反响看,也进一步印证了这一判断。”②

小说《万箭穿心》塑造了一个虽然不幸,但坚强独立、泼辣勇敢的女性形象——地道的武汉女人李宝莉。先后经历丈夫出轨、中年丧夫等悲惨遭遇,李宝莉硬是靠在汉正街做“女扁担”挑起了一个家。然而,她却在四十八岁本命年这一年被儿子赶出了家门——儿子把父亲的死因全部归结于母亲,并始终难以原谅她。毋庸置疑,李宝莉存在着一定的性格缺陷,“她知道,自己当年在一念之间,改变了许多人的命运和人生,包括她自己”③,但小说整体却能升腾出一种超拔感,在生活流的叙事中,处处呈现出现实生活的琐碎、平庸、痛苦,又处处显露出人的尊严和崇高,比如在小说的结尾:“李宝莉

---

① 唐宏.从“万箭穿心”到“亲爱的”——方方小说《万箭穿心》的电视剧改编分析[J].时代文学(下半月),2014(11):159-160.

② 王秀云,吴晓辉,张颐雯,等.《万箭穿心》之电影与文学[N].新华副刊,2012-12-20.

③ 方方.万箭穿心[J].北京文学,2007(05):4-48.

想,人生是自己的,不管是儿孙满堂还是孤家寡人,我总得要走完它。"①《万箭穿心》还体现出新写实小说坚持的"零度情感"原则,较少对叙事中呈现的事物作出主观评价。

电影《万箭穿心》的艺术监制是北京电影学院的教授谢飞。方方的原小说给他留下了"从生活来""接地气"的印象,而他恰好认为中国电影最优秀的传统就是"现实主义",它是一种需要延续的"血脉"。曾经,有许多国产现实主义的好电影都做到了既贴近现实,又有一定的人文精神和批判精神。而近年来的主流国产电影却呈现出越来越"娱乐化"和"闹剧化"的特点,对中国电影市场造成了不小的伤害。随后,谢飞开始寻找一些现实题材的小说,将它们改编成低成本的电影,《万箭穿心》就是成果之一。

(二)情节密度高,影像感强,适合低成本电影改编

与方方前期的作品相比,《万箭穿心》虽在情节设计上略有斧凿之迹,但的确可以说是方方的一部佳作,在其老道的叙事功力加持下,作家的真情实感几欲喷薄而出,"每一个情节变化,于作品中人物、于读者,都如穿心之箭,疼痛难耐,步步惊心"②。

方方的其他小说如《桃花灿烂》《蓝色爱情》《风景》等都有成功影视化改编的经历。《万箭穿心》人物性格突出、对比鲜明,具有很强的戏剧性,加上方方的语言技巧运用娴熟,令人读起来有种酣畅之感,情感力度力透纸背。

小说《万箭穿心》的情节密度高,故事一波三折,"视觉化"和"动作化"的语言丰富,本身就带有"影像化"的特点,非常适合影视改编。生活流的叙事以及"接地气"的风格也为小说改编为现实题材电影提供了较为坚实的基础。

二、改编中需要重点解决的问题

(一)小说的人物多,配角个性模糊

在小说《万箭穿心》中,作者花费笔墨着力刻画的人物并不多,只有寥寥

---

① 方方.万箭穿心[J].北京文学,2007(05):4-48.

② 刘川鄂,黄耀芳.《万箭穿心》:小说与电影[J].扬子江评论,2014(03):26-29.

几个主角,但出场人数却不少:李宝莉、李宝莉的父母、马学武、马学武的父母、马小宝、万小景、建建。每个人物都占据了一定的故事篇幅,并且有的人物还携带了包含一定内容的前史,如建建和李宝莉的母亲。这在小说中较好用语言进行交代,但在电影较为狭窄的叙事空间中,如要让九位主角的形象都成功树立起来,则相对较难。

在小说中,有些配角的个性稍显模糊和平面化。如马学武的母亲这个角色,她在小说中表现出了令人难以理解的阴鸷与不通情理,性格维度单一;李宝莉的父亲与马学武的父亲的形象也略为模糊,没有太出彩的地方。如遵循芦苇的"一般正剧的要求是不能超过七个主要人物"[①]和"电影人物出场……则必有好戏看"[②]的剧本创作原则,这两个父亲形象则不适合在电影中出现。

(二)小说的叙事视角存在价值局限

方方的原小说虽然以一种冷峻的笔调写就,没有刻意地进行煽情和道德评价,但其叙事的视角仍然局限在主角李宝莉一人身上,尤其小说的中后部分,可以说是李宝莉一人的"独角戏"。作者也许是刻意回避了对马小宝、爷爷奶奶的内心世界的描写,只白描了他们对李宝莉外化的绝情与冷漠,使李宝莉默然地站在了"叙述者"的道德制高点上,在苦难叙事的同时掺入了作者隐藏的非客观视角。

因叙事视角的局限,李宝莉险些截肢、卖血供小宝读书的情节未免显得过于残酷和不现实,也使得小说的中后半部分向充满奇情性的家庭悲剧靠近,由此损失了现实主义的价值。

原小说还包含了浓厚的"宿命论"的思想,从"万箭穿心"的话题始,以千疮百孔的生活终,命运好像一个圆圈,禁锢了主角李宝莉的一生,以至于最后她也默认自己的一切辛苦劳作都是在"还债"而已。李宝莉的形象虽然坚韧,但整部作品反映出来的主旨却是"一个也不原谅",故事在人物未能达到理解与和解的状态下戛然而止。而建建的出现,又像是作者特意安排给悲

① 芦苇,王天兵.电影编剧的秘密[M].上海:上海交通大学出版社,2013:25.
② 芦苇.《白鹿原》:芦苇电影剧本[M].北京:世界图书出版公司北京公司,2014:7.

剧主角的一点安慰,意外大于合理,人物动作缺乏令人信服的动机。悲悯与反思的阙如,是小说《万箭穿心》在主旨上的遗憾之处。

三、重要改编分析

（一）主要人物与人物形象的变化

1. 人物数量的删减

电影《万箭穿心》删除了李宝莉的父母和马学武的父亲这三个角色,将主要人物数量控制在了七人以内。马学武的父亲和李宝莉的父亲在原著中本就稍显多余,删除之举符合电影改编的原则;尽管李宝莉的母亲在原著中是李宝莉的"精神偶像",删去她之后,李宝莉的性格失去了根源,但这并不影响李宝莉形象的整体塑造。

2. 次要人物形象的丰满

电影《万箭穿心》相比原著最大的改进在于对次要人物形象进行了丰满。

在原著中,马学武的父母形象非常扁平化,只有被欺负的"受虐者"和后来的"施虐者"两种身份。而中学教师出身的婆婆,总是显露出过于阴鸷恶毒的一面,也与人物身份设定略有不符。如原著中有许多这样的对话情节:

> 婆婆说,你跑我们房间做什么?你怎么能够随便进我们屋里?李宝莉说,我在看小宝的奖状。好像每学期都得了咧。没有人接李宝莉的话。
>
> 李宝莉有点难堪,只好又问了一句,这么大的风,你们怎么还出去了?婆婆说,哦,小宝的爷爷今天过生日,我们三个到餐馆吃饭,给他祝寿。李宝莉说,真的?怎么不说一声,我也好给爸爸准备点礼物呀。婆婆轻描淡写道,有什么说头?我们自己屋里人过就行了,不劳你操这份心。哦,这不是用你赚的钱,是取的我的退休金。李宝莉说,说这话就见外了。我赚的钱,就是这一屋里人的

钱。婆婆说，毛皮夹袄，里是里，外是外，那还是得分清白。[①]

电影将马学武父母的特征合并到母亲一个人身上，并让她有了温情的一面（会与李宝莉正常地对话、劝导小宝听妈妈的话、替小宝的不懂事向李宝莉道歉等），电影将其还原成了生活中一位性格较平和的老人，这也更易于让观众接受。

原著中的马小宝从青少年开始便处心积虑地对母亲实施报复，研究生毕业后事业有成，另买房子付完首付之后便把妈妈赶了出去。小说情节更戏剧化，也更让人难以接受。

> 小宝最终还是选择了武汉大学。任人劝说，他都执意不听。李宝莉急得跳脚，说你为什么要这样？别个哭都哭不进清华，你进得去还拿架子。你脑子是不是灌水了你！小宝说，我脑子就是灌了水。我不放心爷爷奶奶。李宝莉说，爷爷奶奶有我照顾，几时轮着你来操心了？小宝说，我更不放心的就是你。我不守在他们跟前，天晓得你会怎么欺负他们两个老人？
>
> 冬天的时候，小宝给自己买了件皮夹克，模样越发英俊帅气。每次回来，他都会跟爷爷奶奶有说有笑，只是见到李宝莉却依然神情淡然。除了找李宝莉要钱，其他时候，他基本不跟李宝莉搭腔。其实李宝莉做扁担的钱是无法满足小宝的大学生活之需的。有一次放暑假，小宝要跟同学去西藏旅游，找李宝莉要钱。李宝莉一下拿不出，急了，就又去卖血。卖血是世上快速来钱的最好办法。从这之后，李宝莉每隔一两个月就去卖一次。只是，李宝莉不再把自己卖血的事告诉任何一个人。[②]

《万箭穿心》的导演说："那样拍出来大家会更加毫无保留地同情李宝莉。"[③]或许方方的写作初衷便是要让李宝莉在做足了恶人之后，又以极端的悲苦赢得最深的同情。但电影没有选择按照原著拍，而是把孩子年龄改成

---

① 方方. 万箭穿心[J]. 北京文学，2007(05)：4－48.

② 方方. 万箭穿心[J]. 北京文学，2007(05)：4－48.

③ 王陈. 王竞访谈：有种电影，逼你重新思考[J]. 大众电影，2012(24)：34－36.

18岁,让他有了不成熟的理由,同时加入了他和爸爸的关系铺垫,给他更多情感的动因。改编使得观众从一味指责马小宝的思维中解脱出来,有机会思考李宝莉悲剧背后的原因。

电影改动最明显的是建建的人物设定,改动后建建的形象几乎是全新的。因角色的重要性,建建不可能像原著一样在小说的后半部分才出现,而必须在电影一开始就登场,这又使得建建的身份必然发生变化——从对李宝莉痴心不改的男子转变为玩世不恭、见惯沧桑但仍有真情的街头混混。这样的改动使电影更富有逻辑性,毕竟原小说中的建建在道德上近乎完美:坐了十年牢,出狱后事业有成的他,仍然对十年前相亲认识的、喜欢过的女子死心塌地,哪怕她已人老珠黄、历尽沧桑。这样的情节无论从哪个方面看,都显得有些不真实,难与小说中其他现实风格"和平相处"。

除此以外,电影还对万小景、马学武、周芬(马学武的相好,在原著中没有姓名)等人的形象进行了不同程度的丰富,增添了对他们个人生活的展现和内心世界的刻画。

(二)叙事结构的调整

虽然电影采用了跟原小说几乎一致的时间顺叙方式,但仍做了符合电影叙事结构的调整。以下是原小说的叙事结构:

表5-1 原小说的叙事结构

开头	李宝莉和万小景一起看房;李宝莉与马学武争吵;李宝莉回娘家;李宝莉和父母一起看房,父亲指出"万箭穿心"的风水大忌;搬家后,李宝莉与马学武争吵;马学武向李宝莉提出离婚;万小景找李宝莉谈心;李宝莉跟踪马学武,发现奸情后偷偷打了报警电话让警察去捉奸
中段	回归平静却又暗潮涌动的生活;马学武的父母来到家中;李宝莉与公婆产生矛盾,公婆离家出走;马学武得知真相后不堪重负自杀;李宝莉为了赡养一家老小去汉正街当了"扁担"
后半段	马小宝和公婆对李宝莉有意疏远;李宝莉决意要忍;万小景有意撮合李宝莉和建建;李宝莉受伤,险些截肢;小宝考上大学后,李宝莉经常去卖血供养小宝
结尾	小宝毕业后事业有成,将李宝莉赶出了家门;李宝莉想起了父亲说的"万箭穿心"风水大忌,百感交集;李宝莉回到汉正街继续做"扁担",但她与建建之间似乎还有故事

原小说的开头写得很好,笔触轻松活泼、自然跳脱,只几段话就交代了李宝莉、万小景、马学武和李宝莉父母的性格特色,揭露了马学武和李宝莉之间隐藏的婚姻矛盾,仿佛不经意地点题“万箭穿心”,但又为小说奠定了浓厚的“宿命论”基调。但如果放在电影里,这样的叙事结构则是不合适的:出场人物太多,叙事点又过于分散。于是,电影的开头只截取了“搬家”这一件事情,在叙事内容上做减法,但起到的作用是相同的——点出李宝莉和马学武之间的矛盾。另外,电影没有像小说一样,在开头就把“万箭穿心”的主题带出,而是埋了一个伏笔,在影片的中段通过万小景之口讲出,结果遭到李宝莉自发的严厉反驳:“什么叫万箭穿心,我就不信这个邪……出了事了说是万箭穿心……我越是要说,这是万丈光芒!”原著中说这句话的是李宝莉的母亲,旨在安慰李宝莉。电影之所以有不同的处理,既因为小说中李宝莉对“万箭穿心”产生的大段心理活动难以用影像表达,又因为这样的结构调整能淡化原作“宿命论”的整体基调色彩,对提升作品的主旨内涵有所帮助。

此外,作者把原著中的重要情节——李宝莉决意捉奸到行动成功——写得太简略,两个动作之间没有任何铺垫,因此在衔接上显得略为生硬;电影在这两个动作之间加入了马学武与周芬相好的过程以及李宝莉为挽救婚姻所做的努力,使人物形象更加饱满,也使整体结构更加张弛有度。

(三)价值视角的转变

作者方方把李宝莉视为“中国女性的脊梁”[①],完全肯定了李宝莉对家庭所作出的奉献和牺牲,并在李宝莉身上倾注了英雄主义的理想。于是,小说《万箭穿心》等于在为“李宝莉们”树碑立传,所持的是女性创作视角。

电影导演和编剧不是很同意方方的观点:“我们不觉得这个牺牲是必要的……我们想让观众思考,你觉得这个牺牲是神圣的吗? 李宝莉的悲剧有没有她自己的原因?”[②]因此,电影小心而微妙地将原著中偏向同情和美化李宝莉的立场拉回,“去掉了原小说中对女主角‘苦情奉献’的怜悯和宿命感的

---

① 王陈.王竞访谈:有种电影,逼你重新思考[J].大众电影,2012(24):34-36.

② 王陈.王竞访谈:有种电影,逼你重新思考[J].大众电影,2012(24):34-36.

渲染”①。在导演眼中,电影《万箭穿心》应该是一部“男性视角的女人戏”②。原著中女性的细腻情感依旧被保留了下来,但改动后的电影更符合逻辑和现实,立场变得较为客观。电影删去了李宝莉险些截肢、卖血、父亲得癌症以及何嫂受伤等情节,“表面上看,这些内容会使电影的深刻度和观赏性加分,但删除了‘极端’却获得了更平实因而更结实的真实”③。

尽管电影在处理“母子对立”这一核心故事元素时,仍然难从马小宝的言行心理和细节铺垫等方面进行深入挖掘,但电影对马学武、马学武的母亲的形象都有所改进,所持立场回归平和客观,也更符合观众对这些群体的普遍认知。电影甚至强调了万小景对李宝莉的处世哲学的批判:“你们家马学武是被你逼到那条路上去的!”万小景的是非观不一定正确,但却给观众提供了反思的角度,促使他们主动在李宝莉自身的性格中寻找悲剧的原因。

因创作视角、人物形象和叙事结构的变化,电影《万箭穿心》产生了与原小说不一样的主旨内涵。原小说“苦难叙事”的比重较大,故事内容因极端化而彰显了较强的戏剧性,但也因此损失了真实的深刻力度。原小说过于强调“宿命论”的因果联系,以房子犯了“万箭穿心”的风水大忌始,又以李宝莉母子因房子而“万箭穿心”般的决裂终。整部小说的字里行间充满了赎罪,充满了仇恨,缺乏的却是反思:所有的人物都按照自己的逻辑体系生活着,从未试图站在对方的角度理解他人。

电影在一定程度上消解了原著中的苦难叙事与宿命论调,将主旨内涵升华到悲悯与反思的高度。电影的结尾情节是李宝莉一个人坐在江边流泪,一群年轻人在她的不远处放烟花,李宝莉看着他们是那样的青春快乐,忽然之间就原谅了小宝的不孝——她意识到了小宝从来都没有这样快乐过,而她必然要对此负一定的责任。原小说的结尾是一种无奈后的释然与坚强:

> 夜半的时候,李宝莉平静了下来,就仿佛她用这半夜的时间,修补起了自己的洞伤。虽然那上面依然疤痕累累,但到底没有那

---

① 万佳欢,刘炎迅.《万箭穿心》:口碑电影 票房炮灰[N].中国新闻周刊,2013-01-28.

② 李霆钧.《万箭穿心》导演王竞:这部悲剧“催泪”但不“盲目”[N].中国电影报,2012-11-22.

③ 刘川鄂,黄耀芳.《万箭穿心》:小说与电影[J].扬子江评论,2014(03):26-29.

么疼了。

李宝莉想,人生是自己的,不管是儿孙满堂还是孤家寡人,我总得要走完它。①

电影的结尾则是人物反思后的彻悟与放下。李宝莉最终上了建建的车,走了一段路,车熄火了,李宝莉骂骂咧咧地下来推车,车在人的推动下又继续前行,而小宝在不远处看着这一切,独自沉思。这一被许多人称道的结尾展示的除了反思,还有人物在通透理解后的相互扶持。最后的俯拍镜头观照了电影《万箭穿心》秉承的上帝视角,电影以这种视角展现了芸芸众生的苦与乐。而电影的格调,"也就从一出家庭悲剧的奇情故事,提高到了展示当代中国和中国人状态的自然主义白描"②。

四、小结

《万箭穿心》的电影继承了原著"新写实"小说的特征,以冷峻的镜头还原市民社会中平凡的生活流。与原著相比,电影在人物形象、叙事结构、创作视角等方面都作出了不小的改动,改变了原著中以女性主角为绝对中心的叙事视角,淡化了"宿命论"的主题基调,更加强调了人的性格悲剧与反思,弥补了原小说在人物刻画、情节设置上的一些缺憾,甚至升华了原小说的主题境界,赋予了作品新的内涵。可以说,电影《万箭穿心》是一个由"新写实"小说改编成现实题材电影的成功案例,在业内获得了极佳口碑。

这个案例提示我们,即便是新写实风格的作品,也是可拍成优秀的电影作品的。当然,在当前的社会环境与电影消费格局中,这种优秀主要体现为"叫好"的优秀,而非"叫座"的优秀。

---

① 方方. 万箭穿心[J]. 北京文学,2007(05):4-48.

② 余莱.《万箭穿心》:一部关于磨难的好电影及它经历的磨难[EB/OL].(2012-11-22)[2015-02-05]. http://news.mtime.com/2012/11/22/1501856.html.

原作:《法国中尉的女人》(约翰·福尔斯)
改编作品:《法国中尉的女人》(电影,124 分钟,1981 年 9 月 18 日首映)
导演:卡洛尔·赖兹
编剧:哈罗德·品特
主演:梅丽尔·斯特里普、杰瑞米·艾恩斯
获奖:1982 年第 54 届美国奥斯卡最佳改编剧本提名,1982 年第 39 届美国金球奖最佳编剧提名

第六章 《法国中尉的女人》:从长篇小说到电影

长篇小说《法国中尉的女人》(汉译约 38 万字)是英国作家约翰·福尔斯最杰出的作品,小说在 1969 年出版后,引起了各界的热烈反响,并成为当时的畅销小说,被译为多种文字,发行量巨大,被誉为"20 世纪世界文学最优秀的作品"之一。

小说问世之后,众多电影导演试图把它搬上银幕。然而,面对这部具有鲜明后现代主义特征的名作,辛纳曼、赖斯特及尼可斯等导演左右为难,望而却步。直到 1981 年,该小说被哈罗德·品特(2005 年获诺贝尔文学奖)和卡洛尔·赖茨以巧妙的结构方式改编搬上银幕,由梅丽尔·斯特里普和杰瑞米·艾恩斯出演,获得 1982 年第 54 届美国奥斯卡最佳改编剧本提名,1982 年第 39 届美国金球奖最佳编剧提名。

具体来说,电影编剧品特删减了原著中的复杂人物关系和冗长叙述,加入了套层叙事结构,将小说的思想精神用影像的方式表达出来,获得了成功。这种改编理念和方式可以为今后电影改编创作所借鉴。

一、原作的可改编基础

约翰·福尔斯的《法国中尉的女人》是一部具有强烈的文化反思意味的后现代主义作品,一方面,作者运用复杂的叙事手法讲述了一个精彩生动的维多利亚时代的爱情故事:年轻的英国绅士查尔斯与未婚妻欧内斯蒂娜在莱姆镇度假时,碰到了被当地人排斥的"法国中尉的女人"萨拉,查尔斯在同情她、帮她逃出困境的过程中被她吸引,并坚决与未婚妻解除婚约,追随萨拉;另一方面,作者不断插入现代的观点和评论,揭露自己的创作过程和小说的虚构本质,甚至化身为男主人公帽子上的一粒尘埃与他互相审视,并且为小说安排了三个结局。该小说表达了作者对维多利亚时期虚伪、僵化、权威的批判,以及对自由、生存等问题的思考,也包含了存在主义、女性主义、马克思主义等思想主张,含有丰富深厚的文化意蕴。

总体来看,原小说塑造了一批性格鲜明生动的人物,如萨拉、查尔斯、欧内斯蒂娜、萨姆、波尔坦尼太太等,故事情节十分完整且跌宕起伏,悬念设置令人拍案叫绝,整个故事充溢着如谜一般的浪漫主义色彩,具备相当程度的改编基础。而且,原小说出版多年,享誉世界,在全球范围内都有着十分深厚的受众基础,这也给电影改编带来了良好的市场前景。

二、改编中需要重点解决的问题

除视听转换等常规任务外,电影的改编还需要重点解决如下问题。

(一)灵活奇趣的写作手法,不宜搬上银幕

原著作者看似在讲述一段维多利亚时代的爱情故事——查尔斯和萨拉的浪漫情史,其实经常跳出传统叙事流之外,或插入人物的前史介绍,或发表大段超出时代的评述议论,或展现不同时空中的人物的发展变化,再辅以写作过程中的反思,有时候甚至会达到公然否认自己叙事的程度。这样灵活的叙事方式,给读者带来了特殊的阅读情趣。

> 你可能会认为,小说家都事先制订好工作计划,第 1 章所预见的未来,到了第 13 章不可避免地必定会成为现实。但是小说家的写作,可以有无数各不相同的原因:为金钱、为名誉、为评论家、为父母、为朋友、为亲爱者、为虚荣、为炫耀、为好奇,为消遣,就像技术娴熟的家具制造者喜欢制作家具,醉鬼喜欢喝酒,法官喜欢判案,西西里人喜欢在敌人的背后开枪。……我们知道世界是一个有机体,不是一部机器。我们还知道,一个真诚创造出来的世界应该是独立于其创造者之外的;一个预先计划好的世界(一个充分展现其计划性的世界)是一个僵死的世界。只有当我们的人物和事件开始不听从我们指挥的时候,他们才开始有了生命。当查尔斯离开悬崖边上的萨拉时,我曾命令他直接返回莱姆里季斯。但是他并没有这样做,他毫无理由地转过身,到奶牛场去了。①

原小说在叙事之外,还包含许多以现代视角对维多利亚时代的道德、宗教、社会状况等的评论。比如以下段落:

> 年轻女子的衣服颜色在今天看来可能显得过分夸张,但是当时的世界尚处在刚发现苯胺燃料初期。女性在行为的其他方面受到诸多约束,因此她们在选择颜色的时候偏向艳丽而非沉稳,从中寻求补偿。
>
> 但愿——他本可以加上这两个字,但是他没有加——维多利亚时代人不要搞那个致命的二分法(这可能是他们过分狂热地搞分类所产生的最可怕的后果)。二分法引导他们把"灵魂"看得比肉体更真实,比他们唯一真实的自我要真实得多;使他们认为灵魂与肉体几乎毫无联系,而是高高地浮在人的动物性之上;但是,他们同时又认为,因为事物的性质本身存在着某种无法解释的缺陷,灵魂又不情愿地跟在人的动物性的活动后面,就像被一个不听话的调皮的孩子牵在身后的一只白色气球。②

---

① 福尔斯. 法国中尉的女人[M]. 陈安全,译. 上海:上海译文出版社,2002:102-103.
② 福尔斯. 法国中尉的女人[M]. 陈安全,译. 上海:上海译文出版社,2002:4,395.

改编者如果直接将这些不宜视听化的内容删掉，就失去了原著最重要的特质和思想精髓。正如导演赖茨所说："我对拍一部那个时代的电影没有多少兴趣。福尔斯的作品更多的是对维多利亚时代故事的思考。"①

从以上内容不难看出，与传统小说相比，《法国中尉的女人》在叙事层面具有相当的断裂性。对于文学作品来说，这样的断裂实质上制造了更为广阔的叙事空间，但对于以视听流、情节流取胜的电影作品来说，这却成了一个重大的短板。在电影改编过程中，如何对原小说中的这些叙事之外的内容进行删减合并，最大限度上维持叙事的连贯性，同时又不丢失原著中故意打断叙事流、暴露小说的虚构性的思想内核，是改编创作者首先要面临的问题。

(二)主角的多重结局，不易通过电影展现

福尔斯在《法国中尉的女人》的中译本前言中这样写道："真实生活本身充满了各种解释，有不同的发展趋势。生活并不是从一开始便固定了的故事，它不像铁道那样只能有一个固定的旅程。"②基于这样的创作理念，作者没有局限于传统小说的单结局结尾，而是采用了在后现代小说中才常常出现的多结局结尾。这样多结局结尾的设置，把读者的地位提升到与作者一样的高度，调动了读者阅读和思考的积极性，同时诱导读者与作者进行平等的对话。

原小说作者为小说写了三个结局，第一个是充满嘲讽意味的结局，在书中第 44 章，查尔斯在去找埃塞特的路上想象：他愿意接受自己的命运，完成与蒂娜的婚约。第二个是相对传统的浪漫大结局，查尔斯最终找到萨拉，解除误会，喜剧结尾。第三个结局则紧承第二个结局，查尔斯找到萨拉，但无法理解她而离开，悲剧结尾。作者以此呈现了生活的多种可能性和不确定性，这不但摆脱了欧洲传统小说的桎梏，更在深层次上契合了现代人的某些观念。

但电影毕竟不像小说，故意将生活中的可能性摊开来摆在观众面前反

---

① 西蒙. 电影小星球：世界著名导演访谈录[M]. 任友谅，译. 北京：北京大学出版社，2008：132.

② 福尔斯. 法国中尉的女人[M]. 刘宪之，蔺延梓，译. 北京：百花文艺出版社，1986：中译本前言 1.

而显得浅白。电影是集体观看的视听艺术,观众不能在某刻长时间停留和思考,也很难接受迥然相反的两个结局。因此,如何将小说中的多结局结尾的精神内涵搬上大荧幕,同时又不破坏大荧幕本身的叙事规律,无疑是改编创作者面临的又一难题。

(三)有些神秘的主要人物,需要祛魅理清

原著主要人物查尔斯和萨拉的性格比较复杂,小说多处展示人物的矛盾和挣扎,对于人物的一些离奇的行为动机,只是以意识流的方式过渡,并没有在深层性格层面打下根基。小说中的萨拉,始终被放在远处,更具有不确定性,她编造谎言博得查尔斯的同情和爱慕后不辞而别,让人难以理解。比如她拒绝查尔斯的理由:"甚至我本人都无法理解我自己。我无法对你说是什么原因,但是我相信我的幸福依赖于我的不理解。"①小说中的查尔斯在某些方面确实超越了维多利亚时代的思想,又处处受到维多利亚时代的局限,常常陷于迷茫、被动和矛盾的状态。比如,他既喜爱欧内斯蒂娜的乖巧,又觉得她做作;他既被萨拉的天性打动,又震惊于她的大胆、放肆;他对萨姆在经济剥削构成的巨大伤害之上又添加了人身侮辱,但是他和萨姆之间的关系的确还有某种亲情的表现。

虽然在小说中,复杂的"圆形人物"的艺术性更高,但电影主要是面向大众的文化消费品,必须考虑到观众对人物的认同感和接受度。电影作品的时长也决定了观众很难有大段时间对人物性格的每一处细枝末节咂摸体味。因而,银幕中的人物多是以某种特性为主、其他特性为辅的"尖形人物"。这样的人物既突出,又带有一定的性格深度,十分符合电影的审美取向。所以,改编创作者必须对查尔斯和萨拉的人物性格做一定的定性处理。

三、重要改编分析

(一)套层结构的巧妙引入

为了解决上文所提到的重重改编难题,改编创作者不囿于原著框架,对

① 福尔斯. 法国中尉的女人[M]. 陈安全,译. 上海:上海译文出版社,2002:484.

原著情节进行了大刀阔斧的删改，在充分体悟原著精神内涵的基础上，创造性地采用了一种套层结构的叙事方式。电影不但展现了维多利亚时期的社会风貌及爱情故事这条线索，而且虚构了另一条线索，即在现代电影《法国中尉的女人》中饰演查尔斯的演员迈克和饰演萨拉的演员安娜在现实生活中的爱情故事。两个时空的故事交叉并行，形成较强的对照效果。

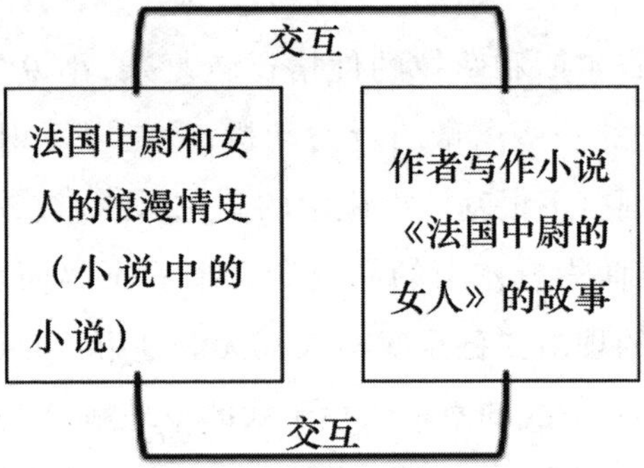

图 6－1　小说叙事结构

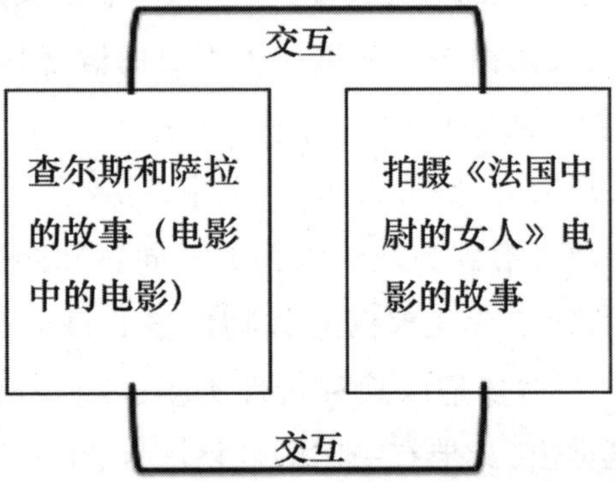

图 6－2　电影叙事结构

两相对比可知，电影采用的套层结构既较大限度保留了原著的主干故事，又和元文本在多重意义上形成互文，意义丰富。

1. 对后现代的影像表达

为了将原著中故意打断叙事流、暴露小说的虚构性以及小说多结局等写作新观念表达出来，改编创作者虚构了现代时空中迈克与安娜对维多利亚时期故事的演绎。

第一,电影按照原著的叙事方式将同一个场景的戏插入现代时空与过去时空,呈现出片段化叙事的特点。比如影片的开头是安娜拍海边的戏,并没有展示萨拉与查尔斯相遇的故事,而是开始讲查尔斯去欧内斯蒂娜家求婚,中间插入安娜与迈克早上迟到、萨拉搬家的戏等;又如查尔斯在林中碰到萨拉,接着插入欧内斯蒂娜收到花,迈克和安娜排练在林中的戏,由安娜摔倒的特写镜头剪接到了查尔斯和萨拉在林中继续交谈的戏中情景。这种两个时空交叉、不断打断叙事流的叙事方式较为恰当地表现出原著反抗传统小说连贯流畅、因果关系强烈等的精神。

第二,套层结构完成了对原著中作者构思小说过程的转化,表达一种新的写作观念以及故事的虚构本质。比如在影片开头,摄制组来到英国莱姆镇,随着场记的一声"ACTION",安娜扮演的萨拉进入拍摄画面。又如,安娜和迈克研究维多利亚时期的社会背景,安娜与迈克排练演戏时漫不经心的态度,以及戴维询问影片的结局如何等都将故事的虚构性表现出来。

2. 一悲一喜,相互映衬

作者为故事以什么样的结局结尾游移不定。三个结局的设置体现了生活的不确定性和多种可能性。电影改编创作者采用套层结构双线叙事,为两个故事的不同结局提供了可能。在缺乏自由的维多利亚时期,查尔斯和萨拉勇敢地反抗当时僵化和虚伪的社会,宁可身败名裂,也要坚定地追求自由和真爱,最终有情人终成眷属。正如导演赖茨所说:"我找不出维多利亚故事会有一个不幸结局的理由。这是两个越来越接近的两个人物的故事。"①相反,现代社会平等自由、思想开放,演员迈克和安娜仅因为拍戏而产生婚外情,最后渐渐分离。导演对此表示:"现代故事……的结尾不是故事发展的顶峰,而是一个补遗、一个尾声。"②正是这一悲一喜的两种结局,将生活的多种可能性表现出来。当然,两个故事的结局调换一下也能达到同样的效果,但是维多利亚时代的查尔斯为社会财富选择不自由,以及现代社会中迈克和安娜抛弃家庭,这种情感观不符合现代社会的主流价值观。

---

① 西蒙.电影小星球:世界著名导演访谈录[M].任友谅,译.北京:北京大学出版社,2008:136.

② 西蒙.电影小星球:世界著名导演访谈录[M].任友谅,译.北京:北京大学出版社,2008:137.

3. 时空对比,也是评论

影片的改编创作者通过拼接两个迥然不同的时空,使观众产生感官的联系,产生一定的评论效果。一方面,维多利亚时代和现代社会被不同风格的视听语言区分开来,处处形成反差与对比,构成一个充满张力的场域。影片将维多利亚时期的爱情故事以戏剧化的形式表现出来,处处留下精心布置的痕迹:构图精美,固定的正反打镜头频繁切换;人物性格特点明显,动作夸张,言辞考究,服饰精美,情感激烈;叙事节奏明显,背景音乐轻快优美。相反,对现代社会的表现则具有反戏剧化的特点:构图随意,多用运动镜头,只展示一些生活化的片段,如迈克和安娜随意交谈、排戏,甚至在迈克邀请安娜去聚餐时也没有较大的情节变化。影片通过两个时空不同情感观念的碰撞,为观众对两个时空的对比反思留下了很大空间。

另一方面,两个故事互相影响,触发了观众对故事的多种联想和思考。演员由于入戏太深,通常会产生“自我误识”,影片增加了镜子作为道具将演员的这一迷惑与反思更清楚地表现出来。比如,迈克站在窗前沉思,深夜的窗户像镜子一样映出他既严肃又困惑的神情,这时的他与刚出场时同安娜躺在床上开玩笑的、轻浮随便的他已然不同,并且会在安娜离开后不知不觉地喊出萨拉的名字。安娜在演戏的过程中受到萨拉的影响,变得像萨拉一样忧伤、飘忽不定,最终,她在化妆镜前久久审视自己:我到底是谁?她最终看清自己是安娜,戏已结束,她像萨拉一样果断离去。或者,我们也可以这样理解:安娜就是萨拉,她残忍地玩弄了查尔斯,又莫名其妙地离开了埃塞特,令查尔斯陷于痛苦中。

(二)人物性格的删繁就简

为了减弱原著中主要人物的复杂性和不确定性,电影改编创作者去掉了小说中许多难以理解的情节,为主要人物萨拉和查尔斯增加了更坚定合理的行为动机,使得人物更加吸引人,增强了影片的可看性。

1. 萨拉成为勇敢追求自由爱情的女子

在原著中,萨拉的许多行为令人难以理解,甚至作者公然表示:萨拉是谁?萨拉是一个谜,是一个象征。而电影将萨拉的形象塑造得更加明确。

她有惊人的洞察力,经常对着镜子画画,审视自己的灵魂。她为了反抗社会的虚假和僵化,宁可嫁给耻辱。电影弱化了小说中萨拉假装摔伤腿,并对查尔斯说谎的计谋,而是着重表现她对查尔斯真诚的爱,把她塑造成一个满怀期待、等待着被拯救的女子,然而当她意识到她的处境后,为了自由和平等,她毅然离开,直至她靠自己的才能独立生活后,才愿意接受查尔斯的爱。这种改动使观众更容易理解萨拉的行为,并对她产生强烈的情感认同。此外,影片中扮演萨拉的安娜在某种程度上也可以看成是萨拉的另一面,安娜对迈克的态度就像萨拉一样,忽冷忽热,如谜一般,令人难以理解。

2. 查尔斯成为善良、责任感强的绅士

在原著中,查尔斯被萨拉的神秘和独特的气质吸引,但在很多时候,他又难以理解(或者说是马上理解)萨拉的言行,所以经常处于痛苦和纠结当中。而影片重点突出了查尔斯善良和极富同情心的品质。比如,当他第一次碰到站在海边的萨拉时,就跑上前去劝告;他虽斥责萨拉冒险在波尔坦尼太太家聚会时暗塞纸条,但他还是非常同情萨拉的,并愿意帮助她;他坚持找到医院的格罗根医生,想办法救助萨拉,并在与朋友打球时嘱咐朋友帮忙。但是,查尔斯知道自己与欧内斯蒂娜的婚期逼近,每次在帮助萨拉时都对她说,我们不能再见面了。这些都表现出查尔斯很强的道德感和责任感。小说中,查尔斯在发现萨拉假装摔伤腿和对自己编造法国中尉的谎言后,生气地跑到教堂去做祷告。而影片中的查尔斯与萨拉发生关系后,意识到自己爱上了萨拉,于是毫不犹豫地解除婚约。这些改动大大弥补了小说中查尔斯犹豫不决的性格缺点,使他成为一个正直善良、具有很强的道德感和责任感的绅士。

(三)部分情节的增删改动

1. 从口头约到塞纸条

在原著中,描写查尔斯和萨拉相见的情节戏剧性较弱,查尔斯在林中寻找化石时偶然碰到了睡觉的萨拉,之后过了很久,查尔斯又在寻找化石时碰到了萨拉,萨拉跟他约定某天在林中相见,她要把自己的遭遇告诉他。

而在影片中,查尔斯和萨拉在林中偶遇,虽然萨拉冷冷地拒绝了查尔斯，但她在波尔坦尼太太的聚会上，悄悄将纸条递给了查尔斯，约他晚上见面，想要把自己的遭遇告诉他，不巧中途被人打断，而改约到林中见面。这段情节的加入，增加了电影的可视性与紧张气氛，且一波三折，有效地增强了故事的戏剧性和可看性。此外，夜晚相会的情节体现了当时的社会对萨拉的排挤和她悲惨的处境，以及他们面临的禁忌和阻碍。

2. 从逛妓院到打网球

在原著中，查尔斯面对萨拉的请求犹豫不决，和朋友喝完酒后去逛妓院，这段描写侧重于再现维多利亚时代妇女和儿童悲惨的生活境遇。影片将这段情节改为查尔斯为了发泄情绪和朋友打网球，之后喝得酩酊大醉。这种改动很形象地将查尔斯内心的焦躁和痛苦表现出来。

四、小结

约翰·福尔斯的小说《法国中尉的女人》被编剧哈罗德·品特、导演卡洛尔·赖茨改编为同名电影。电影的套层叙事结构，令人拍案叫绝，使它成为一个非常成功的电影改编作品。本案例主要关注电影改编过程中添加的套层叙事结构，电影通过这种艺术形式产生了两个时空中的主要人物形象、故事情节之间的对比效果，这种创新手法使电影的主要人物更鲜明，情节更连贯，结构更清晰，更容易获得广泛的受众基础。

这个案例提示我们，诸如套层结构等特定叙事结构的艺术效果值得我们进一步研究和重视。

原作:《白鹿原》(陈忠实)
获奖:1997 年茅盾文学奖
改编作品:《白鹿原》(电影,公映版 156 分钟,2012 年 9 月 15 日首映)
导演:王全安
编剧:王全安
主演:张丰毅、张雨绮、段奕宏、吴刚、成泰燊
获奖:2012 年第 49 届台湾电影金马奖最佳跨媒介改编剧本奖提名,2012 年第 62 届柏林电影节金熊奖提名

第七章 《白鹿原》:从长篇小说到电影

长篇小说《白鹿原》近 50 万字,由陕西作家陈忠实历时六年创作完成,1992 起连载于人民文学出版社主办的《当代》杂志,1993 年 6 月由人民文学出版社出版单行本。作品一问世就在社会上引起了强烈的反响,并于 1997 年荣获中国长篇小说的最高荣誉"茅盾文学奖"。"1989 至 1994 年间,被公认为最厚重也是最负盛名的作品首推《白鹿原》,这是一部深刻揭示封建家族和封建文化的本质,反映出一定历史时期的时代精神和社会生活真实,人物塑造成功,语言特色鲜明,结构完整的优秀的长篇小说,实际上在文学界的地位已有定论,是一部绕不过的作品。"①

茅盾文学奖评委会曾建议陈忠实对这部作品进行修订,"此时《白鹿原》正准备由人民文学出版社重版,作者陈忠实也正准备借重版之际做一些修订工作,修订上的想法与多数评委的意

① 胡平. 我所经历的第四届茅盾文学奖评奖[J]. 小说评论,1998(01):4-9.

见不谋而合”[①]。于是,1997 年由人民文学出版社继续出版了《白鹿原》的修订版,在修订版中,作者针对茅盾文学奖评委意见作出了一定的改动。[②] 之后,人民文学出版社陆续出版了多种版本的《白鹿原》(有的用初版本,有的用修订本),加上其他出版社的版本以及外文译本,《白鹿原》的版本到 2010 年已有十五种之多。

优秀的小说引发了各式各样的改编,至 2017 年,《白鹿原》已有同名连环画、话剧、舞剧、秦腔、电影、电视剧等多种艺术形式的改编版本。在各种改编版本中,电影《白鹿原》的社会争议最大,此处仅讨论电影改编版。

电影《白鹿原》的改编过程经历了许多波折,从数易导演、数剪成片,到公映后两极分化的影评声浪,再到后来曝出的编剧芦苇和导演王全安之间的“剧本风波”,都为这一重要文学作品的电影化之路增添了许多可议论的话题。

2014 年,世界图书出版公司北京公司出版了芦苇的《白鹿原》剧本,该剧本是芦苇“历时五载”“七易其稿”的最终定稿,凝聚了芦苇为《白鹿原》电影改编所付出的多年心血。之所以会出现两个版本,情况比较复杂,芦苇与王全安方面的表述并不相同,此处存疑不论。[③] 但芦苇将自己的改编剧本付诸出版的行为,有和王全安的电影划清界限的意味,也可以供观众比照、研究两个改编版本的优劣得失,从而为这一著名的史诗性长篇小说改编为电影提供了更多可资对比的依据,也为所有史诗性长篇小说的电影改编提供了一个经典案例。

一、原作的可改编基础

优秀的小说一向是电影编剧和导演汲取灵感的原料,从古华的《芙蓉镇》、余华的《活着》、莫言的《红高粱》、苏童的《妻妾成群》、李碧华的《霸王别姬》等作品中诞生了许多不输给原著,甚至超越原著的电影作品。就史诗

---

① 胡平. 我所经历的第四届茅盾文学奖评奖[J]. 小说评论,1998(01):4-9.

② 车宝仁.《白鹿原》修订版与原版删改比较研究[J]. 唐都学刊,2004(05):11-17.

③ 第一,编剧芦苇谈《白鹿原》送审时剧本被王全安调包;第二,王全安谈《白鹿原》署名争议芦苇剧本难推进;第三,《白鹿原》制片人回应争议剧本调包是芦苇臆想。芦苇.《白鹿原》:芦苇电影剧本[M]. 北京:世界图书出版公司北京公司,2014.

性长篇小说的电影改编而言,《战争与和平》《静静的顿河》《飘》等作品也都提供了一系列经典的案例。

小说《白鹿原》结构完整,气势恢宏,人物塑造成功,语言特色鲜明,是一部非常优秀的文学作品。自 1993 年出版以来,《白鹿原》已发行逾 200 万册,拥有广泛的读者基础。因此,电影《白鹿原》的改编具备了较好的接受基础和市场前景。

但是,要想把这部超过 50 万字的当代史诗性长篇小说——与政治的关系还比较密切——改编为区区 4 万 ~6 万字(单集或上下集)的剧本,并在主流意识形态与大众文化追求之间获得某种平衡,绝非易事。

二、改编中需要重点解决的问题

(一)改编路径选择:浓缩,还是节选?

对于史诗性长篇小说的电影改编,尤其是第一次改编来讲,忠于原著往往是较好的选择,但是另辟蹊径同样可行。在忠于原著的基础上,采用浓缩原著的方法进行改编,或是采用节选原著片段的方法进行改编,便成为优选。

小说《白鹿原》一共三十四章,涉及清末变革、北伐运动、土地革命、国共分裂、国共第二次合作、抗日战争、解放战争等一系列历史事件,时间跨度大。在小说中,每个阶段都有标志性的戏剧事件发生,但在电影中,显然难以将其如数表现。如改编,只能从中再选取若干最具代表性、最能承上启下的时间点进行展开。

事实上,一旦采取节选原著片段的方法进行改编,就牵涉到改编后作品的命名问题:相对忠于原著的浓缩型改编适合用原著名称,其他情况的改编均有以偏概全之嫌。

(二)主题的提炼与相关情节的选择调整

一部史诗性长篇小说的容量巨大,可以表达的主题是相当丰富的,有主部主题,有副部主题;有全局主题,有局部主题,不一而足。但是,因为文艺作品的主题往往并非由作品或作者明示，而是由接受者感悟和概括的。所以，不同人对同一部作品主题的认识常常不同。

对普通的艺术接受者而言，这种对原著主题的感悟把握无关大局；但对专业的电影改编者而言，这种对原著主题的感悟把握就影响甚远——不同的认识决定着对原著中人物、环境、情节等叙事元素的不同取舍。

对于《白鹿原》的电影改编者而言，主题提炼是至关重要的。事实上，即使不考虑主题的提炼问题，原著中大量的人物、巨量的情节也都需要删减、合并、调整。

以人物为例，《白鹿原》原著中涉及的人物有上百人。以白嘉轩为首的白家主要人物有白赵氏、吴仙草、白孝文、白孝武、白灵；以鹿子霖为首的鹿家主要人物有鹿兆鹏、鹿兆海。其他主要人物还有鹿三、黑娃、田小娥、朱先生、冷先生等。另外，次要人物田福贤、郭举人、郑芒儿、白孝义、兔娃也占据了一定的故事篇幅。在原著中，故事从白秉德老汉这一代开始，讲述了白鹿原上白、鹿两家三代之间的恩怨情仇，众多的人物在中国近代历史的洪流中产生了激烈的命运碰撞。“人物众多”是一部气势恢宏的长篇小说具备史诗性的标准之一，但是对于短短两个小时左右的电影而言，多人物、多线索并不利于故事的展开和人物形象的塑造，反而容易使电影沦为人物群像式的介绍。对此，编剧芦苇也曾反复强调过电影中的主要人物不能超过七个。总之，如何选择、删减、合并主要人物同样是改编《白鹿原》时必然面对和必须解决的重要问题。

（三）魔幻现实主义色彩是否保留需斟酌

“白嘉轩后来引以为豪壮的是一生里娶过七房女人。”①小说刚开始的这句话，特别容易让人联想起加西亚·马尔克斯在《百年孤独》里使用的开头：“多年以后，面对行刑队，奥雷里亚诺·布恩迪亚上校将会回想起父亲带他去见识冰块的那个遥远的下午。”②另外，《白鹿原》中无论是“白鹿精灵”的意象使用，还是田小娥魂魄附身这种“怪力乱神”因素的掺杂，都显示出一定

---

① 陈忠实. 白鹿原(修订本)[M]. 北京：人民文学出版社，1997：3.

② 马尔克斯. 百年孤独[M]. 范晔，译. 海口：南海出版公司，2011：1.

的魔幻色彩。

在阅读小说的过程中,读者可以轻松地通过想象感受这些魔幻色彩;但在电影中,与故事线无关的渲染则会显得冗余,还会影响作品的总体风格。

三、重要改编分析

(一)主题的选取与提炼

陈忠实在1993年出版的《白鹿原》卷首引用了巴尔扎克的话"小说被认为是一个民族的秘史"①。因此,《白鹿原》也可被视为"陕西关中平原的民族秘史"。但是,这样的主题概括未免过于笼统与抽象,还不足以支撑一部电影。总的来说,《白鹿原》具有复合的多层主题:宗族家庭结构的变迁、兄弟成长史、个人传记、新老社会的碰撞,乃至封建压抑下的性与爱。这些令人眼花缭乱的主题,选取其中任何一个都可决定电影改编的方向,呈现出完全不同的电影类型。

芦苇在五十余万字的小说《白鹿原》中提炼出来的电影主题是"新旧两代人价值观的撕裂与痛苦"②,因此,芦苇的剧本内容大部分围绕父子两代的矛盾展开:鹿兆鹏对爱情婚姻自由的追求与父亲鹿子霖渴望他本分地传宗接代的矛盾,白嘉轩恪守的中国传统父权观念、宗法观念与在这种压抑下丧失性能力的儿子白孝文之间的矛盾。在近代历史的飞速推进过程中,象征着父权文化的"乡约""族规"被毁坏,乡土中国传统的精神根基出现了断裂,但新的根基又尚未形成,白鹿原在迎接新时代的同时,在精神上也陷入了迷茫。这是芦苇在剧本中想要表达的唯一主题。这样的主题设置保证了影片戏剧冲突的饱满,但在主题上做"减法"也会与原著精神有所背离,有损原小说的厚重感。

---

① 陈忠实虽然在扉页引用了巴尔扎克这句话,但其出处本文尚未查到,在巴尔扎克的《幻灭》中有这样一段话可资参照:"历史有两部:一部是官方的,骗人的历史,做教科书用的,给王太子念的;另外一部是秘密的历史,可以看出国家大事的真正原因,是一部可耻的历史。"

② 芦苇.《白鹿原》:芦苇电影剧本[M].北京:世界图书出版公司北京公司,2014:50.

王全安曾经说过,他要拍表现“土地与人的关系”的《白鹿原》[①]。“土地和人的关系”无疑是《白鹿原》想要表达的主题之一,只不过这样的概括依然没有脱离“民族秘史”一类的抽象描述,无法上升到可以统领影片结构的具体的电影主题。事实上,芦苇曾经尖锐地指出:“王全安说他要拍‘土地与人的关系’,是典型的玄之又玄的空话,电影之所以会散乱无序,都跟主题指向的散乱无物有关。”[②]这种说法虽来自与王全安存在矛盾的对手,但确也不无道理。

(二)主要人物的变化

1.主要人物的去与留

在小说《白鹿原》中,白嘉轩有三个儿子和一个女儿:白孝文、白孝武、白孝义、白灵;鹿子霖也有两个儿子:鹿兆鹏和鹿兆海。电影显然难以在短短几个小时内对这么多人物进行深入的刻画,因此,对主要人物进行删减和合并是必然的。无论是芦苇的剧本还是电影《白鹿原》都将主要人物缩减至七人:白嘉轩、鹿子霖、白孝文、鹿兆鹏、鹿三、黑娃、田小娥(据相关材料,电影原来还有白灵的戏份,后因其他原因被剪去)。这也从侧面印证了芦苇所说的“主要人物最好不要超过七个”的理论。

在原小说中,白嘉轩的长子白孝文在受宗教礼法管束之时,本分老实憨厚,但被田小娥“勾引”、被家族“抛弃”之后,他压抑已久的人性丑恶面显露出来,变得极其狡猾险恶。白嘉轩的次子白孝武性格耿直,在白孝文被田小娥“勾引”之后,被父亲叫回接任族长之位。两者相较,白孝武的性格显然不及白孝文多面、复杂、突出,因此,芦苇和王全安都不约而同地选择了只留下白孝文一个角色作为白家儿子的形象,但他们在白孝文的性格设置上却有所不同:芦苇摒弃了白孝文性格中“恶”的一面,将其塑造成了一个更加正面的人物形象,他想借白孝文在苛刻的伦理关系中自虐但不虐人的精神去揭示旧时代父权社会下的悲剧。可以说,这种“悲壮感”在原小说中是比较淡

---

① 李博.我最感兴趣的是土地与人的关系:王全安谈电影《白鹿原》[N].中国艺术报,2012-9-19.

② 芦苇.《白鹿原》:芦苇电影剧本[M].北京:世界图书出版公司北京公司,2014:50.

薄的。电影《白鹿原》没有对白孝文、白孝武的性格进行合并,只是简单删去了除白孝文以外的白家二代人物(芦苇的剧本和电影中都没有出现白秉德这一代的人物,因此白孝文算作二代),故白孝文的"不肖"与"荒诞"显得尤为突出,白家的厚德精神呈现出无人继承的断裂之态。

在鹿家第二代中,鹿兆鹏是共产党党员、鹿兆海是国民党党员,与父亲鹿子霖矛盾最深的当属鹿兆鹏。略经改动,他们之间可以产生戏剧冲突非常强烈的情节。鹿兆海的故事主要集中在与白灵、鹿兆鹏、鹿子霖三人的感情纠葛中,略偏离主线。在人物白灵被删去之后,鹿兆海的存在便会显得突兀,故在两个版本的改编中,鹿兆海也被删去,只留下鹿兆鹏一个人作为鹿家的二代人物。

2. 主要人物形象的变化

芦苇的剧本对白孝文、黑娃、田小娥的人物形象改动最大。

白孝文由原著中一个性格复杂不乏狡恶的人变成了电影剧本中一个自虐、痴情的男子。比如,在原著《白鹿原》中,白孝文的"无能"只出现在田小娥一个人身上,作者借白孝文之口作出的解释是:

> 俩人被这个奇异的变化鼓舞着走向欢乐的峰巅。自从破烂瓦窑开始一直到被捆到祠堂槐树上示众,他都无法克服解开裤带不行了勒上裤子又行了的奇怪的痼疾,今天才第一回在小娥面前显示了自己的强大和雄健。小娥仍然解不开好奇:"过去到底咋么着是那个怪样子?今日个咋么着一下子就行了好了?"孝文嘲笑说:"过去要脸就是那个怪样子,而今不要脸了就是这个样子,不要脸了就像个男人的样子了!"①

此处虽然隐含着对父权社会的反抗,但白孝文的气质更近于粗野。经芦苇改动后,剧作整体风格显得深刻而压抑:父权对恋爱、自由、人性的镇压导致了白孝文的"无能",但没能镇压住他向往爱与美好的天性,这一切导致他对"弟媳"田小娥产生不伦暗恋。

---

① 陈忠实. 白鹿原(修订本)[M]. 北京:人民文学出版社,1997:313.

9. 白鹿村祠堂 日 内

黑娃与鹿兆鹏四下张望，蹑手蹑脚地走到白孝文身旁。

鹿兆鹏怯怯地说："孝文，你大走了。"

白孝文僵跪不动，没有反应。

鹿兆鹏欲看伤情，白孝文如被电击般推躲开他。

黑娃上来哄劝说："我看孝文裤裆一直都顶得硬邦邦的，他大一刷子下来就软得没影儿了。"他摸了一把白孝文的裤裆，故作惊讶地喊着："哎呀，孝文的朘子叫他大刷掉了，成母马咧！"

白孝文浑身哆嗦着，没有反应。

黑娃欲搀扶他起身，说："起来起来，你大走了。"

白孝文突地一巴掌将黑娃抡翻，双手又紧捂住紫肿失形的脸，发出尖刺惨绝的叫声："甭动我！——谁都甭动我！我大没让我起来！"①

通过这一段，芦苇用直白的语言意在指出白孝文的"无能"源自父亲的严厉管教。而另一个剧本片段则将白孝文对田小娥的感情合理地解释为"至死不渝""此生唯一"的爱情。

82. 黑娃窑洞 （夏） 日 内

白孝文光着脊梁，闷头挥斧劈柴火。

田小娥对着灶火烤汗衫，火光照亮了她的脸庞。

田小娥："我真想这窑窟嗵一声，把我埋到里边算了。"

白孝文："我不悦意你死。"

两人沉默了，只听斧劈声嗵嗵作响。

田小娥："白孝文，你为啥要牵挂上个我？"

白孝文尴尬地咧嘴一笑。

田小娥："说嘛。"

白孝文："……黑娃哥背着你回来时，我瞅你的第一眼，心扑通沉下去了，再就没起来过。"

---

① 芦苇.《白鹿原》：芦苇电影剧本［M］.北京：世界图书出版公司北京公司，2014：12，13.

田小娥:"……你胡说些啥?!"

白孝文:"……人心里头有谁没谁,由不了人的自个儿嘛。"

田小娥脸色一红,半晌才说:"你离我远着点,我是克死人的妖孽。"

白孝文:"……要是现在窑窟嗵一声塌了,才叫美咧。"

田小娥:"……衣服干了,穿上。"

白孝文过来,田小娥帮他穿上衣衫。

俩人突然呆立举目凝视,门外雨虹绚丽夺目美若幻境。①

芦苇对白孝文做如此改编,是因为"小说里缺少一个完整的正面人物",芦苇"净化"了原著中白孝文的形象:"在小说里面,白孝文是一个小人、恶人,一副叛徒嘴脸,谁都背叛了,而在剧本里他是一个正常人,充满了个人追求的勇气,像他爹一样,是一个骨头硬朗有承担的人。"②和陈忠实想要"不回避,撕开写"③的创作原则或许有所不同,白孝文的形象经改编后更贴近舞台,相对远离土地和真实。这也是小说和戏剧的区别:"电影人物不出场则罢,出场则必有好戏看。……电影人物具有强烈的戏剧性、观赏性、可看性,小说比较自由,可以有很多闲散之笔,可是电影不可以。"④

与之相对的是电影《白鹿原》中白孝文的形象。白孝文在电影的前半段就像一个模模糊糊的影子,没有任何突出的形象特征,而在后半段受了田小娥的"引诱"之后,立刻变得面目狰狞起来,抛弃结发妻子。电影里的白孝文继承了小说中白孝文的"狠"与"恶",但电影却没有对白孝文性格复杂多面的根源进行探讨。

同样的,在芦苇的剧本中,黑娃对田小娥的爱恋持续了他的一生。芦苇想要在黑娃身上竭力表现出来的是一种诚实炽热却又充满危险的叛逆精神。

23. 白家牲口圈房(秋) 日 内

白嘉轩(板正了脸):"黑娃,你这一茬儿,就剩你没成家了。我

---

① 芦苇.《白鹿原》:芦苇电影剧本[M].北京:世界图书出版公司北京公司,2014:97.

② 芦苇.《白鹿原》:芦苇剧本创作笔记[M].北京:世界图书出版公司北京公司,2014:7.

③ 陈忠实.《白鹿原》创作漫谈[J].当代作家评论,1993(04):20-24+55.

④ 芦苇.《白鹿原》:芦苇剧本创作笔记[M].北京:世界图书出版公司北京公司,2014:7.

跟你大商量了,准备给你定亲呀。”

黑娃猛地被水噎住,他放下马勺,瞟了白嘉轩一眼。

鹿三:“咱家贫寒,你嘉轩叔不忍看你恓惶下去,先拿财礼给你定亲娶媳妇,成家立业。天大用手捧不住,你先给你嘉轩叔谢个恩,日后就在白家好好扛活,趁着我没下世,也好经管着你。”

黑娃不吭气,又舀了一瓢水灌下去。

鹿三:“听见了没?没长耳朵?……当年不是白家仁义出财礼让我娶了你妈,这世上还有个你娃?说话!”

黑娃:“大吔,将来我有了娃,娃再娶亲,得是还让人家白家张罗财礼呀?”

鹿三被噎得结实,张大嘴只说出一句:“你?!……你犯上!”

白嘉轩:“黑娃谋得倒是远,可是眼下,你晃荡到啥时候才是个了呀?”

黑娃:“……我出门当麦客挣钱去呀。挣下了钱,我就不晃荡了。”

白嘉轩:“话是在理。怕只怕你挣下钱了,年岁可不饶人了。这可咋个办?”

黑娃:“要真是落下这命,我认了。”

鹿三:“你认不成!凭啥你认下的命,我就得绝了后?!”

白嘉轩:“甭着急,这是顶门立户传宗接代的大事,你爷儿俩再思量思量。”

白嘉轩起身离去,鹿三对黑娃吆喝:“过来,搭个手。”

黑娃过去,帮着鹿三铡草。

鹿三:“咋个?你要等我棺材烂了才成家呀?”

黑娃给铡刀底下塞草,低头不语。

鹿三:“说么,你为啥不受人白家的好意?”

黑娃低着头,只顾塞填青草。

鹿三举起巴掌威胁:“你没长嘴?回话!”

黑娃:“不为啥。”

鹿三又一扬手:“不为啥,你为啥嘴硬?!”

黑娃:“我嫌他……话说得气太粗,腰挺得太硬了。”①

嫌对自己不错的东家“气太粗”“腰太硬”是黑娃作为长工儿子不愿意屈服于命运的一种表现,这是黑娃身上非常重要的性格特征之一。芦苇的剧本比较准确地抓住了这一特点进行刻画,而且将白嘉轩也拉进场景,强化了黑娃与白嘉轩、父亲的冲突,戏剧性更强,也使黑娃的形象更为饱满。

下面类似内容来自王全安的导演拍摄台本。

32. 白鹿原麦地 日-阴-外 (春天)

鹿三在前头驾牛犁地,黑娃挂着粪篓跟在后头往地里撒粪。

黑娃走着走着就慢了下来,跟父亲的距离越拉越大。

鹿三:“你咋咧?”

黑娃只是站着啥话也不说。

鹿三:“你咋咧?”

黑娃:“我出门揽活呀。”

这回是鹿三半天不说话。

黑娃:“我出去当麦客,给人家割麦呀。”

鹿三:“为啥么?”

黑娃又不说话了。

鹿三:“你没听你嘉轩伯说,等忙过秋天,要给你张罗着娶一门亲事呢。”

黑娃:“我不想结婚。”

鹿三走到黑娃跟前,脱下鞋往外磕土。

鹿三:“这世上的人是三六九等,不一样的,你要是认不清自己是哪一等人,你就算把难受给自己寻下咧。像咱这样的长工人家,能有主家肯出钱张罗一门亲事,那是多少做下人的想都不敢想的大好事。咱屋两辈人都受了白家的大恩,当初要不是你嘉轩伯他大给我出钱娶亲,这会儿有没有你还说不定呢。”

---

① 芦苇.《白鹿原》:芦苇电影剧本[M].北京:世界图书出版公司北京公司,2014:29-30.

黑娃憋红了脸。

黑娃:“我不要他的钱。”

鹿三不再理会黑娃,起身重新扶起犁把打牛自顾往前走去。

黑娃:“我就不想跟你一样么。”①

实际拍摄时又有小的调整:

鹿三在前头驾牛犁地,黑娃挂着粪篓跟在后头往地里撒粪。

黑娃:“爸,我要出去揽活儿。……当麦客,给人家割麦。”

鹿三:“你没听你嘉轩伯说,你的婚事他都包下了。……他还跟我说,等忙过秋天,就把你娃儿亲事一办。”

黑娃:“我不想成亲。”

鹿三不理黑娃,继续犁地向前。

黑娃停下,与鹿三距离拉远:“我不要他的钱!”

鹿三吆牛继续前行,不理黑娃。

黑娃加大声音:“我就不想跟你一样嘛!”

鹿三没有回应,吆牛前行。②

成片后的电影无疑更加简洁了,而且更接近或曰忠实于原著了——原小说中的这段情节发生在一个温情脉脉的场景中,写了黑娃与父亲的想法不一致,但并未强调父子间的冲突,甚至父子间是互相关心的,因此并未突显黑娃的倔强性格。但与芦苇的剧本相比,无论是王全安的电影剧本还是成片后的电影片段,都显得戏剧性有所降低:冲突仅仅发生在父子之间,并且删除了对黑娃与白嘉轩一生矛盾根源的揭示。

另外一个在改编中变化较大的人物是田小娥。在原著中,田小娥的性格特征是风骚又善良,她对黑娃、鹿子霖和白孝文都曾有过真实的感情。书中的田小娥自由大胆且奔放,胸中还不乏正义感,因此格外具有魅力。

芦苇剧本中的田小娥形象同样受到了“净化”。在田小娥和黑娃的关系

---

① 王全安.《白鹿原》拍摄工作台本[EB/OL].(2012-10-08)[2015-08-18].http://www.doc88.com/p-917950899163.html.

② 根据公映电影《白鹿原》整理。

中,芦苇提高了黑娃的主动程度,将田小娥塑造成一个封建社会的殉葬者。

但在电影《白鹿原》中,田小娥被塑造成了一个不可爱的女人,这或许也是电影饱受诟病的原因之一。田小娥不再风情万种,而是欲求不满;她不再是黑娃、白孝文生命中的安慰,而成了带给他们灾难的“红颜祸水”。其中黑娃和小娥的对话变成了赤裸裸的“饮食男女”,只有人之大欲,没有刻骨情爱。

黑娃:“把我吓了一大跳。”

田小娥沉默了一会儿才又说:“你呀,甭看那主家一天舞枪弄棒的,正经事从来都没办成一回,就只会个摸摸揣揣的,大意思没有,说起来都丢人。”

黑娃:“真的?”

田小娥抬头愣愣看着黑娃。

田小娥:“真的,不像你。”

黑娃满足而感激地把田小娥紧紧搂在怀里。[①]

(三)叙事重心的选择与叙事手法的运用

1. 田小娥在作品中的比重

电影《白鹿原》被观众戏称为“田小娥传”,这是因为在155分钟的电影中田小娥的戏份过重。作为改编版本中的唯一女主角,田小娥的戏份重无可厚非,但是田小娥不可能喧宾夺主,这不但有违原著精神,也会损害电影的深度。因此,明确电影的主题至关重要。芦苇将主题确定为“新旧两代人价值观的撕裂与痛苦”,这在某种程度上避免了剧本滑向单纯的情爱电影类型。

2. 铺垫、伏笔、隐喻的使用

芦苇的《白鹿原》剧本与电影《白鹿原》比较大的一处区别即前者提炼了原著中大量的细节作为伏笔、隐喻和铺垫。其中“水晶饼”(象征着鹿兆鹏对黑娃的引导)、“骡马配种”(孩提时代的性启蒙)、“腰太硬”(黑娃与白嘉轩

---

① 根据公映电影《白鹿原》整理。

的矛盾根源）都是重要的细节。比较可惜的是，这些在电影《白鹿原》中只被轻轻带过或完全没有被提及。

3. 以重要事件为情节点不断推进

芦苇曾是电影《活着》与《霸王别姬》的编剧，对于此类时间跨度长、慢慢描摹中国近代史的故事，他写作起来还是比较得心应手的。除此以外，芦苇还擅长利用情节点的自然衔接来平稳推进故事发展，控制节奏使其张弛有度。比如，剧本开头是白孝文、鹿兆鹏的出生以及黑娃替孝文接生，两大家族唱戏庆祝。而结尾则刚好落在兆鹏死讯、孝文处死黑娃，然后失去孩子的白嘉轩、鹿子霖茫然听戏。中间段落则平衡讲述三个年轻人的成长故事，三个故事节点——也就是人物的命运转折点选在了宣统退位、农会运动和饥荒三件大事上。整体结构首尾呼应，骨架均衡、流畅，非常完整。此外，芦苇还擅长将个人命运与时代连接起来，比如在剧本开头，他将三位父亲惩罚儿子设定为“重场戏”，后接宣统退位，使家庭风波在未停之时接上时代的风波，令剧情的节奏时而紧张，时而又松弛平缓下来。

再来看饱受诟病的电影《白鹿原》，故事从白嘉轩当族长、鹿子霖当乡约、二人产生矛盾开始，转为讲述黑娃与田小娥、田小娥与鹿子霖和白孝文的关系，而后孝文卖身、鹿三死、日军来袭。从整体结构来看，电影同样选择了宣统退位、农会运动和饥荒三个节点，但几乎百分之六十的戏都给了田小娥，偏离了其开场结尾的戏所要表达的东西。电影《白鹿原》无论从情节点的衔接还是节奏来说，都显得较为生硬和杂乱。

四、小结

小说《白鹿原》以其饱满的人物和故事、厚重的历史与地域文化获得了众多改编者的青睐。撇开导演王全安和编剧芦苇的“风波”不谈，电影版《白鹿原》与芦苇版《白鹿原》皆顺应时势，采用节选原著主要情节的方法进行改编以降低意识形态风险；均弱化了原小说中的魔幻现实主义色彩，使改编更加贴近现实主义风格；都采取了删减人物数量、简化人物关系、集中戏剧冲突等电影化改编常规手段，只留下了白嘉轩、鹿子霖、白孝文、鹿兆鹏、鹿三、黑娃、田小娥这七个主要人物。但是，在具体的改编处理过程中，芦苇的剧本从清末民初开始写起,一直延伸到解放初期;公映的电影则在1937年日本人的炮火声中戛然而止。芦苇的剧本主要采用凝缩但不改变主要情节结构的方法进行改编;王全安的电影则以田小娥为线索人物串联剧情,对原作节选部分的情节结构做了较大的变动。虽然两部改编作品都主要围绕白鹿原上白、鹿两家多年的矛盾展开,展示了新旧时代断裂进程中世事与观念的变迁,但它们在主题提炼、叙事侧重上都有较大的不同。相对而言,芦苇的剧本较好地保存了小说内在气质的完整性,并有一脉相承、贯穿始终的主旨存在;电影《白鹿原》核心主题的表现则不够鲜明,叙事比重失调、情节衔接生硬、忽视原著隐喻及伏笔。《白鹿原》或许确如王全安所言确是一部“最难拍”也“最难公映”的电影①,删剪之后能够公映就是一个足以彪炳电影史的巨大成功,但就2012年在中国上映的版本而言,这部改编之后的电影有明显的成绩,也有明显的不尽如人意甚至是令人失望之处,有些网友调侃这部作品并非民族史诗《白鹿原》而是《田小娥传》②。这部电影在第62届柏林电影节上获得的最佳摄影“银熊奖”,换个角度也可视为对其188分钟参赛版的某种否定。

如社会反响所突显的那样,两个改编版本各有利弊,但排除与原作的关系,仅仅就作品本身的有机性而言,电影《白鹿原》还存在很多明显的不足之处,外部环境和主创素质均有问题,其中的经验和教训值得记取。

---

① 柏文.王全安:最难拍的一部电影[N].济南日报,2012-02-17.

② 王全安在接受羊城晚报采访时对此有所驳斥和解释:“一听说我用了田小娥这条主线,就觉得整部电影都在讲她一个人的故事。其实不然,电影设置了几条主线并存。观众有这样的想法,可能是因为影片的后半部分被删去了半个小时。况且50万字的小说,不可能在电影里完全铺开展现,必须有所取舍,但现在公映的版本也不至于是“一个女人的史诗”那么单一。”王全安称将拍上海滩题材:看中西文明如何肉搏[EB/OL].(2012-09-22)[2015-08-18].http://ent.enorth.com.cn/system/2012/09/22/010043627.shtml.

原作:《哈姆雷特》(威廉·莎士比亚)

改编作品:《狮子王》(电影,89 分钟,1994 年 6 月 15 日首映)

导演:罗杰·艾勒斯、罗伯·明可夫

编剧:艾琳·梅琪、乔纳森·罗伯特、琳达·沃尔夫顿

主演:马修·布罗德里克,詹姆斯·厄尔·琼斯,杰瑞米·艾恩斯

获奖:1995 年第 52 届美国金球奖喜剧类最佳影片,1994 年第 22 届安妮奖最佳动画电影

第八章 《狮子王》:从话剧到动画电影

《哈姆雷特》是英国戏剧大师莎士比亚最负盛名的作品之一,其以优美的戏剧台词、跌宕的故事情节、复杂的人物性格、深刻的悲剧意义,一直深受世界人民的喜爱,改编之作可谓繁多。动画电影《狮子王》乃是众多改编之作中的奇葩。这部电影将原著中一个个复杂多面的人物幻化成了广袤而原始的东非大草原上的一群动物,极富童趣,音乐和喜剧元素的加入使得该片在审美趣味上显得老少咸宜。经过重大改编后的这部动画电影在全球范围内获得了巨大成功,被配置了 27 种不同语言,在相当长的一段时间内都是电影史上进入票房排名前十的唯一卡通片,收获了包括奥斯卡奖、金球奖、英国电影学院奖在内的多项业内大奖。由舞台戏剧《哈姆雷特》到动画电影《狮子王》的改编,堪称电影改编中的经典案例。

一、原作的可改编基础

原著作者莎士比亚是“英国戏剧之父”,被称为“人类文学奥林匹斯山上的宙斯”。原著《哈姆雷特》又是莎士比亚最具代表性的经典名作之一,在世界范围内都享有极高声誉,“生存还是毁灭,这是个问题”“人类是一件多么了不起的杰作”等出自本剧的台词在世界各国以各种语言流传着。时至今日,《哈姆雷特》依然活跃在世界各国的话剧舞台上,显示出莎翁这一经典剧作历久不衰的艺术魅力。一直以来,《哈姆雷特》都是世界各国艺术家们进行改编创作的热门选择,仅电影这一种艺术门类,全世界改编自《哈姆雷特》的作品就已经超过四十种。显然,《哈姆雷特》相关改编作品天然便具有较为庞大的观众基础。

《哈姆雷特》以高超的戏剧手法,勾勒出一个超越时代的悲剧故事,同时在短短五幕戏剧之中,成功地塑造了一系列极具多面性的复杂人物,艺术成就极高。其构架精巧的戏剧冲突、立体丰满的人物塑造、幽默睿智的台词、丰富深刻的内涵,都为相关改编作品提供了不错的改编基础。

二、改编中需要重点解决的问题

莎剧的遣词造句放到现代不免显得艰深晦涩,大段的人物内心独白又不适合电影的文本特征,剧中许多超出剧情的对时代现象的评述难以引起现代观众的共鸣,这些都给《哈姆雷特》的电影改编带来了不小的难度。若改编成动画电影,《哈姆雷特》更是存在着诸如人物过于复杂、情节枝蔓过多、风格太过晦暗等棘手的“问题”。总的来说,《哈姆雷特》的动画电影改编虽然具备一定的基础,但对于改编创作者来说仍然是一个重大的挑战。

(一)原著出场人物众多,性格复杂多变

《哈姆雷特》全篇五幕二十场,登场人物超过三十人,其中有对白、担任重要戏剧任务的主要人物就多达十几人,这对于一部片长不足九十分钟的动画电影来说显然是不适合的。动画电影自身的文本特征要求出场人物尽量精炼,这样既降低了人物形象设置的难度,控制了影片的成本,又降低了

影片的审美门槛,适宜阖家观看。

原著中的人物基本上都属于“圆形人物”,性格维度极其丰富,人物性格在戏剧时空中充满了矛盾和变化,这也给动画电影的改编带来了不小的难度。例如主人公哈姆雷特,就是一个复杂性格的综合体。他机智勇敢,同时又胆小怯懦;他英明果敢,同时又优柔寡断;他正直善良,同时又黑暗贪婪。不仅仅是哈姆雷特,在原著中,即使是波洛涅斯这样的功能性人物,其性格也是复杂多面的。面对子女,波洛涅斯精明睿智,懂得如何套出子女真实的情况;面对主上,波洛涅斯极尽谄媚之能事。然而,波洛涅斯又有不甚精明的一面,最终意外死在哈姆雷特的剑下。由此可见,在将本剧改编成动画电影的过程中,势必要面临人物删减和重塑的问题。

(二)原著情节枝蔓繁杂,情节体量庞大

莎士比亚在原著五幕戏剧中设置了四条线索,除了哈姆雷特为父报仇的主线之外,还有三条辅线:一是哈姆雷特与奥菲利亚的感情线,二是波洛涅斯之子雷欧提斯的复仇线,三是挪威小王子福丁布拉斯的征讨线。这四条线索在剧中穿插并行,互相影响,一同向观众呈现了一个结构精巧、内容丰富的悲剧故事。然而,对于一部片长九十分钟左右的动画电影,情节删繁就简是最基本的要求。因而,如何从原著庞杂的故事线中提取出有效的故事核,成了改编创作者们面临的主要问题之一。

(三)原著悲剧精神突出,风格偏于灰暗

《哈姆雷特》是享誉世界的经典悲剧,在短短五幕剧中,莎翁为我们展现了一个道德沦丧、人心败坏的残酷世界,用人与人之间的算计倾轧、钩心斗角来引发观众对人性、生命等命题的思考。因而,全剧不可避免地散发着一种灰暗的、绝望的气息,令观众产生命运无常、造化弄人之感。例如,哈姆雷特和奥菲利亚明明相爱,哈姆雷特佯装的癫狂却给奥菲利亚带来了生命的毁灭。再比如,哈姆雷特原本想要杀死在帐后偷听的叔父,却阴差阳错地杀死了恋人的父亲。哈姆雷特对自己在复仇路上的许多行为是后悔的,然而却无济于事,自杀的奥菲利亚不会活过来,被误杀的波洛涅斯也不会活过来,哈姆雷特终究要为自己的行为负责。这种面对命运的无可奈何就产生了强烈的悲剧效果。至于复仇最后的两败俱伤,主要角色一同走向毁灭,更是将全剧的悲剧气氛推向了极致。

动画电影在审美取向上有其自身特点,它首先要满足孩子们的审美期待,在此基础上才能涉及给成人以思考空间的问题。如何将这一经典悲剧改编成一部适合阖家观赏的动画电影,如何让原著艰深晦涩的命题"走入寻常百姓家",无疑是摆在改编创作者们面前最大的难题。

三、重要改编分析

(一)风格:从悲剧到正剧

为了能从一部深刻的话剧转化为一部让孩子也能欣赏和理解的动画电影,作品的整体风格需要从悲剧转变为带有喜剧元素的正剧,以消解原著中无处不在的悲剧氛围,同时加入新的主题元素,以构建影片完全不同于原著的精神内涵。

首先,改编创作者们对原著中的场景和人物进行了整体搬迁。原著中,王子复仇的故事发生在贵族宫廷,相对封闭的宫廷环境使得整部作品的环境透露出阴暗诡秘的气息。由于角色的贵族身份,人与人之间尔虞我诈、互相倾轧的程度加大。改编创作者们则将这个王子复仇的故事整体搬迁到了广袤而原始的东非大草原,用开阔优美的自然环境彻底打破了原著宫廷的封闭氛围。同时,原著中的角色变成了一个个拟人化的动物,充满了孩童般天真烂漫的气息,削弱了原著中人物的悲剧感。这样的设置,大大消解了原著的悲剧氛围,同时给影片带来了一个崭新的主题空间,即探讨生命轮回与自然更迭。影片开篇即用一组"万类霜天竞自由"的镜头,将观众带入生命的原始体验之中。影片还多次提到食物链等自然循环的思想,引发人关于生命、自然的深层次思考。

其次,影片刻意强化了"正邪对抗"的观念,以消解原著中命运悲剧的审美感受。与原著中人人皆可被理解、悲剧却无可避免的创作观念不同,影片明确地分化了正反两个阵营。正义阵营以木法沙、辛巴、娜娜等为代表,它们正直善良、英勇果敢，拥有一系列美好的品质。反面阵营则以刀疤、豺狼为代表，它们恶毒贪婪、卑鄙狡诈，没有能得到观众认同的特质。这样，当正义阵营通过不懈努力终于战胜反面阵营的时候，观众便很容易产生一种酣畅愉悦的审美体验。同时，这样的设置也给影片带来了更具主流价值和教育意义的主题，即正义终究会战胜邪恶。

再次，影片为了消解原著的悲剧氛围，引入了音乐剧元素。影片使用了大量极具非洲本土风情的配乐和歌曲，营造出既自然原始又轻松欢乐的氛围。音乐剧元素在《狮子王》中的使用可谓大获成功，它为影片一举斩获了最佳电影原创音乐和最佳电影主题曲两项奥斯卡大奖，其中影片主题曲《你能感受到今夜的爱吗》更是在全世界范围内大受欢迎。观众在欣赏音乐的同时不知不觉地便被带入了影片的叙事时空，同影片主人公一起冒险，一起成长，体验到了生命最初的感动。

最后，影片修改了原著的结局，使其更符合"大团圆"的审美期待。在原著中，主要角色无一例外全部走向了毁灭，带有极强的悲剧性。而在影片中，小辛巴这个曾经流亡、迷茫的孩子，却在"叔侄大战"中正大光明地获胜，成为万众敬仰的英雄，继承父志为整个草原王国带来了新生。这样的结局改编，赋予影片一个更加光明的内核，显然更符合动画电影主流观众的审美期待。

（二）角色：从人物到动物

1. 动物形象的选择转换

动画电影《狮子王》对原著的故事背景进行了整体搬迁，将一部欧洲古典宫廷悲剧放置在广袤原始的东非大草原上进行重新演绎。因此，本片的改编创作者们势必面临着如何将原著中承担着不同戏剧任务的角色进行恰当的动物化的问题。

原著中哈姆雷特、叔父、母后、奥菲利亚这些贵族，在动画电影中被塑造成了一群狮子。这一设置比较容易理解。正如贵族是欧洲大陆的统治群体，狮子亦是东非大草原上的万物之王，两者无论是身份地位还是形象气质都存在着极高的相似性。雄狮飘逸的鬃毛，像极了欧洲贵族皮氅的大领。

而母狮颀长的身形,则代表着欧洲贵族孜孜追求的优雅。当然,这种设置显然是根植于西方文化基础之上的。可以试想,该片若放在中国文化背景之下,贵族群体的动物形象可能会变成山中之王——老虎了。

在原著中,与叔父勾结欲害死哈姆雷特的是哈姆雷特的两个朋友。这两个角色,在影片中作为恶势力的代表,被塑造成了三只土狼。土狼在西方传统文化中是贪婪、邪恶、卑鄙、肮脏的象征,将原著中最带有背叛意味的角色塑造成土狼显然再合适不过。单只土狼力量微薄,因而土狼总是成群行动,这就是动画电影《狮子王》在角色要尽量精简的创作思路下还是重点塑造了三只性格略有差异的土狼的原因。作为邪恶势力代表的土狼与新狮王叔父勾结,大大增加了影片正邪对抗的意味。将原著中的人性冲突转化为正邪冲突,容易让动画电影的主流观众产生共鸣。最后叔父被土狼群杀死的情节,则象征着邪恶对人的吞噬,符合西方主流价值观。

在动画电影《狮子王》中,改编创作者们将哈姆雷特忠诚的朋友霍拉旭分为两个角色,并选择了猫鼬和野猪这两个动物形象来完成这部分角色的动物化。猫鼬通常有着条形的身材,又瘦又小,显得十分伶俐。野猪则与其刚好相反,身形肥硕,行动笨拙,略显愚钝。猫鼬和野猪一瘦一胖,一灵活一笨拙,一聪明一愚钝,天然形成了一种反差和对比,带有极强的喜剧效果。事实上,这样的人物模式确实被广泛地应用在世界各国的喜剧创作之中。无论是我国传统艺术相声中的人物搭档,还是西方小丑表演中的角色配置,都经常采用这种模式。两个站在人物形象两极的角色互动,喜剧性极强。

改编创作者们在动画电影中还塑造了两个在原著中并未出现的新角色——犀鸟和山魈。这两个角色在原著中虽然没有明确的原型,却对动画电影叙事链条的成立起着至关重要的作用。改编创作者们将国王身边的传声筒设置成了犀鸟,十分巧妙。犀鸟之所以被称为犀鸟,正是因为它和犀牛有着一种奇妙的共生关系。在自然界中,犀鸟这种温柔弱小的生物可以和强大凶狠的动物和谐共生,作为强者身边的角色出现再合适不过。而且,鸟类具有飞行的能力,视野开阔,极易获得各方信息,又能够第一时间将信息传递出去,十分符合传声筒的角色设置。动画电影中还有一位老祭司的角色,被设置成了一只年长的山魈。祭司角色的引入,无疑增强了东非草原动物王国的原始性和神秘性。

2. 主要角色数量的减少

原著中复杂的、多层次的人物配置显然并不适合动画电影，因而在改编时必须进行调整。《狮子王》就对原著中的人物配置进行了大刀阔斧的删改。在电影《狮子王》中，主要人物被压缩成了七个，即小狮王辛巴、狮王木法沙、狮后沙拉碧、叔父刀疤、青梅竹马的娜娜、死党好友彭彭和丁满等。这样调整之后，相比原著，不仅人物数量精减了，而且情节全部围绕主人公小狮王辛巴展开，简明而集中，更有利于剧情的迅速推进。

3. 主要人物形象的重塑

电影《狮子王》中的主人公小狮王辛巴的形象，同原著《哈姆雷特》中的主人公小王子哈姆雷特相比，发生了天翻地覆的变化。他们虽然都是受害的王储，在故事链条中又都以复仇者的形象出现，但性格基底却迥然不同。

哈姆雷特的性格基底是忧郁的，是矛盾的，是沉重的。哈姆雷特是典型的人文主义者，他对人性既有着光明的憧憬，又有着深深的忧虑。人生接连的变故使哈姆雷特变得阴郁，突如其来的变故又使他在巨大的震惊和愤怒中走向癫狂。为父复仇的责任几乎要将他压垮，短短数月之内他便从一个天真烂漫的小王子，变成了一个满腹心机的野心家。他曾经热情地追求奥菲利亚，却亲手把奥菲利亚推上了绝路。他曾经有着柔软善良的内心，却在疯狂之中失手将奥菲利亚的父亲活活刺死，还冷静地处理了尸首。随着复仇的展开，哈姆雷特变得越发贪婪。在叔父忏悔的时候，哈姆雷特本有机会得手，他却因要亲手把叔父送进地狱而放弃了这个大好的机会。最终，哈姆雷特变得偏激而悲观，内心充满矛盾斗争，他甚至一度想要放弃，想要结束自己的生命，"早日脱身而去"，却又因想到死后的不安宁而迟迟不敢下手。哈姆雷特代表了人在使命的驱使下内外煎熬的痛苦状态，具有极强的悲剧性。

反观小狮王辛巴，虽然与哈姆雷特有着相仿的遭遇，但它带给观众的审美感受却截然不同，堪称"阳光下的哈姆雷特"①。辛巴出场时，是一个典型

---

① 程瑜瑜. 阳光下的哈姆雷特——后现代主义观照下的《狮子王》[J]. 艺术研究，2011(07)：110－114.

的孩童,天真、顽皮、爱幻想,还有点叛逆。改编创作者特意花相当长的一段时间展现主人公的这一性格阶段,目的就是赋予辛巴性格一抹阳光的底色。同时,这样的人物形象无疑还有利于引发动画电影主流家庭观众的共鸣。而在杀父惨剧发生之后,辛巴同哈姆雷特一样,也曾怀疑过,彷徨过,却很快得到两个乐观向上的朋友彭彭和丁满的帮助,未曾像哈姆雷特般坠入痛苦的深渊。而与自己的童年好友娜娜相遇,踏上夺回王位之路,辛巴也未表现出任何的贪婪和偏激。在整个复仇过程中,辛巴显得成熟、自信而又有担当,它复仇不是为了夺回王位,而是为了整个草原的安宁。在与叔父刀疤的决战中,辛巴也时刻保持着仁慈和克制,只想将叔父放逐而非杀死,最后刀疤之死完全是刀疤咎由自取。辛巴代表的,是在成长中学会责任与担当的"美国式大男孩"①,这一点便可以使它收获相当广大的观众基础。

除了辛巴外,动画电影《狮子王》对反面主人公叔父的人物形象也作出了很大调整。在原著中,叔父克劳迪斯的人物形象是复杂而多面的,他凶狠残暴,觊觎王位和王嫂,并且亲手调配毒药杀兄娶嫂,确实有穷凶极恶的一面。但随着戏剧的展开,观众渐渐可以看到这个人物身上痛苦的一面。杀死自己的王兄后,克劳迪斯没有一天不活在痛苦中。在克劳迪斯的个人独白中有这样的表达:"我的罪恶的戾气已经上达于天;我的灵魂上负着一个元始以来最初的诅咒,杀害兄弟的暴行!我不能祈祷,虽然我的愿望像决心一样强烈;我的更坚强的罪恶击败了我的坚强的意愿。像一个人同时要做两件事情,我因为不知道应该先从什么地方下手而徘徊歧途,结果反弄得一事无成。"②这让观众看到了克劳迪斯并不是只有单一的邪恶的一面。

而在处理《狮子王》中的叔父刀疤这一人物形象时,改编创作者刻意回避了角色性格中的复杂性,转而将其塑造成一个单纯的恶人。遍布刀疤的丑陋脸庞、黑色的头发、绿色的瞳孔,从人物形象设计之始,改编创作者就在极力给这个人物增加让人嫌恶的元素。他自私善妒、凶狠残暴、满口谎言,甚至为了自己的私欲,与草原上的公敌土狼勾结在一起,把整个草原搞得乌烟瘴气还不知悔改,没有一丝值得同情理解之处。这样的人物塑造或许流

---

① 吕雯霞. 狮子王与哈姆雷特的影片精神对比[J]. 电影文学,2011(06):64-65.

② 莎士比亚. 莎士比亚全集:第五卷[M]. 朱生豪,译. 北京:人民文学出版社,1994:362.

于扁平,但在一部动画电影中却有着极其重要的作用。动画电影往往会打造一个善恶分明的世界,一来可以降低主流观众的审美门槛,二来符合正义通过努力战胜邪恶的主流价值取向。从这个角度来看,把克劳迪斯改编成刀疤,有着极其重要的叙事意义。

4. 次要人物的调整增删

动画电影《狮子王》的改编创作者对原著中的次要人物也进行了较大的调整和增删。这其中最具代表性的,就是彭彭、丁满两个角色的加入。

在原著中,主人公哈姆雷特的朋友只有一个,叫霍拉旭。而在电影中,霍拉旭却一分为二,变成了一组角色——彭彭和丁满。在原著中,霍拉旭的主要人物性格就是忠诚,他是哈姆雷特最忠实的好友,时刻陪在哈姆雷特身边,帮助哈姆雷特完成复仇大计。霍拉旭这个人物更多的是在叙事层面起到穿针引线的作用,对哈姆雷特的性格和人生轨迹几乎没有产生过影响。而彭彭和丁满则大不相同,它们一胖一瘦,一笨拙一机灵,组合起来便张力十足。它们的性格总体上乐观向上,热情奔放,信奉“哈库呐玛塔塔”,也就是凡事不用担心,这无疑对主人公辛巴的性格产生了极其重要的影响。辛巴初次遇到彭彭和丁满时正是其生活的最低谷,是彭彭和丁满给辛巴布满阴霾的内心重新播撒了阳光的种子。也正是由于彭彭和丁满的存在,才使得辛巴不至于像原著中的小王子哈姆雷特一样,陷入无尽的纠葛和痛苦中无法自拔。可以说,彭彭和丁满是奠定整部改编作品喜剧风格最重要的人物,其人物设置也大大增加了整部作品的可看性。

除了彭彭和丁满外,主人公的青梅竹马娜娜、母亲沙拉碧、父亲木法沙的人物形象也都有不同程度的调整。这三个人物的原型都极具悲剧色彩。娜娜的原型奥菲利亚爱着小王子哈姆雷特,却因为父亲的阻挠而放弃,最终使自己陷入疯狂,在溪边自杀。母亲沙拉碧的原型乔特鲁德内心则极其复杂纠结,既爱着哈姆雷特,又惮于克劳迪斯的权威而委身于他。父亲木法沙的原型更是一个饱受痛苦折磨而不得安宁的鬼魂。在电影中,娜娜被塑造成了辛巴的支持者,她找到流浪的辛巴,并引导辛巴肩负起王者的责任。母亲沙拉碧并未委身于刀疤,而是担任狮群狩猎队队长。父亲木法沙与原著中的变化更大,被塑造成了一个英明神武的国王和一个甘愿为自己的子女献出生命的伟大父亲。这样的改编,既剥离了原著的悲剧元素,同时又符合主流观众对青梅竹马、父母等角色的审美期待。

(三)情节:从复杂到简化

原著《哈姆雷特》情节线索众多,故事容量较为庞大,除了哈姆雷特复仇的主线之外还穿插着雷欧提斯一家的恩怨、欧洲各王室恩怨等许多枝蔓内容。动画电影《狮子王》的改编创作者大量删去了原著主线情节之外的枝蔓,甚至对主线情节亦进行了大幅度的删减,力求简洁。

改编创作者抓住了原著的故事核,情节铺排完全依照故事核的需要而展开,使叙事线索变得流畅而明快。从"叔弑国王""放逐王子"到"王子战叔""重建王国",整部电影的主线完整而清晰,为广大儿童观众的观看和理解扫清了障碍。

同时,值得注意的是,改编创作者在删减大量原著情节的基础上,还增设和丰富了许多原著中并未正面描写的情节,即"叔弑国王"这一关键情节发生之前的情节。在原著中,一开场老国王就已被害死,之后通过被害的老国王亡魂显灵告知王子真相而展开故事。在电影中,木法沙被害这一情节却在影片进展到大概三分之一才姗姗来迟,之前则用大量的篇幅描述木法沙和小辛巴的父子之情。观众从这一部分内容可以真切地感受到木法沙对小辛巴严苛又纵容的爱,以及小辛巴对木法沙的恐惧与崇拜,这大大增强了小辛巴复仇动机的合理性。从本质上来看,小辛巴和木法沙的互动与寻常父子无异。这样的情节设置,将温暖的亲情带入了这个原本有些残酷的复仇故事,改变了原有的故事基调,更容易引起占动画电影观众主流的家庭观众的共鸣。

四、小结

动画电影《狮子王》改编自莎士比亚的著名悲剧《哈姆雷特》,在全球范围内引发观影热潮,并在接下来的数年内先后以 IMAX 版、3D 版重新上映,是迪士尼公司历史上最成功的动画电影之一。影片创作者在保留原著故事核的基础上,对原著中的角色、情节、主题乃至风格类型都进行了大刀阔斧的改编,使之更契合动画电影的文本特征。本文主要通过对电影和原著作品中角色、情节、氛围以及主题四个方面的对比分析,试图寻找到该改编作品收获巨大成功的密钥。

这个案例提示我们关注从话剧到电影、从人类到动物这种大跨度改编中可能遇到的问题及其解决办法。精简人设,提纯情节,同时运用多种叙事元素改变原著氛围,使之更加契合动画电影的文本特征,是经典文学名著在改编成动画电影时的基本思路。

原作:《潜伏》(龙一)

改编作品:《潜伏》(电视剧,30 集,2009 年 4 月 1 日上星播出)

导演:姜伟、付玮

编剧:姜伟

主演:孙红雷、姚晨、沈傲君、祖峰、冯恩鹤、吴刚

获奖:2009 年第 27 届中国电视剧飞天奖长篇电视剧一等奖、优秀编剧奖,2010 年第 25 届中国电视金鹰奖优秀电视剧奖、最佳编剧奖,2009 年第 15 届上海电视节白玉兰奖最佳电视剧金奖、最佳编剧奖,2009 年第 11 届中共中央宣传部精神文明建设五个一工程奖

第九章 《潜伏》:从短篇小说到电视剧

2006 年,由天津作家龙一(原名李鹏)创作的短篇小说《潜伏》首次发表于《人民文学》第 7 期,后有多家选刊转载。

2009 年,由同名小说改编的电视剧《潜伏》上星播出,共 30 集,该剧由孙红雷、姚晨、祖峰等主演,姜伟、付玮导演,姜伟编剧,播出后引发收视热潮,并荣获白玉兰奖、飞天奖、五个一工程奖等大奖,成为谍战剧的又一部优秀作品。作者龙一多次对改编作品表示高度肯定:“我当然高兴,因为毕竟有我 1% 的功劳。”“剧本超出我的希望值,比原小说的水平要高出很多,这是实话,没有任何谦虚的成分。再加上导演以及演员的表演,更比剧本高出一大块。但现在大家这么热捧,这一点我没有想到。”①“姜伟在剧本中发挥了巨大的创造力和想象力,不但保留住小说中所有可珍视的内容,而且独自进行了充分的发挥和再创造,使这个故事真正成为一次宏大的历史生活的再现,成为一连串跌宕起伏的生命历险,成为一次次对灵魂和生命的深刻拷问,成为一出令人叹为观止的好戏。对于一个小说家来讲,能有人将拙作进行如此辉煌的再创造,我的心情之激荡就不仅仅是满意可以表达得了的。”②

谍战剧是中国电视剧史上出现较早的电视剧类型。事实上,中国第一部国产长篇电视剧——1981 年推出的《敌营十八年》就是一部谍战剧,该类型电视剧收视效果良好,但并未成为电视剧的重要类型。直到 2003 年《暗算》播出,谍战剧才重新开始热制热播。2009 年《潜伏》上星播出,迅速占据电视剧市场半壁江山,成为中国谍战剧的经典作品之一。

从短篇小说《潜伏》到同名长篇电视连续剧,无论是人物还是情节方面的变动与增补都非常明显、非常成功,可以作为短篇小说改编电视剧的借鉴。

一、原作的可改编基础

短篇小说《潜伏》仅 14,000 字,情节虽简略但是较为完整,人物数量少、人物关系简单,但是呈现出鲜明的戏剧风格,为电视剧的成功改编提供了基础故事框架和人物关系。

(一)强调了谍战中的假夫妻内部矛盾,题材新颖

普通观众看到“谍战”一词,很容易联想到敌我阵营的生死冲突。但《潜伏》这部短篇小说,主要讲述的却是假夫妻潜伏者之间的各种冲突,兼具典型性与创新性。

关于其中的典型性,小说作者曾经如此表述:

---

① 谢绮姗. 对话《潜伏》作者龙一:《潜伏》小说实际只有 14,000 字[N]. 湛江日报,2009-5-10.

② 姜伟,华明.《潜伏》创事纪[M]. 广州:南方日报出版社,2008:6.

> 我一直在研究中共革命者的生活,他们生活当中有一个很重要的内容,就是"假夫妻"。以"假夫妻"做掩护在当时是一种很正常的状态。在一个危险的环境当中,单身男人是最容易被怀疑的,而一个有老有小的家庭会让人很安心。同时,"家人"还可以帮忙做一些工作,作为配角的"假太太"或"假丈夫"往往还要兼任联络员,两个人实际上是一个工作小组,生活上也可以互相照顾。这种现象在中国革命史上非常普遍,甚至是地下工作的基本技术。①

关于其中的创新性,小说作者是这样理解的:"在过去的文艺作品当中,关注人的信仰、理想等美好的东西,把他们之间的关系也写得很美好,而真实的情况跟如今的生活状态应该是一样的,也就是说,任何一男一女放在一起,不管他们以前相识或不相识,共同生活、工作在一起,实际上总有差距和摩擦,甚至有针锋相对的东西。"②电视剧编剧兼导演姜伟对此高度认同:"主人公是中共在军统局中最重要的情报员,因特殊情况,上级党组织给他派来一位女游击队员作假夫妻。这是典型环境下的典型人物,他们二人的生活和斗争能够折射出所有地下工作者的心理和生活。……这个戏剧结构是这部小说的独创,此前任何一部文艺作品中都未曾出现过类似的戏剧结构。"③

换言之,小说《潜伏》的典型性与创新性,是其值得改编的根本基础。

(二)提供了谍战剧的人物关系框架,可延展性强

小说《潜伏》虽然只有相当于一集电视剧剧本的字数,但如编剧兼导演姜伟所说:"这个小说特别像故事大纲,文字很凝练,很简洁。"④这就为小说的电视剧改编提供了相当大的延展空间。

小说《潜伏》提供了简洁但完整的人物关系框架:余则成作为核心人物,与翠平建立起矛盾频频的假夫妻关系(人民内部矛盾),与老马、站长建立起钩心斗角的敌对阵营关系(敌我矛盾)。小说的情节虽然简单,但也称得上

---

① 谢绮姗.对话《潜伏》作者龙一:《潜伏》小说实际只有14,000字[N].湛江日报,2009-5-10.
② 谢绮姗.对话《潜伏》作者龙一:《潜伏》小说实际只有14,000字[N].湛江日报,2009-5-10.
③ 姜伟,华明.《潜伏》创事纪[M].广州:南方日报出版社,2008:427.
④ 姜伟,华明.《潜伏》创事纪[M].广州:南方日报出版社,2008:435.

跌宕起伏，人物性格鲜明。历史时空中的悲壮结局进一步强化了“主旋律”色彩。

特定的人物性格、人物关系与特定的时代背景结合在一起，为情节的进一步发展提供了广阔的空间和充分的动力。

二、改编中需要重点解决的问题

除视听转换等常规任务外，电视剧的改编还需要重点解决如下问题。

（一）谍战情节很少，冲突较弱

原小说从余则成在抗战胜利后来到天津站工作、站长要求他将太太接来天津开始，以余则成和翠平的假夫妻关系为主线，展现假夫妻的性格冲突，描写了很多因爱好、性格、文化差异产生的冲突（例如吸烟、对谍报工作的看法等）。直到全文 1/4 处，才有了一段关于余则成谍报工作的直接描写。

> 余则成的日常工作是汇总、分析军统局天津站在华北各个组织送来的情报，其中多数是中共方面的，也有许多是关于政府军和国民党军政大员的，五花八门，数量极大，他必须得把这些情报分类存档，并将经过站长核准的情报送往刚刚迁回南京的军统局总部。除此之外，他还必须要将这些情报中对中共有用的部分抄录一份，通过联络点送出去。①

这段文字加标点符号仅有 152 字，并且没有提及余则成曾经遇到任何风险（事实上后文也没有写他在抄录、送信的过程中出过什么意外），波澜不惊。

在正文的 1/2 处，第一次直接描绘了余则成所遭遇的风险：在站长家里的聚会上，因翠平莽撞欲偷走《国军在华北及东北地区作战计划书》面临暴露风险，余则成随机应变解决了这个重大危机。

---

① 龙一. 潜伏[J]. 人民文学，2006(07)：2－13.

翠平却一边跑一边问,走出去就安全了,你干啥要回来?余则成只好吓唬她说你偷文件的事已经被发现了,他们正在门外等着抓你。跑进书房,他问你在哪儿拿的?翠平一指书桌上已被打开的公文包,那是站长的公文包。他迅速从翠平衣下拉出那份文件,又放在书桌上用10根手指弹琴一般按了个遍,好用他的指纹盖住翠平的指纹。当他刚刚将文件塞进公文包时,门外便响起了脚步声。翠平这时黑眼睛一闪,咬紧嘴唇,一下子扑到他的怀中,用头像一只小动物一般在他的胸前拱来拱去。但余则成知道这样解决不了问题,便猛地将翠平的旗袍撩到腰际,然后将她抱到书桌上,一只手搬起她的一条腿,另一只手迅速将站长的公文包锁好。同时他也留意到,翠平的脸已经红到了脖子和耳朵上。

冲进来的是老马和他的一班手下,见情形立刻愣在门口,笑道,小余,想不到你这个老实人也会干这调调儿![①]

这段故事很精彩,余则成、翠平、老马三人的性格与矛盾尽显,内容也比较丰富(共3,500字左右,发现风险并解决风险的部分有700字左右)。

在正文约3/4的地方,小说写了余则成面临的又一次风险(约1,350字):翠平失踪后被善于设局害人的老马找到,但仍然有惊无险。

在正文的结尾,还有一段老年余则成回忆并猜想翠平结局的文字:

余则成却说:不会的,一定是她送完情报后被老马追踪了,抓捕时她拉响了手雷,那只手雷威力极大,足以让三五个人消失得无影无踪。[②]

这段文字非常简洁,虽然与余则成不直接相关,但也暗含一个有悬念、有起伏的谍战事件。

综上所述,在原作约14,000字(相当于一集电视剧的字数)的篇幅中,直接涉及谍战事件的情节很少,改编成一部电影(剧本约三四万字)都远远不够,更别提改编成电视连续剧了。

---

① 龙一. 潜伏[J]. 人民文学,2006(07):2-13.

② 龙一. 潜伏[J]. 人民文学,2006(07):2-13.

（二）主要人物的戏剧张力不足

在原小说中，主要人物是余则成、翠平、老马、站长四个人。限于体裁，囿于篇幅，这些人物大多细节刻画不足，性格魅力有限。

1. 余则成：能干但不善于与女性打交道的老实人，魅力有限

原小说第一句就讲“余则成是个老实的知识青年”，正因其老实，虽然办事“妥妥当当”，但遇到组织上派来的翠平，就疲于应付，与翠平的“斗争”基本上以“失败”或退步收场。

换个角度看，原作中余则成的谍报线或说事业线相当顺利，虽然字里行间也透露出老马对他有怀疑、有试探，但他一直顺风顺水地做着传递情报的工作，基本上没遇到什么危险。在情感线上，原作只是含蓄地表达出余则成从一开始对翠平反感排斥逐渐变为体谅与关心，但他从始至终并未爱上翠平；翠平虽模模糊糊地对余则成产生了“好感”，但这种“好感”的产生只是因为她和一个男人在一起住了两年，以为自己只能成为“他的人”，不可能再嫁给别人了。原作中也没有描写余则成的情感史，只在开头草草带过：“因为老实和组织上严格的纪律，余则成这些年甚至连个恋人也没有。”

这也就意味着，从历史的真实来看，余则成可能是一个平凡而伟大的真实人物；但从人性的真实来看，余则成只是一个清心寡欲的扁平人物。这种人物虽然具有某种历史的真实性，但是对当代的影视剧观众，尤其是女性观众来说，魅力有限，吸引力不足。

2. 翠平：坚定但才貌不佳、性格执拗的女战士，魅力欠缺

在原小说中，翠平虽然革命意志坚定，最终与老马同归于尽，但也存在很多缺点。抛开“比照片上要难看一些”“粗眉大眼”不说，翠平爱抽烟，难沟通，性执拗，常莽撞，与余则成难以合作，不时捅娄子，甚至成了一个对余则成来说“比老马还要危险”的人物。问题的关键还在于，革命意志坚定的翠平在反复受挫之后，竟然一蹶不振：

> 自此以后，翠平再没有向余则成提出过参与工作的要求，运送党费的工作也停止了，每天她只是蹲在阳台上抽烟袋，将牙齿熏得

> 焦黑,再不出大门一步。……他也确实希望翠平能够尽快好起来,哪怕是再跟他不断地争吵也行,然而,翠平甚至连话都不愿意多说一句,慢慢的,她原本强壮的身体便被她自己折磨得有些形销骨立了。①

此时已到了小说的4/5处,尽管从叙事技巧来说,这种写法为结尾处翠平英勇牺牲的高潮制造了巨大的反差,但也把这个人物的不可爱之处抬到了顶点,进一步削弱了对观众的吸引力。

3. 老马:总体精彩,但情节量有限

在原小说中,老马是一个非常重要的人物,是主人公余则成的两大对手之一(另一位是翠平)。从一起接翠平开始,老马对余则成与翠平的怀疑、试探就从未停止,虽然屡败屡战,但是最终以死证明了自己怀疑的正确性。从事业线来看,他也有资格成为余则成强有力的对手。

关于老马怀疑余则成的动机,小说更多强调两个人在副站长这一职位上的竞争,或者说强调老马对副站长这一位置的觊觎。这个原因可能很真实,但未能让老马与余则成形成真正的对手关系,可谓美中不足。

小说中间,老马似乎放松了对余则成的监视与怀疑:

> 在此后很长的一段时间里,余则成的工作和"婚姻"终于平静了下来,一切都走上了正轨。而这个时候,老马对他也表现出了极大的热情和善意,经常过来找他闲聊,拉他吃饭泡澡听戏然后再泡澡再吃饭再听戏,而且还常常向翠平赠送贵重礼品。时常挂在老马口头上的话是:站长太太对你太太比亲女儿还亲,娘俩出双入对,形影不离,日后那个副站长的位置必定是老弟你的,老哥哥将来还得请老弟多多关照提携才是。②

从结尾处老马的表现来看,他似乎并没有彻底放弃自己的怀疑。如果是这样,那么此处可以视为老马的又一种斗争方式,透露出老马的又一种心

---

① 龙一. 潜伏[J]. 人民文学,2006(07):2-13.
② 龙一. 潜伏[J]. 人民文学,2006(07):2-13.

态，显示出人性的复杂。

但是，小说关于老马的情节同样不足，有待扩充。

4. 站长：心狠手辣的伪君子，情节量更少

站长虽然是小说中的重要人物，但出场时间有限，他主要有如下特点：第一，在道德上是一个伪君子，除原配外又娶了三房姨太太，但又坚持住在家中，强调“不可乱了纲常”。第二，在职业上是一个铁杆反共者，“一心一意地去深挖潜藏在市内的共产党人，而且不分良莠，手段冷酷无情”。第三，在经济上贪得无厌，但贪大不贪小，“不喜欢那种抢劫式的方法，便主要对银行业、保险业和盐、碱等大企业下手”，还多次暗示余则成“凡事都得悠着点儿，不能操之过急，钱财之事无小事，应该从大处着眼，与大人物共事才安全”①。

尽管作者对站长这个人物着墨有限，但已经勾画出其相对丰满的性格特征，有待改编作品铺陈开去。

（三）次要人物较少、人物关系简单

限于篇幅，原作出场的人物很少，如站长夫人、站长的三位姨太太、翠平妈、车夫、税务局长、老妈子、老马的若干手下，大多一笔带过，相应的人物关系也处理得十分简单，甚至有些随心所欲。比如余则成去接翠平时，接到了翠平和翠平妈，但坐上车之后，翠平妈一角就像凭空消失一般，再也没出现过。因此，加人、加戏就成为改编过程中无法绕开的任务之一。

三、重要改编分析

（一）主要人物与人物关系的变化

1. 男一余则成：从“扁平”好人到“圆形”英雄

在电视剧《潜伏》中，余则成“改头换面”、增血添肉，上升为超级主角。编剧兼导演姜伟坦承“下功夫最大的是余则成”②。

---

① 龙一. 潜伏[J]. 人民文学，2006(07)：2 – 13.

② 姜伟，华明.《潜伏》创事纪[M]. 广州：南方日报出版社，2008：440.

在原小说中,余则成是一个斯文谨慎、善良老实的知识分子、一名坚定的共产党员。换言之,余则成的性格在纵向上缺乏变化,横向上维度有限,远非一个优秀的“圆形”人物。因此,在改编后的电视剧中,余则成性格的纵向变化与横向扩展就必不可少,唯有如此,才能将余则成塑造成一个性格复杂而又富有魅力的革命英雄。

就余则成性格的纵向变化而言,由于坚定的共产党员这一设定不能更改,因此,添加余则成由非共产主义信仰向共产主义信仰转变的情节当为自然之选。事实上,在改编后的电视剧中,余则成确实完成了由国民党特工向共产党潜伏者的转变:余则成最初是受军统训练多年的特务,因为上司吕宗方而接触到共产党,目睹了国民党的各种腐败,从一开始因为左蓝的共产党员身份而被迫保护参加会议的共产党员,到后来慢慢被左蓝引导,再到左蓝死后、通过朗读《为人民服务》彻底信仰共产主义,余则成一步步背叛了国民党、投身共产党的革命事业,并心甘情愿继续回到军统潜伏。

从国民党军官到老辣的共产党卧底,余则成有过挣扎和犹豫,但是一旦选定就九死无悔。这种转变表现了一种信仰的力量,与站长吴敬中、“佛龛”李涯在一定程度上形成对比。为强化这种信仰的转变,电视剧一开始特意强调余则成对左蓝的寸步不让:“我没有什么信仰,如果说有,我现在信仰良心,赶走日本人后,我就信仰生活,信仰你,就这样。”[①]这种信仰的转变不仅充满强烈的戏剧冲突,为剧情的扩展提供了空间,也能让观众更好地理解当年余则成等人何以从国民党转入共产党,从内心接受并认可相关的历史教育与意识形态询唤。

就余则成性格的横向拓展而言,增强对其事业线的描绘(包括对敌人、对自己人两个方面)、增强对其爱情线的描绘(从无法应对女性到巧妙应对女性、从没有爱情到强化爱情)亦十分必要。事实上,改编后的电视剧也是这么做的。仅就爱情线来说,电视剧《潜伏》在保留假夫妻这种人物关系的基础上,大量增加了余则成与翠平从摩擦、敌对到缓和、相知、相爱等情感细节,还增添了左蓝和晚秋两个女性角色,试图进一步丰满余则成单薄的人物关系谱,多维度展现其人物性格。

---

① 姜伟,华明.《潜伏》创事纪[M].广州:南方日报出版社,2008:25.

小说作者龙一是如此评价对余则成的改编的:“对于余则成这个人物的设计,姜伟在剧本中进行了很大的发展,将他从中共打入敌人内部变成由敌人内部投身中国革命,这个转变过程不但带来了开始两集的精彩戏剧冲突,也使得这个人物的身份和思想更加复杂,使他的行为和动机更具有趣味性。而为了使这一切过渡合情合理,作者就需要做大量的细节工作——于是,一个具有特殊身份、特殊背景、特殊使命和特殊心理状态的主要人物便被塑造出来,而他本身便具有极大的戏剧魅力。”①

2. 女配一变三:从翠平到翠平、左蓝、晚秋

(1)翠平——余则成的革命伴侣

与原小说相比,电视剧改编创作者不仅需要“美化”翠平的外表以养观众之眼,而且需要变化其纵向性格、丰满其横向性格以润观众之心,增强人物的吸引力。于是,电视剧中的翠平由美丽的演员出演,并被赋予粗中有细、刚柔并济、顾全大局、聪明机智的性格特点,展现出与余则成从矛盾冲突到相知、相恋的人物弧光。

改编后的电视剧未让翠平英勇牺牲,而是让她与余则成天各一方无法有情人终成眷属。这是一种与原小说结尾同样具有悲剧性甚至更具悲剧性的结局,进一步突显出谍战人员为了信仰身不由己的悲壮感。

(2)左蓝——余则成的初恋情人

电视剧中翠平的变化可以与余则成的剧情搭配,但由于电视剧中增加了余则成从国民党员向共产党员转变的情节,而这段时间内翠平无法出现,因此,改编后的电视剧在翠平之前增加了左蓝的形象,她不仅是余则成的初恋情人,而且是余则成走向共产党阵营的引路人。换个角度来看,左蓝的增加,不仅让余则成加入共产党阵营之前的生活更加丰富多彩,而且为余则成的信仰转变提供了更易令当代观众理解、接受的理由,为余则成加入共产党阵营后的人生坎坷提供了更多的可能:对于优秀的共产党人来说,不能同时脚踩两条船,因此,只要保留翠平的戏份,就必须让左蓝远走高飞——这也是左蓝在剧中英勇牺牲的戏剧性根源。

---

① 姜伟,华明.《潜伏》创事纪[M].广州:南方日报出版社,2008:6.

(3)晚秋——余则成的“红颜知己”

为了增加余则成爱情线的复杂性,同时呼应原小说中余则成与翠平天各一方的悲壮结局,电视剧为余则成添加了晚秋这个“红颜知己”,其主要功能在于与翠平、余则成形成“伪三角”关系以增强戏剧性。晚秋在左蓝与翠平之间出场,心仪余则成,但不过是叔叔穆连成、站长吴敬中与余则成中间的一颗棋子;中间与余则成有缘无分,生活坎坷;最后被党组织委派阴差阳错成为余则成的“假夫人”,成就了另外一种“有情人终成眷属”。

关于翠平、左蓝、晚秋这三个形象的设置,编剧兼导演姜伟有如此的解释:

> 姜伟:这三个女人……一个是漂亮的娇小姐,一个是乡下女人,一个是我们印象中标准的革命者形象,就是一个引路人吧。她们三个形象有互补性,这三个人合在一起其实就是当时理想的革命者完美的妻子形象,吃苦耐劳、很有文化、漂亮、革命觉悟也很高。
>
> 华明:还很有生活情趣。
>
> 姜伟:对。就是拆分,把小说里的老马拆成三个男的,把一个那个时代特别理想的妻子形象给了三个女的。
>
> 华明:理想妻子形象有没有原型?
>
> 姜伟:没有原型。就是一种概念,就是我们看过革命题材电影里的女性。如果一个人有点小资情调或按图索骥设计自己的妻子的话,他会想象自己的女人应该是如何如何好,其要素也不过如此。很多伟大的革命家,他们后来的老婆都是有知识有文化而且是年轻漂亮的。
>
> 华明:对。
>
> 姜伟:但对他们来讲,这些人还不够朴实,不够吃苦耐劳;娶了城市女人之后,娶了知识分子、青年进步学生,她们可能具备了晚秋、左蓝的一点东西,但她们没有翠平的朴实和吃苦耐劳。可是他们原先的妻子、家乡的老婆就太“翠平”了。①

---

① 姜伟,华明.《潜伏》创事纪[M].广州:南方日报出版社,2008:441-442.

3. 敌手一变三：从老马到马奎、陆桥山、李涯

在原小说中，站长与老马均为敌方阵营之人，但站长并未与余则成产生直接冲突，余则成的主要对手只有老马一人，这在几十集的电视剧中，显然是完全不够的，因此，改编时需要为老马或敌方阵营添加人物，以引发更为强烈的戏剧冲突。

“小说中马、陆、李这三个人是同一个人，就是老马。但是我觉得一个人下来啊，它变化少。我的想法是三个人完成一个整体串联，来完成和余则成的对手戏。三个人有死、有走、有留、有斗，大家性格不一样，说话态度不一样，这样可以丰富一些。我是从这个点上来把老马变成三个人。”①在电视剧中，姜伟再次使用了“一变三”的方法，将小说中的老马变成了电视剧中的马奎、陆桥山与李涯三个有能力也有矛盾的人，使敌对阵营的力量大为增强。

（1）马奎——忠勇少谋的“敬业者”

电视剧中的老马不仅有大量的戏份，而且有更多的人物关系。比如，他多了一房娇太太总插科打诨和拖后腿，与陆桥山为争副站长之位而明争暗斗，敢于怀疑吴站长泄密而进行调查等。这些改编，让老马成为一个忠心耿耿、勤勤恳恳但又有些蠢蠢笨笨的复杂人物。

老马在原著中一直作为余则成的主要对手“战斗”，最终与翠平同归于尽，但在电视剧中，由于新增人物李涯比老马更难对付，所以老马在全剧将近一半时就死于左蓝之手。

（2）陆桥山——没有底线的“官迷”

为了增强敌对阵营中的矛盾以增加戏剧性，陆桥山虽身为情报处处长，但被设计为一个不务正业的“官迷”，他的主要任务是排挤马奎和李涯，以便让自己当上副站长，甚至取站长而代之。当然，这一切既被聪明的余则成所利用，也被“敬业”的同事所不耻，最后陆桥山搬起石头砸了自己的脚，在陷害马奎之后，自己也被李涯陷害，先是被逼离开天津情报站，再次回来时被神枪手翠平击毙。

原著中也提到了老马与余则成竞争副站长之位一事，我们可以把陆桥

① 姜伟，华明.《潜伏》创事纪[M].广州：南方日报出版社，2008：439.

山这个人物视为对这种竞争的极致化书写,但不如将其视为全新增加的人物更为准确。其设置逻辑在于为马奎和李涯在阵营内部挖矛盾、找对手,以凸显国民党阵营的腐败与分裂。

(3)李涯——有勇有谋有"信仰"的强大对手

唯有战胜强大的对手,才能凸显自身的强大。因此,改编后的电视剧需要一个和余则成一样有勇有谋的强大对手,这个人就是李涯——曾经潜伏于共产党阵营的"国民党版余则成"。李涯作为电视剧《潜伏》新添加的人物,作为余则成的主要对手、天津特务站的中坚力量,跟余则成进行了一段精彩绝伦的对决,虽是反派,但极具魅力。可以说,正是因为李涯足够精明狡诈,才衬得男主角余则成熠熠生辉。李涯一开始是国民党派往延安的卧底,这就跟潜伏于国民党的共产党卧底余则成形成对比,如同镜面。这种设置在以往的谍战剧中极为少见,让观众颇有新奇之感。

如同余则成一样,李涯的谍报业务水平极高。李涯一开始潜伏于延安,代号"佛龛"。国民党派到延安的卧底几乎全部失败,只有李涯一人成功潜伏,若非余则成从国民党内部下手,揪出李涯是非常困难的。这也从侧面印证了李涯作为特务的业务水平之高。李涯曾设计了一场"黄雀行动",给南京政府上报了两份名单,96 名真正的潜伏骨干隐匿于 500 人的海选名册中,极其隐蔽和难以分辨,若非李涯意外身死,想破这个局,几乎难于登天。余则成也对鲍特派员说"李队长心思很细,这是个人才,死了可惜了"。

如同余则成一样,李涯也有"信仰",不同于陆桥山的升官发财功利主义,也不同于马奎的鲁莽暴戾有勇少谋,李涯这个人物的"信仰"是将来让孩子过上好日子。①

(4)吴敬中——老谋深算、看透世情的官场"老油条"

无论是原小说还是电视剧版本,站长一角的设定都是官场"老油条",他八面玲珑、疯狂敛财,虽戏份有增但性格变化有限。站长的第一目的只是捞钱,黄金、古董、字画越多越好。他表面上关爱下属,让人如沐春风:翠平刚到天津,是站长携夫人给她接风;平时大大小小的宴会不断;最后让余则成送手令去东北,有不成功则成仁之虞,站长"眼睛湿润了,说你跳伞的时候一

① 姜伟,华明.《潜伏》创事纪[M].广州:南方日报出版社,2008:440.

定要当心,我可不想平白赔上我的左膀右臂"①。实则掌控着所有人,手段凌厉:到处安插探子监控大小官员,处理叛徒毫不手软。

整体而言,如果只强调差异的话,电视剧《潜伏》更强调站长"老谋深算、看透世情"的特点,虽然他也算尽职尽责,但绝不像李涯那样为"信仰"无怨无悔奋斗至死,也绝不像陆桥山那样因小失大逐利至死,更不像马奎那样鲁莽冲动有勇少谋。原作中他道德上的虚伪——有三处外宅但又与发妻同住,还教育属下不能乱了"纲常"等——在电视剧中被弱化了,没有提及他有任何外室或情人。这种改编方法,也在一定程度上提高了对手的水准,抬高对手水准是肯定自己更高水准的正确途径。

4. 人物关系的复杂化

在《潜伏》原小说中出现的人物主要有:余则成、翠平、站长、站长夫人、老马、翠平妈、车夫、税务局长、老妈子、三位姨太太、老马的若干手下。其中,余则成、翠平、站长、老马构成最基本、也是最简单的三组人物关系:余则成与翠平的假夫妻关系、余则成与站长的上下级关系、余则成与老马的敌对关系。这三组关系贯穿整部小说,是一切情节展开的前提与基础。就一万余字的小说而言,这几组关系是足够支撑剧情发展的。

而在电视剧《潜伏》中,出镜人物多达 60 余人,演员表中的主要人物有 21 人。总结起来,与余则成相关的人物关系有:余则成与翠平的假夫妻关系,余则成与左蓝的恋人关系,余则成与晚秋的知己关系,余则成与站长的上下级关系,余则成与马奎、陆桥山、李涯、谢若林的敌对关系。其他配角的支线关系并未计算其中,仅这五组关系就能穿插起剧情,承担起电视剧 30 集的容量。

电视剧《潜伏》将原作中较为单一的人物关系发展成复杂的人物关系网,既丰富了"左蓝—翠平—晚秋"的女性情感线索,也丰富了"站长—老马—陆桥山—李涯"的敌我对抗线索。

(二)主线情节的大量添加

小说《潜伏》中描写的主要事件有以下几件:

---

① 龙一. 潜伏[J]. 人民文学,2006(07):2-13.

(1)站长让余则成接来太太,党组织派翠平来与余则成假扮夫妻执行任务;

(2)翠平在阳台上抽大烟被监视的人发现,站长召见余则成,余则成警觉;

(3)翠平要求替余则成送情报,余则成拒绝,翠平拿出砒霜与手雷表决心,余则成对翠平产生敬佩之意;

(4)余则成荣升中校,站长办庆祝晚宴,翠平趁机偷取情报,被老马发现,余则成急中生智与翠平在站长书房暧昧,将情报放回原处,最终化险为夷;

(5)余则成向上级报告翠平要求传递情报,余则成与翠平在阳台上争吵不断,在军统监视下,余则成强吻翠平以示夫妻和谐;

(6)余则成向组织报告,最终组织决定让翠平参与简单的任务,余则成要求翠平秘密运送党费给组织;

(7)翠平送金条时被抓,接头同志服毒自尽,老马带余则成领回翠平,翠平愧疚难当,余则成决定不再让翠平执行任务;

(8)组织要求余则成汇报翠平的表现,余则成碍于翠平心情,对其进行了表扬;

(9)东北战局吃紧,站长让余则成亲自去长春送密报,余则成让翠平将密报交给组织,临行前,翠平对余则成流露出不舍;

(10)三十年后,余则成已经不再潜伏,向友人回忆过往,交代翠平结局:传递情报后,翠平暴露,她拉响手雷,与特务老马同归于尽。

据不完全统计,在电视剧《潜伏》中,对人物行动产生推动性作用的主要事件高达150件,是原作事件量的15倍。如在第一集,就有二十个左右有推动作用的情节。

原作更多展现的是翠平与余则成的人民内部矛盾,敌我对抗线仅属次要;而在电视剧中,情感线与对抗线或此消彼长,或齐头并进,余则成一直受到吴站长、马奎等人的怀疑,悬念叠加,可看性大大增强。

抛开大的事件段落,从细节上看,电视剧《潜伏》也对原小说进行了一些有意味的更改:

在原作中，站长将余则成“当成子侄一般看待”，又想笼络余则成真心帮他办事，所以让余则成把太太接过来。见面之后，站长发现自己的太太很喜欢翠平，为了掩盖自己在外面包养外室，站长才让翠平多多来陪伴站长太太。而在电视剧中，没有任何外室的站长让余则成把翠平接过来，是对余则成忠心的试探与考察，仅仅这一小点改动就改变了站长的性格，使剧情波澜叠起。

原作中翠平是这样解释自己来的原因的：“一来是因为女学生们都到延安去了，一时找不到合适的人；二来是因为我不识字。”[①]在某种意义上，不识字能更好地保障所传递的情报的安全。而在电视剧中，组织本来是派翠平的妹妹来的，而妹妹意外牺牲了，所以才让翠平顶上，这一点又为后面许宝凤的相关情节埋下伏笔，既增加了电视剧的可看性，又为余则成教翠平识字、二人关系变亲近创造了可能。

电视剧《潜伏》也更改了原作的结局。原作中余则成、翠平两人并没有产生爱情成为真正的夫妻，翠平用手雷和老马同归于尽。在电视剧中，翠平和余则成产生了真挚的感情并喜结连理，虽然保留了手雷这个重要道具，但是翠平在炸死敌人的时候自己并没有牺牲，反而协助余则成传递出了潜伏名单的重要情报，并生下了一个女儿；余则成去了台湾，两人遥遥相望、无法相见。这种生离比死别更加让人为潜伏者的巨大牺牲而动容。

（三）喜剧等商业元素的使用

原小说叙事朴实，前因后果娓娓道来，情节鲜有波折，也无甚悬念迭生、气氛紧张之感，只是以平平淡淡的语气叙述了战争年代一名叫余则成的谍报人员的一段人生经历，笔触冷静，与现代社会追求的快节奏、强情节、强戏剧性有些不符。

电视剧在一定程度上是作为商业社会的一类商品存在的，改编创作者在改编的过程中会更多地考虑观众的接受度、市场的需求度，有意识地放大观众最感兴趣的部分、弱化较为平淡的部分。

在风格上，原小说更像是一部纪实文学作品，较好地呈现了战争时期某

---

① 龙一. 潜伏[J]. 人民文学，2006(07)：2－13.

位谍报人员的一段经历。而改编后的电视剧作品则更偏向于个人传奇故事的书写,放大了传奇性。

在内容上,原小说平铺直叙,几乎没有太多与谍报相关的描写。而改编后的电视剧将重点放在了余则成的谍报生涯上,抓住观众对地下谍报工作的好奇心,浓墨重彩地书写谍报传奇。

在感情上,原小说对余则成和翠平做的是冷处理,两人谁都没想过更进一步,大部分时间都是在冷战、较劲,没有明显的感情发展。改编的电视剧将重点放在"弄假成真""欢喜冤家"模式上,两人从一开始的矛盾、磨合到最后的心意相通,有完整的感情线,偶尔的插科打诨提供了诸多笑料,再加上左蓝和晚秋等女性角色的加入,李涯等男性角色的加入,更显得热闹非凡。

四、小结

电视剧《潜伏》改编自同名短篇小说,改编创作者在保留原作基本人物关系与大致情节架构的基础上,加大了整个主线故事的情节密度,完善了主角余则成与翠平的感情线,大大增加了原作中较缺失的关于谍报工作的细节描写,使得整部作品悬疑与反转意味浓郁、抓人眼球;丰满了人物形象,补充编织了人物细节,尽力使每一个出现的人物都有始有终,进一步完善了小说未完全呈现的人物关系,许多配角人物的支线故事对观众也颇具吸引力;为了更好地吸引观众,改编后的作品改变了原小说平铺直叙、冷静自持的风格,侧重展现正反两派人物的斗智斗勇,强化时代感,增加女性角色。整体而言,电视剧对小说的改编是非常成功的。

编剧兼导演姜伟曾如此分析长篇小说与短篇小说改编时的利弊:"有些人认为长篇小说好改,短篇小说不好改,因为长篇小说提供的东西多,短篇小说提供的少……其实改编长篇小说更难,因为它提供给你的有些东西不能被你用,但它又左右你的判断。短篇小说就简单多了,没有提供更多的东西,你就要天马行空,展开你的思路,这反而是短篇小说的优势。所以有的时候你买了长篇小说,改编成电视剧也不可能那么去拍,别看长篇小说字数多,内容多。字多内容多,改编量也大,取舍更麻烦。”①

本案例提示我们关注“短改长”(即从短篇小说改编为长篇电视剧)时可能出现的主要问题及解决思路,适当的改编可以使主角形象更为丰满,人物关系更为复杂,故事情节更为跌宕,更好地契合当下观众的欣赏需求,在超越原著的基础上兼收“叫好叫座”之利。

① 姜伟,华明.《潜伏》创事纪[M].广州:南方日报出版社,2008:436.

原作:《贫嘴张大民的幸福生活》(刘恒)
改编作品:《贫嘴张大民的幸福生活》(电视剧,20集,2000年1月22日首播)
导演:沈好放
编剧:刘恒
主演:梁冠华、朱媛媛、霍思燕、赵倩、徐秀林、修宗迪
获奖:2000年第18届中国电视金鹰奖优秀电视剧奖、最佳编剧,2002年第21届中国电视飞天奖优秀编剧奖

第十章 《贫嘴张大民的幸福生活》:从中篇小说到电视剧

《贫嘴张大民的幸福生活》(约4万字)是刘恒于1997年在《北京文学》第十期发表的中篇小说,1998年被改编为电影《没事偷着乐》,2000年被改编为同名电视剧。相比之下,同名电视剧的社会影响更为强大。本案例主要分析《贫嘴张大民的幸福生活》的电视剧改编。

一、原作的可改编基础

刘恒的《贫嘴张大民的幸福生活》首发于1997年10月的《北京文学》,后被《北京晨报》《生活时报》《青岛晚报》《燕赵都市报》《小说月刊》《小说选刊》等连载或选载,荣获“北京市文学艺术奖”“老舍文学奖”“小说月报最佳年度小说奖”。

这是一部描写北京市民的小说,它用“显微镜”去观察琐碎的生活细节和渺小的人生困境，以浓厚的生活气息和淡淡的喜剧效果、切实的人生内涵，体现了心地善良的城市平民张大民一家人追求平凡的幸福生活的过程。

1998 年，由这部小说改编的电影《没事偷着乐》上映，反响尚可。电视剧的改编也被提上日程。事实上，自从 1990 年中国第一部大型室内剧《渴望》成功播出，家庭伦理剧便逐渐成为电视剧市场上的重要类型。在社会转型期，人们希望从这些影视剧中的小人物身上寻求精神的慰藉。刘恒这部优秀的中篇小说及改编电影为电视剧版的改编奠定了重要的基础。

二、改编中需要重点解决的问题

除视听转换等常规任务外，电视剧的改编还需要重点解决如下问题。

（一）原小说仅 4 万余字，改编为电视剧素材严重不足

刘恒的原作《贫嘴张大民的幸福生活》仅 4 万余字，若要改编成电视剧，原作故事必定显得单薄。因此，在改编过程中，要以张大民的故事为中心，将故事情节向四周辐射，增加辅助线索，由张大民的故事变为张大民全家乃至邻里的故事，让无数独立的小故事围绕在大民故事的边缘，不时与大民故事相交织、缠绕，来丰富故事情节。

（二）原小说次要人物缺乏情节展现，有待强化细化

原作是中篇小说，受长度限制，次要人物性格的塑造较为简单，缺少与之相应的情节线索，个性形象的塑造缺乏张力。电视剧则要求每个人物都有自己独特的性格特点，例如：二民尖酸刻薄，三民懒惰懦弱，四民善良单纯，五民爱逃避和虚荣。改编创作者需要在电视剧中给这些次要人物增加符合他们自身特征的情节，来凸显人物性格，丰富故事情节。同时，这些人物构成的几条辅助线索可以使电视剧更贴近生活，对百姓日常的衣食住行、喜怒烦忧进行更细致、更从容的表现。

（三）原小说寓苦于乐有反讽之意，改编时需把握尺度

原小说的语言较为幽默，但在幽默的语言下隐藏的是底层人物生活的

现实之痛,欢快的笔触下是生活的苦涩,幸福的外表下是对苦难现实的真实写照,讽刺性较强。电视剧偏向大众接受并被广泛关注,所以改编就需要谨慎把握寓苦于乐的反讽力度,最好稍有收敛,以不刺激相关接受群体为宜。

三、重要改编分析

(一)人物与情节的变化

把4万余字的小说改成20集约30万字的剧本,需要增加大量的情节。因为小说作者与电视剧编剧为同一人,享有较大的自主权,所以,电视剧的改编没有采用伤筋动骨的方法对原作大加改动,而是相对简单地增加人物,扩展情节。

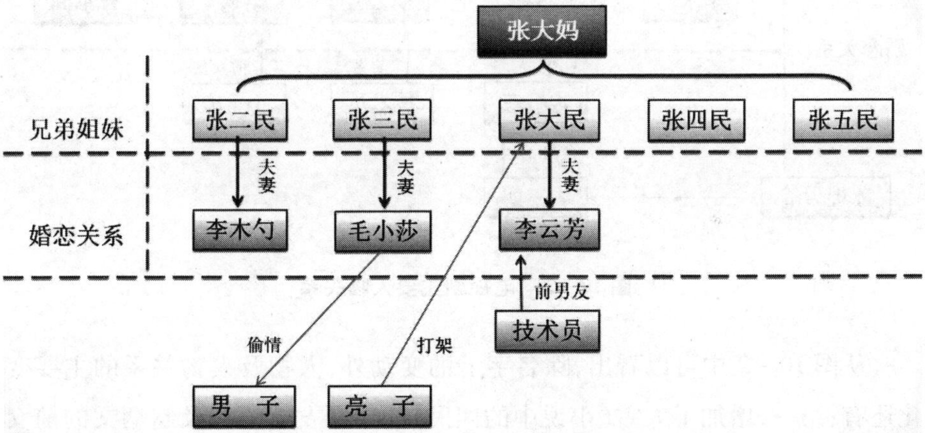

图10－1 原小说主要人物关系

1. 次要人物的增加

从图10－1中可以看出,在中篇小说中,为保证主角大民的所占比重,四民、五民都没有婚恋关系;虽写到三民媳妇毛小莎与其他男人有染,但也是轻轻带过(加上标点符号63个字):

张三民说了两个小时也没说清楚。大意是肚子疼,请了半天假,打开单元门一看,媳妇正领着一个男的穿裤子呢,跟军训时候的紧急集合一样。①

张大民的妈妈得病前后，一直与其他老人无感情牵扯；李云芳的父母连名字都没有，在李云芳嫁给张大民之后就销声匿迹宛如人间蒸发，一点也不像是与女儿女婿相邻而住。其他邻居，小说中主要提到了亮子与亮子妈。虽然亮子曾经打过大民阻其盖房，但事情过后也同样与母亲再未出现。

因此，在扩展后的电视剧中，这些叙事空白都可以填充也需要填充。

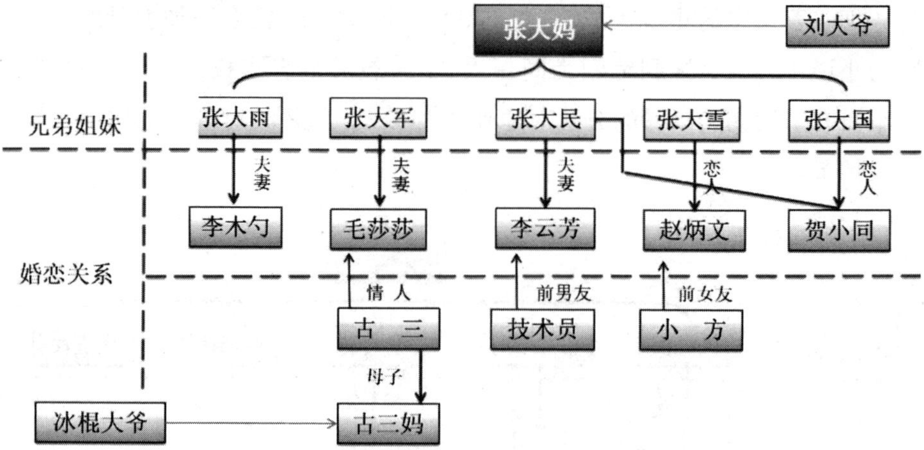

图 10－2　电视剧主要人物关系

从图 10－2 中可以看出，除名字上的变动外，人物及人物关系的主要变化还有：第一，增加了大雪（小说中的四民）的男朋友赵炳文及赵炳文的前女友小方，即增加了一个矛盾三角；第二，增加了大国（小说中的五民）的女朋友小同，为了加强戏剧性，编剧把小同设计成了大民的徒弟，她开场就为大民介绍女朋友但出师不利；第三，把原小说中的邻居亮子及与三民媳妇毛小莎有奸情的无名男子合并成了电视剧中的邻居古三，成为对张大民与张大军均起阻碍作用的反派人物；第四，为古三妈安排了与胡同里卖冰棍的王大爷的黄昏恋情，为大民妈新增了与退休教师李大爷的特殊感情。

这些人物与人物关系的变化，在不影响原作主干的前提下，为剧情的丰

① 刘恒．贫嘴张大民的幸福生活[J]．北京文学，1997(10)：4－35.

富奠定了基础。

2. 主要人物的变动

小说中的主角大民及主要配角五民、云芳,在电视剧中的形象也发生了一定的变动。

变动最大的当属五民,即电视剧中的大国。在原小说中,五民堪称张家的“异类”与“叛徒”,冷漠又自负的他日思夜想的是如何离开这个家庭“独善其身”展翅高飞,而非像大民那样千方百计“兼济天下”负重前行,大民也对这位弟弟毫无办法。但在电视剧的结局中,大民的徒弟小同用爱情唤醒了大国冰封的内心,让他重回正道,为张家的生活增添了一抹亮色。

在原小说中,李云芳堪称美丽的贤妻良母,但为了给张大民这个主角留足表现空间,自从李云芳嫁给大民之后,甚少与婆婆、小姑子、小叔子及丈夫发生矛盾。在20集的电视剧中,李云芳的戏份不得不增加,但编剧并未增写她性格的不和谐之处以增加人性的复杂性与真实性,而是继续扩写其贤良之处:她用自己的忍让一次次化解家庭的矛盾。云芳从参加夜校会计班到当不成会计后自修成人考试课程,始终有上进心、有意志力。“云芳强你百倍”是大民妈的结论。这种扩写使云芳变得更为完美,虽然可能不够真实,但是能够在真实度较高的张大民的“幸福”生活中点亮一盏理想的明灯。

在原小说中,作者以看似轻松实则悲悯沉重的笔调,描述了贫嘴张大民在所谓的幸福背后难以承受的生命之重。在某种意义上,这是一种带有居高临下性质的俯视视点。确实,张大民并非天生的乐观派,贫嘴的背后有着沉重的社会原因。但在电视剧中,如果继续这样演绎,固然能让如张大民一样的普通观众产生心理共鸣,但也容易让这些观众感到难堪和自卑,从而产生其他接受效果。因此,为了给观众以特定程度的审美超越,电视剧需要对张大民的形象进行肯定或拔高。

当然,这种肯定或拔高仍是有限度的,并未脱离原作对张大民性格的设定。比如,在电影《没事偷着乐》(刘恒同样参与了编剧工作)中,当二民与木勺吵架回娘家后,大民看到二民的伤痕难过地说:“再看哥心里难受。”这里的大民十分宽厚。而在原作及刘恒独立编剧的电视剧版中,大民这个小人物是优缺点兼具的,他虽心里难受,嘴上却并不饶人:“记不记得自己说什么了？‘我嫁个山东大叫驴！我气死你！’”①这里的大民翻陈年旧账、逞口舌之快，显然有失宽厚，但却更为真实，也更符合他“贫”的特点。

3. 主要情节的变动

基于人设的变化，电视剧主要增加了老三大军、大军媳妇与古三的三角戏；增加了老四大雪、赵炳文及小方的三角爱情线；增加了老五大国与小同的爱情线；增加了刘大爷与张大妈、王大爷与古三妈的感情线；扩展了老二大雪与山东老公（小说中是山西老公）二胎想要男孩儿的戏。

具体来说，为实现从原作相对暗淡到电视剧相对明亮的基调变化，主要情节线均多向相对明亮的基调转化。

（1）反派莎莎与古三的结局

电视剧中的古三、莎莎由原小说中的亮子、与毛小莎有染的男人、毛小莎转变而成。在原小说中，亮子及与毛小莎有染的男人出场后再无下文。电视剧中的古三作为主要的反派人物戏份大增，因其有钱有势，虽然与莎莎不清不白，大民与大军也都奈何他不得。但在剧情快结束时，古三突然吸毒失势，遂让大军轻而易举地完成了报复，莎莎也被一帮做美容的骗子破了相，只能老老实实地与大军过日子。

（2）大雪的结局

大雪即原小说中的四民。在原小说中，四民从出场一直到得白血病去世都是单身，只有小树对病危的姑姑说要做她的男朋友，这是一个不知道是否真实的悲剧，主要艺术功能在于保障“幸福”张大民的主角地位。在电视剧中，虽有情敌捣乱，虽然恋人因公牺牲，但大雪在生前还是得到了赵炳文主动的、美丽的爱情，悲中有喜。

（3）大国的结局

大国即原小说中的五民。在原小说中，他要么攻击家庭的贫困，要么向家里要钱，要么阴差阳错地让妈妈走失，总之只会给大民添堵。但在电视剧

① 这是电视剧中的台词，原小说中台词更多，因此更“贫”，但意思相同：“你看你，不听我的，非要嫁一山西猴儿，让猴儿给挠了吧？非要拿存折喂一山西大叫驴，还要气死我，我还没气死呢，山西大叫驴尥蹶子，把您给踢背过去了。现在怎么办？我倒想杀驴卖肉，给我妹妹出口气，可是法律不允许我那么做呀！嫁狗随狗，你嫁了一头驴，也只能随他去了吧？从他屁股后头过的时候，离他远点儿，我看也就这样了。”刘恒. 贫嘴张大民的幸福生活［J］. 北京文学，1997（10）：4－35.

中,大国最终被大民的徒弟贺小同用爱情的力量感化,以喜剧结局。

(4)大民的结局

从表面看,大民的结局在小说和电视剧中似乎没什么变化,但是细看起来,原小说中自觉“顶天立地”的大民虽然12岁就父亲惨死、要帮着妈拉扯弟妹,鞠躬尽瘁,但家里仍然是一团糟:妈妈老年痴呆;二民远嫁山西,生下孩子才算家庭稳固;三民被媳妇戴了绿帽子还不愿意离婚,烂泥扶不上墙;四民得白血病早死;五民当上了官,离家里能远点就远点;自己下岗了……

到了电视剧中,接近尾声时“家庭表彰活动”终于来到了:在妈妈的七十寿宴上,全家人——连云芳父母、刘大爷、王大爷都来了,关键时刻,痴呆的妈妈一会儿清醒,一会儿迷糊,把大民坎坷不易的人生进行了回顾总结,大家唏嘘不已,一向嘴尖舌利寸步不让的大雨也向嫂子哭诉“我哥他不容易”[①],而云芳表示自己全都知情。此时,贫嘴张大民感慨万分,默默无语,但可以想象他的胸中应该充满了强烈共鸣与宣泄之后的心理“幸福”。这段戏艺术水平极高,令人潸然泪下,为张大民及全剧画了一个近乎完美的句号。

在原小说中,这段戏的场景在香山,只发生在大民、云芳、小树、妈妈四个人之间,只讨论到人生的意义。电视剧将这段戏改在家里,浓墨重彩加以演绎,虽然增加了演员,但降低了成本,拉长了时间,感染并抚慰了观众,是一段堪称经典的电视剧改编实践。

(二)主题立意的变化

1. 社会问题的淡化

张大民的困窘生活肯定是有社会原因的,小说中对此有或隐或显的涉及。比如关于拆迁分房一事,小说中写到张大民妹妹刚死,“我们还没销户口呢,我妹妹骨灰还烫手呢”,拆迁方就要把原来说好的三居室变成两居室,于是这个心疼妹妹“砖头拍脑袋上都不知道还手的主儿”举着菜刀满院子追砍工作人员,强制拆迁时又抱着石榴树不下来,恰逢领导干部视察,便被作

① 电影《没事偷着乐》在第14分钟左右就由张大民妈妈说出:“你是老大,支撑着这个家,容易嘛!”相比之下,效果比电视剧版差远了,缺乏铺垫,难以感人。

为“害群之马”给“办”了，小说对这一段的描写反讽之意与人文情怀均甚强：“害群之马张大民咎由自取，被行政拘留，给关到黑黑的铁笼子里去了。哗，鼓掌。……两个礼拜之后，害群之马兼大骗子姗姗归巢，面孔微黑，胳膊稍细，两眼炯炯有神，就像刚从海滨度假归来一样。”①

在电视剧中，为了淡化相关问题，避免引发矛盾，这段戏有了不小的变化：第一，张大民举着的菜刀变成了扫帚；第二，来视察的领导没有再出现，张大民当然也没有被关进“小黑屋”；第三，也是最重要的一点，两居室又改回了三居室，还获得了拆迁方的赔礼道歉。这种改编虽然将小说中极具现实性的尖锐话题的棱角给磨平了不少，甚至引发了对小说原著极为熟悉和欣赏的一些人的不满，称贫嘴张大民的生活是“被幸福”的生活②。但对于那些不熟悉原作的普通观众来说，这种改编不仅能让情节圆满，而且降低了市场风险，为观众带来心灵的抚慰。

再比如，原小说只写到“车间领导”告诉张大民不但副段长职位没了，而且要下岗了；但在电视剧中，张大民虽然下岗了，但厂党委副书记兼工会主席随后到家里表示慰问和道歉；网上的电视剧梗概中甚至有这位郑主席也下岗了，找在饭店看厕所的张大民商量推销厂里的积压品（完成片中无），这就更把领导与群众同甘共苦写进了细节里。

2. 温暖基调的强化

“天津版张大民和后来那位红遍全国的北京版张大民，都是满嘴跑火车但每天活得其实比追火车还累的最底层最真实的老百姓，‘过日子’就是他每天起早贪黑忙里忙外的动力，永远没有崇高的理想和远大的抱负，但肩上的责任却重逾千斤。他的生活态度值得敬佩但可能在当今社会并不值得推崇。”③这段话最后一句未必所有人都认同，但确实会有不少人认同。因此，为了更好地抚慰电视剧观众的心灵，电视剧相对于原小说，全方位地体现出从苍凉到温暖的基调变化。

---

① 刘恒. 贫嘴张大民的幸福生活[J]. 北京文学，1997(10)：4－35.

② 张天蔚. 贫嘴张大民被幸福了的生活[J]. 北京青年周刊，2000(03)：18－20.

③ 傲慢雨偏见. 对电影《没事偷着乐》的一句话影评[EB/OL]. (2018－10－11)[2018－11－12]. http://i.mtime.com/defor/blog/1522040/.

电视剧中温暖基调的强化,不仅体现在如前所述的情节结局的变化上,而且体现在细节的渲染与音乐的设计上。比如,刘大爷这一人物的增加,为张大民增加了关心照顾张大妈的得力帮手,体现了街坊邻居之间互相关照的亲情,这比原小说中张大民单打独斗照顾母亲温暖许多。剧中的背景音乐有悲伤的旋律,但也不乏轻快热情的旋律。总之,电视剧更多表现的是一个小人物不向生活屈服的乐观心态,这将生活中的悲剧意味更多地掩盖了起来。

四、小结

电视剧《贫嘴张大民的幸福生活》的编剧与小说作者为同一人,因此,从4万余字的中篇小说到20集的电视剧,既在较大程度上保留了原著的风格特色,又根据电视剧的审美特征与观众的接受特点作出了必要的改编。比如,增加人物及情节线,增加作品的温暖基调等,打造出一部堪称经典的优秀电视剧作品。

当然,电视剧的这种改编方式其社会效果也是复杂的。在大众文化盛行的时代,精英立场会逐渐淡出民众的视线,过分强调娱乐的作品会给我们带来廉价的快乐,同时也带给我们思想上的空洞和审美上的疲劳。"在电视剧里,刘恒放纵了自己的善良,也迎合了百姓的善良,为我们描绘了一段底层百姓处处困窘却总能于绝境处峰回路转的'幸福生活'。"[①]但是,在现实的生活环境中,这种改编有时候又是必要的,难以两全其美。

这个案例再次提示我们,主题是一个艺术作品的灵魂,在改编时正确地把握好主题意旨是保证作品艺术价值的重要途径。

---

① 张天蔚.贫嘴张大民被幸福了的生活[J].北京青年周刊,2000(03):18-20.

原作:《暗算》(麦家)

改编作品:《暗算》(电视剧,40 集,2005 年 10 月 24 日首播)

导演:柳云龙

编剧:麦家、杨健

主演:柳云龙、陈数、高明、王宝强、张海、祝希娟

获奖:2007 年第 13 届上海电视节白玉兰最佳编剧奖

第十一章 《暗算》:从长篇小说到电视剧

由麦家创作的小说《暗算》首先于 2003 年由世界知识出版社出版,2005 年被改编为同名电视剧。电视剧的热播又带动了小说的传播,2006 年小说由人民文学出版社再版(小说已根据电视剧有所改动),作家出版社出版了根据电视剧改编的同名电视小说(由麦家和杨健共同署名);2007 年,长江文艺出版社再版小说;2008 年,《暗算》获第七届茅盾文学奖;2013 年,由五洲传播出版社和全球第八大出版集团、西班牙语世界第一大出版集团普拉内塔集团合作出版了西班牙语版《暗算》(也是普拉内塔集团从中国直接引进的第一本当代文学作品)。到 2013 年西语版推出,这部小说已经出现了 20 余个版本,累计销量超过 200 万册。

因原著的“捕风者之刀尖上的步履”部分版权已另有所属,电视剧之“捕风”部分主要是根据麦家的一个上下集电视剧本《地下的天空》糅合“韦夫的灵魂说”中“尸体传信”重新演绎的,后来麦家又据此铺陈出了《风声》。因此,本章主要分析从小说第一、二部分到电视剧第一、二部分的改编情况。

需要强调的是,电视剧《暗算》中的前两部分(听风、看风)主要是根据2003版小说而非2006年之后出版的小说改编的,因为2006年后出版的小说已经根据电视剧作出了一定程度的改动。因此,这里所指的原著主要指2003版小说《暗算》。

一、原作的可改编基础

尽管新中国制作的第一部长篇电视剧——1981年播出的9集电视剧《敌营十八年》——就是谍战剧,社会反响也很大,但直到2003年前,谍战剧并未成为电视剧市场上的主要类型,生产数量与社会影响均相当有限。

小说《暗算》出版时的2003年,正好是谍战剧播出的第一个高峰年——《生死卧底》《一双绣花鞋》《誓言无声》《梅花档案》均在2003年播出,产生了较好的社会效益与经济效益。相比之下,《暗算》虽然在文学性、故事性方面并非上佳之作①,但题材非常新颖,人物颇具特点,情节较为完整,结局似显无常,具有较好的市场接受基础或曰可改编前景。

二、改编中需要重点解决的问题

除视听转换等常规任务外,电视剧的改编还需要重点解决如下问题。

(一)结构比较松散,有待集中和强化

原小说结构属于多层叙述结构,不同层次的叙述人多,故事缺乏连贯性,既不方便电视剧创作,也不方便电视观众接受。因此,改编时需要将原著中的相关内容进行删减合并,使故事结构由松散到紧凑。

把原小说中不宜视听化的叙述内容(比如“序曲”)或离主干情节较远的外围叙述内容(比如“陈二湖的影子”中的很多内容)等去掉之后,改编时还

---

① Kevin在其博文《暗算:关于电视剧与小说的文本差异》中这样写道:“个人认为麦家的小说《暗算》在文学性上并不出色——甚至在我看来,文本从某种程度上只具备了故事的形态,意喻层面虽然透露出一定的宿命探讨,但既不深刻也不新奇,叙事手法庸常,缺乏细节,可能稍具文学性的是‘看风者之陈二湖的影子’和‘捕风者之韦夫的灵魂说’,但‘书信’和‘死后自述’的形式也基本是俗套的。而小说从通俗意义上的可读性看也谈不上精彩——如果要与有些人常拿来与之比较的《达·芬奇密码》比的话,其实高下立判无须赘述。”

需要补充丰富部分情节，使剧情更为连贯、饱满和集中。

（二）主要人物形象与主流意识形态的要求尚有距离

电视剧主要是面向大众的文化消费品，受到主流意识形态的种种制约，不能与主流意识形态有太远的距离。但是，在小说《暗算》中，主要人物如中部"看风"中的钱副院长、黄依依等人都存在一定的问题，与主流意识形态的要求不够吻合。

在小说中，钱副院长是701的主要领导，但他却是一个权欲至上的自私之人。从下面这些钱副院长的叙述中可以明确看到这一点：

> 这也是我之所以在老陈等人对破译乌密不敢奢望的情况下，依然对黄依依寄予如此厚望的资本。应该说，是秘密的资本，因为我从没有把她这些诱人之处告诉过组织。我说过的，这是我的心计。不用说，我比701任何人都希望她破译乌密，我甚至想，只要她适时破译乌密，下一步我说不定就能当上701的最高首长。没有人知道，但我知道，我在总部机关工作的老乡私下告诉过我，我们现任院长已在医院里查出身体有大问题，据说是肺癌，需要留在北京做长期治疗。是癌啊，难道还可能再当院长？肯定当不了了。那么，为什么要封锁这消息？我分析是因为上面一时还没有找到合适的人选，在伺机物色人选呢。这种情况下，如果黄依依能顺利破译乌密，真是天助我也。
>
> 有人说，对张国庆妻子的处理有些过重，其实，正是因为不能正常地处理张国庆，才这么重地处理她的。她是替丈夫和孩子受过，理所当然，合情合理，没什么可冤屈的。
>
> 即便我不当这个好人，自有人会来当。但如果让别人当了这个好人，等于是我得罪了她，进一步说，也等于是我在通往院长的路上自己替自己找了麻烦。那时候，上面首长来，哪一个不要见见她？都要见她！她借机奏你一本，或者美言你几句，对她那是顺手牵羊的事，而对你就是改变命运的事。什么叫一言九鼎？那时候她说的就是一言九鼎。我可没这么傻，好好地去得罪她，让别人来

白捡一个便宜。①

类似这样的例子还不少。甚至当黄依依蛮横无理地找钱副院长,希望组织出面让张国庆与妻子离婚并与自己结婚的时候,钱副院长真就这样做了,并且做成功了。如果对这样的剧情不加改变,电视剧是难以通过审查的,对社会也没有正面影响。

无独有偶,小说中的另一主要人物黄依依也与主流意识形态的要求存在距离。应该说,小说中的黄依依在新中国的叙事艺术作品中是一个非常独特的形象,是一位具有二重组合特征的"圆形人物":

很显然,她是个天生丽质的漂亮女人,同时她的知识和身份、地位与其漂亮的容貌一样过人,一样耀眼。这种女人是尤物,亦梦亦幻,可遇不可求。然而,我又觉得她身上有一种妖精的气质,妖冶,痴迷,大胆,辛辣,放浪,自私,无忌,无法无天,无羞无耻,像个多情的魔女。②

黄依依年轻漂亮,她是一个数学天才,也是一个需求旺盛且从不避讳的"风骚女子",她一次次勾引别的男人(包括有妇之夫),一点没有心理负担,直言"博士也是人,到了晚上,照样要寻欢作乐"③,总之,她是一个"有问题的天使"④。从理论上来说,把这样的一个独特人物不加改变移植到电视剧中也不是不可以,但会与主流意识形态标准产生背离,影响大众接受。因此,对黄依依也需要作出一定程度的主流化处理。

三、重要改编分析

(一)主要人物与人物关系的变化

1.主要人物的合并与删减

电视剧《暗算》主要通过人物的合并删减、人物关系的强化及由此带来

---

① 麦家.暗算[M].北京:世界知识出版社,2003:120-121,129,131.
② 麦家.暗算[M].北京:世界知识出版社,2003:106.
③ 麦家.暗算[M].北京:世界知识出版社,2003:98.
④ 麦家.暗算[M].北京:世界知识出版社,2003:132.

的情节强化,来解决原作结构松散的问题。

原作上部"听风"中的叙述人安院长(在故事中是监听局二处处长)与中部"看风"中的钱副院长被合并为安在天这一个人物。"捕风"中的故事也转变为安在天父母辈的故事,实现形式上的连贯。

原作中部"看风"中的陈二湖在电视剧中得以保留,但被删去了众多外围枝节性情节,成为安在天、黄依依的主要陪衬性人物。

2. 主要人物关系的强化

在变动极大的电视剧第三部分"捕风"中,安在天之父钱之江成了第一主角,由此,在第一部分和第二部分中,安在天的故事线也必须加强。其实,即使没有第三部分安在天/钱之江的主角戏,也需要对第一、二部分中安在天的戏进行加强。原作中安在天的原型人物主要处于旁观者地位,因此,电视剧需要加强安在天与两个主要人物——阿炳及数学天才黄依依的关系:在电视剧"听风"段落中,安在天与阿炳的上下级关系中融入了介乎父子或兄弟之间的情感关系;在"看风"段落中,小说中黄依依被钱副院长断然拒绝并作罢的"单恋",变为电视剧中黄依依对安在天的持续追求;黄依依与陈二湖也由小说中的互不相关变为战友。

据制片人兼编剧之一的杨健透露,从小说到电视剧的改编思路是由她提供的:"全剧以'听,看,捕'作为三个相对独立,又有关联的篇章,然后设计一个贯穿始终的人物做线索,跨越三个年代,'听''看'用阿炳和黄依依的故事……我又提出将贯穿人物设计成父与子的关系,这样就解决了年代跨度问题。就这样,小说《暗算》确定了剧本结构——'听,看,捕'三段式,安在天和钱之江父子,年代定在了20世纪五十年代、六十年代'文革'前以及三十年代。"①

3. 主要人物形象与相关情节段落的变化

(1)安在天形象的丰富与人格的完善

如前所述,安在天的小说人物原型安处长(后成为院长)及钱副院长的

① 杨健.解密《暗算》——我和麦家合作《暗算》的过程[EB/OL].(2007-06-21)[2018-07-24].http://blog.sina.cn/dpool/blog_3d899819010009zc.html?ivk_6a=1023345p.

形象不够光明磊落,因此,电视剧强调安在天与阿炳、黄依依不再只是简单的上下级关系和工作利用关系,而是有着深厚感情的亲密关系。安在天像照顾孩子一样照顾着阿炳,为安抚阿炳安排他与妈妈打长途电话、为阿炳做拐杖。安在天与黄依依的感情变得更为深厚:安在天在黄依依陷入泥潭时、试图自杀时和工作废寝忘食病倒时几次出手相救,使观众对于两个人关系的进一步发展产生了极大的期待,这些小说中没有的情节也增强了故事的戏剧冲突。小说中黄依依的结局是在厕所摔倒后就死去了,而电视剧对此做了浪漫化处理:黄依依变成了植物人,安在天始终在照顾她,两年后她死去时,安在天甚至在亲属一栏签上了自己的名字。这是对两人有缘无分的感情的一个交代,对观众的遗憾心理起到一定的弥补作用,更为重要的是,这种做法有效提升了安在天作为党和政府化身的人格形象,使安在天从小说原著中相对冷漠自私的上级领导变为有血有肉、有情有义的领导加男子汉。

为了解释安在天对黄依依爱情的拒绝,同时也为了丰富人物形象,电视剧为安在天增加了爱情前史、事业前史与家庭前传:他在童年失去父亲,离开母亲只身去苏联学习,有深爱的妻子却不能经常见面,因为执行任务亲手杀死自己的妻子。这些新增情节都是对安在天形象的一种有效丰富。

(2)黄依依向主流意识形态的靠拢

在原作中,黄依依的"有问题的天使"形象特别但并不可爱,而在电视剧中,对黄依依形象不利的情节或细节被大量删除或改写,比如,她并非一到701就与汪林(小说中的王主任)主动发生关系,而是在追求安在天不成心情痛苦时醉酒乱情。在电视剧中,她仅仅是出于同情才打算帮助张国庆,也远远不同于小说中的主动勾引张国庆。总之,电视剧中的黄依依变成了一位美丽大方、才华出众、情感丰富、痴求爱情的理想女性,她对安在天一见钟情,她直接、勇敢而执着地追求着他,即使这种专注的情感让自己十分痛苦,她也始终坚持着。她常去树林喂小松鼠,也会与女助手促膝而谈,有着女性可爱的一面。这种种的改动,使黄依依成了一位贴近主流意识形态、神采奕奕的人物,观众更容易理解她的行为,并对她产生强烈的情感认同。

(二)其他重要改编片段分析

1. 敌特猖獗剧情的增加

原小说上部并未直接描写敌特的活动,电视剧则增加了敌特活动猖獗的场面。在原小说中,罗三耳是因男女关系问题被抓并在企图跳楼自杀时重伤的;在电视剧中,罗三耳被敌特抢先杀死在安在天面前。在寻找阿炳的段落中,敌特在同时活动。在701大院的周围,也有敌特在活动。敌特猖獗情节的加入,不仅再现了历史氛围、便于观众入戏,而且强化了情节,增加了悬念,便于吸引观众。

2. 阿炳与小芳婚姻情节的变化

在原小说中,阿炳的婚姻是安在天代表组织出面促成的,尽管安在天做好了心理准备,如果林小芳有什么顾忌,“将以组织的名义干扰她的意志,促成这门婚姻”,但事实上林小芳几乎没任何犹豫就答应下来了。

在电视剧中,阿炳的婚姻经历了不大不小的波折,戏剧性更强,情节也更真实(更能为当代观众理解和接受)。阿炳母亲被请到701,临走前要求组织上帮助解决阿炳的婚姻问题,道路曲折:先是铁院长看中丁姨身边的机要员小秦,不料小秦不愿意。然后,老马自愿将女儿嫁给阿炳,以便为儿子在701找份工作。但阿炳见面后百般不愿意,认定她声音太尖不是善良的人。最后,阿炳因病住院,爱上了护士林小芳,她对阿炳关怀备至,也愿意嫁给阿炳,因为在她的心中,阿炳不是个盲人而是个大英雄,作为烈士的妹妹,她愿意照顾这样的英雄一辈子。

小芳的结局也有变动。原小说中小芳从701出走后,到了阿炳的老家陆家堰精心侍候婆婆至1983年,婆婆离世后她不知所终(婆婆夸她是全陆家堰最好的儿媳妇),而孩子不知去向(小芳认为孩子不配待在阿炳家)。在电视剧中,小芳进了竹林,不知所终。而安在天一直给阿炳妈妈寄钱至1983年阿炳妈妈去世,并用字幕显示:“安在天收养了林小芳的儿子,五年以后701迁址大西北,他辗转在山东找到了药房老李,孩子回到生父身边。”

3. 敌对方从苏联到台湾的变化

在原小说中,无论是第一部的“听风”,还是第二部的“看风”,敌对方都是苏联。但在电视剧中,敌对方变成了台湾。

4. 视听转化中的算盘大战

所有从文学到影视剧的改编都需要注重视听转化问题,《暗算》电视剧在视听语言方面做得也比较到位,个别段落非常精彩。Kevin 在其博文《暗算:关于电视剧与小说的文本差异》中有如下精彩分析:

> 比如"看风"开头一段安在天与老师安德罗的对话,黑白影调,镜头非一般正反打而是旋转对切;比如一些有意味的空镜头插入;比如一些刁钻怪异的取景和角度;比如旁白和字幕、一些特殊音效——当然更重要的是,它完全形象化了小说文本中其实非常简略的侦听、破译过程,甚至很好地营造出了惊心动魄的场景,从而在感染力上大大超越了小说的平淡:比如阿炳在受到安在天引导启发后再度上机"听风"发现敌情待确认,此时电视剧在手法上用了先抑后扬:安在天从破译处回来,木然地推门进来,逆向强光,静音,满屋的人紧张地看着他,他近乎失魂落魄地走着,直到轻轻吐出肯定的字眼,全场爆发出欢呼;再比如黄依依在推导出密钥后的大演算,"算盘阵"声势浩大,而最后的演算也采用了"动静交错":全体起立,安在天迎光默默走去,落座,全场静默只听算盘声,声停,安在天走出来扶黄依依走过去坐下,将她手放到归零的算盘上,然后人们欢呼雀跃……影视最关键的还是场面和动作,这是跟小说最大的差别。①

四、小结

电视剧《暗算》改编自麦家同名小说,虽然保留了原作结构与主要人物,但也作出了非常大的改动。在叙述视角上,原作小说采用的是多层叙述人的方式,每段故事各有叙述人,稍显杂乱无章;电视剧版本则统一叙述人为

① KEVIN. 暗算:关于电视剧与小说的文本差异[EB/OL]. [2018 - 07 - 26]. http://i.mtime.com/Kevinsays/blog/4124254/.

安在天，并贯穿始终，比原作更显精简、清晰。在人物形象塑造上，原作中的钱副院长、安在天、黄依依等角色都与当下主流意识形态的要求存在较大差距，不够光明磊落，有损人格魅力；电视剧版本首先合并、增删了一些配角，修剪了与主线无关的枝蔓，强化了主角之间的联系，并调整了一些情节段落，虽然也展现了安在天、黄依依、阿炳等人性格中的不足之处，但也让这些不足之处变成了主角们的独特人格魅力。可以说，《暗算》是一部非常成功的改编作品。

这个案例提示我们关注改编过程中与主流意识形态的协调，在此基础上追求情节的丰富、结构的紧凑、电视的特性，以更好地获得社会与市场的共同认可。

原作:《裸婚——80 后的新结婚时代》(唐欣恬)

改编作品:《裸婚时代》(电视剧,30 集,2011 年 6 月 3 日首播)

导演:滕华涛

编剧:周涌、温蓉

主演:文章、姚笛、张凯丽、丁嘉丽、刘天佐、艾如、韩童生、万茜

获奖:2011 年华鼎中国百强电视剧排行榜年度十强,2012 年第 18 届上海电视节白玉兰奖最佳电视剧提名

第十二章 《裸婚时代》:从网络小说到电视剧

《裸婚——80 后的新结婚时代》原是笔名"小鬼儿儿儿"的网络小说家唐欣恬于 2009 年发表在知名网络文学网站"红袖添香"上的连载小说。作者幽默又不失机智的笔触,加上与都市青年男女有着强烈情感共鸣的话题,使得该小说一经连载,即在网络上引起不小轰动,网络点击量居高不下。2010 年 4 月,华文出版社出版了实体小说,同年,该小说被一手打造过《蜗居》《双面胶》等一系列热播"话题剧"的导演滕华涛相中,改编成了电视剧《裸婚时代》。据央视索福瑞 CSM39 城数据,该剧于 2011 年 6 月 11 日在江苏卫视和深圳卫视首播,当日即成为全国电视剧收视冠军。除了优异的收视表现,该剧还获得了包括华鼎中国百强电视剧、安徽卫视国剧盛典等在内的多项业内大奖的肯定,成为网络文学改编为电视剧的经典案例之一。

一、原作的可改编基础

原著作者唐欣恬是知名的网络小说家，在创作《裸婚——80后的新结婚时代》之前，她就已经通过《女金融师的次贷爱情》《女大三十》等一系列作品在网络上积累了极高人气。《裸婚——80后的新结婚时代》在"红袖添香"一经连载，即引发广泛的关注。据统计，仅在"红袖添香"一家网站上，该小说阅读量就已经超过120万次，累积评论数量逾5,000条。可见，原小说有着较为广泛的受众基础和相当的知名度。用当今流行的"大IP"观念来看，该小说改编价值极高。

原小说用辛辣又不失幽默的笔调，讲述了一段关于"裸婚"的都市爱情故事。小说基础人物配置相对完整，情节矛盾架构基本成形，改编基础与同类作品相比，优势明显。最重要的是，原小说的题材选择极其巧妙，话题营造独具匠心，以"裸婚"二字直面当前社会婚恋中的典型问题，很容易引起主流观众的情感共鸣，具备成为一部热播剧的话题潜力。

在决定改编《裸婚——80后的新结婚时代》之前，滕华涛导演就认准了市场上没有一部真正描写80后婚姻的剧集："在偶尔涉及的那些电视里，他们都还是孩子，还都在恋爱。可你细想想，这帮人里头有的都三十出头了，他们一样有婚姻困境。"编剧周涌也认为"裸婚"这个在50后、60后甚至是70后看起来都没有太大杀伤力的字眼，却着实影响着80后："60后'裸婚'是常态，而且他们也不会有比较，不会有欲望的煎熬；70后也还好，没有那么强烈；但80后不同，社会变了，可能性和机会更多了，越是这样，责任和压力越让人焦灼，这就是特定的时代氛围。"[①]主创们对市场需求的精准把握，使得《裸婚时代》从当年一系列都市情感剧中脱颖而出，成为长篇网络文学改编电视剧的经典范例。

二、改编中需要重点解决的问题

原著是首发于网络媒体的连载小说，这类小说从写作方式到内容选择

---

① 《裸婚时代》是一部60后编剧70后导演打造的80后婚姻剧[EB/OL].(2015-07-13)[2018-07-26].http://gb.cri.cn/27564/2011/06/23/108s3286321.htm.

都有着其自身特点,同电视剧文体相去甚远。因而,网络小说改编成电视剧,往往都面临一些同样的问题。正如本剧编剧周涌所言,他要做的第一件事,就是让整个故事更贴近电视观众的日常生活。将小说《裸婚——80后的新结婚时代》改编为电视剧时需要重点解决的问题如下。

(一)小说女性主义色彩鲜明

原小说作者唐欣恬是留美的金融学硕士,曾于上海任对冲基金美股分析师,属于同龄人中的佼佼者。原著受作者自身知识结构、人生经历的影响,字里行间带有很强的女性主义意味。例如,原小说有意设置了公公的"外遇"情节,来使主人公童佳倩和婆婆两个女人同病相怜。

> 我待不下去是因为我忍受不了在那么一个小房子里竟然有两对貌合神离的夫妻,男的都理直气壮,女的都忍气吞声。太累,那么活着太累。

这句童佳倩解释给自己闺蜜陈娇娇的话,无疑就是对一个家庭中男女不平等现象的控诉。再比如,作者常常会跳出叙事,借角色之口发表一些对男女关系地位的看法。

> 废话,我拼了老命也得把你拦下来。不然你一个离了婚,还带着小孩儿的女人,你还指望着今后能再找着什么好男人啊?没门儿,肯定还都不如刘易阳呢。

诸如此类带有强烈女性主义色彩的段落在原小说中比比皆是。它既深化了作品的思想内涵,又起到了拓宽读者视野的作用。这样的思想虽然流行且现代,却与目前我国主流电视剧观众的欣赏水平存在一定错位。

(二)小说人物塑造有较多心理描写,人物关系有待丰富

原小说采用女主人公童佳倩的视角讲述故事,通篇以童佳倩的第一人称来塑造人物,推动情节。因而,原小说在塑造人物方面,有过于依赖心理描写的倾向。

对于刘易阳，我不敢多看。他左眉角处的那道浅浅的，但足足有两公分长的伤疤，他那无论怎么看书看电脑看电视视力也不会下降的，好到像是能透视人心的长长的双眼，他那坚毅的却略微显大的鼻子，还有他那夺去了我第一个吻的唇线分明的薄嘴唇，我通通不敢多看。七年了，我爱他七年了，我没有骗陈娇娇，我和这个在陈娇娇眼里并不出类拔萃的男人已经共同度过七年的时光了。我从不否认，他仍令我思念，即使他仅仅是出门去上班，即使是与我分别了仅仅十一个小时。

原小说中像这样以主人公的印象或感受塑造其他人物的地方还有很多，这样的塑造手法，在小说中会让读者产生比较强烈的带入感，到了电视剧文体中则不免显得有些主观，人物也因为主观感受的差异而难以作出区分。

另外，小说篇幅虽然不短，塑造的人物却不多。这也和小说的主观视角有关，毕竟，仅靠童佳倩一人很难带出全部角色完整的生活。角色数量少，人物关系级别不够、变化不多，给原著改编成电视剧作品造成了一定的困难。

(三)小说情节线索单一，起伏较小，且存在某些"越界"

小说从童佳倩的主观视角出发，基本上处于单线叙事之中。这样的单线叙事，对于一部长篇电视剧作品来说，显然是远远不够的。以都市情感剧为例，剧中往往要设置两条以上的叙事线索，既丰富电视剧的容量，又可以最大限度满足受众的心理需求。

作者在写到关键的段落和情节的时候，往往会调动心理描写、细节描写等多重手段来增强段落的表现力，给读者以情感冲击。比如小说中童佳倩预备和刘易阳离婚的段落是这样写的：

刘易阳终于出来了。他那张洗过了的，刮过了胡子的脸比起九年前我刚认识他时，少了几颗青春痘，却多了几个青春痘遗留下的小坑。这简直好比我对他的爱情，少了几分年少时的热烈，却多了一撮热烈过后的灰烬。

"东西都带齐了吗?身份证,户口本,结婚证,还有协议书。"刘易阳步入我们那间仅仅八个平方米的房间,再出来时,手上已拎了大衣和车钥匙。

"协议书?离婚还要协议书?谁来写?"我皱了皱眉头。

"好像是要的。算了,走吧,到那儿再说吧。"刘易阳率先走下了楼梯。

而我在关门之前,瞄见了公公刚从厨房里踱出来的身影,以及投向门口的审视的目光。也许,他听见了我口中的"离婚"二字,但八成,他会以为自己听岔了音儿,因为他并不知道今天我和刘易阳将要离婚。这事儿,目前还仅限于天知地知,我知刘易阳知。

在阅读这一段落时,读者很容易感受到女主人公内心那种对行将远去的爱情既想抓住又故作镇定的状态,这是作者在该段落调动了大量心理描写、细节描写的结果。当将这些心理描写、细节描写等电视剧难以使用的表现手法剔除之后,就可以很清晰地看到该段落本身矛盾冲突不足的问题。因而,在将原小说改编成电视剧作品的过程中,如何应对类似情节,将矛盾激化、加大起伏,是一个亟待解决的问题。

与电视剧相比,小说的创作要自由得多。因而,原小说中难免涉及一些对于电视剧文体来说太过敏感的内容。由于电视剧审查的特殊性,对于原著中这些"越界"情节必须进行适当的删减和合理的替换。比如小说中多处涉及"婚外恋""强奸"等情节,这类情节在都市剧中都有着严格的创作规定,必须审慎处理。

三、重要改编分析

(一)主题立意的选择

电视剧《裸婚时代》能够"收视""口碑"双丰收,与其出色的话题营造能力密不可分。改编创作者们剔除了原著中与主流电视剧观众有着审美距离的元素,转而牢牢抓住"裸婚"二字,力图在第一时间引发广泛关注。这一点,从原著到电视剧作品题目的改变可见一斑。一般来讲,改编作品和原著的题目会尽量保持一致，尤其在近两年“大 IP”概念的影响下，改编作品与原著题目不一致的情况更是少之又少。原因很简单，改编作品和原著题目保持一致，可以天然吸引原著的受众群，大大降低改编风险。而电视剧《裸婚时代》却没有这样做。它摒弃了原著稍显冗长的副标题，并给原著的题目“裸婚”后面添上了“时代”二字。这样一个小小的改动使得电视剧的题目比原著有了更强的耸动性，也更容易在第一时间吸引大众眼球。

至于主题立意，电视剧《裸婚时代》相比原著则更接了几分“地气儿”。虽然牺牲了一定的思想性，却获得了更大的话题性，让主流电视剧观众有了更强的代入感。有人认为唐欣恬的《裸婚——80 后的新结婚时代》成功改编成电视剧，标志着网络女性文学电视剧化的兴盛，其实不然。电视剧《裸婚时代》的成功，恰恰是减弱了原著中女性文学色彩的结果。通过重塑人物形象，调整故事情节，改写角色台词等手段，电视剧为原著注入了强烈的男性主义色彩，以迎合主流电视剧观众的审美期待。“好的剧本首先应该关注普通人的生活，关注他们关心的问题，其次是要有好故事去讲给他们听，最后你的人物要让主流观众有认同感，做到这三点的才是好剧本。”①总结来说，这三点讲的其实都是电视剧剧本要为电视剧观众而写作。《裸婚时代》就瞄准了主流电视剧观众的兴趣点，描写一对“裸婚”的年轻人爱情和婚姻的波折。全剧围绕“裸婚”之波折建构，自然划分成“裸婚前的努力”“裸婚后的痛苦”“离婚后的开解”三个段落。这样改编之后，电视剧《裸婚时代》既让更多年轻观众感同身受，又观照了中老年观众对儿女感情生活的关心，同时降低了中老年观众的欣赏门槛，取得成功自然也就不足为奇。

（二）人物形象的调整

根据贴合主流电视剧观众欣赏习惯、适应电视剧文体的改编思路，《裸婚时代》对原著中的人物形象进行了诸多调整。这其中，男女主人公的形象发生了“对调式”的重大变化，老一辈人物群像则退居二线，成为男女主人公婚姻生活中的陪衬，一切行动都围绕男女主人公的生活展开。同时，改编后的电视剧还增设了一些人物，丰富了原有的人物关系，以撑起长篇电视剧的

---

① 徐宁.《裸婚时代》引发爱情观争鸣　触摸 80 后爱情伤疤[N].新华日报，2011－6－22.

叙事容量,并尽可能地吸引更多的观众。

1. 男女主地位的对调

电视剧《裸婚时代》对原小说中的男女主人公形象进行了极大的改写,正如上文所言,这种改写几乎是“对调式”的。在原小说中,女主人公童佳倩是绝对的一号人物,全篇故事均围绕她展开。而在电视剧中,改编创作者却决定让刘易阳挑起大梁,童佳倩的角色实质上被弱化,放到了和刘易阳相同甚至比刘易阳稍逊一筹的地位上。

在原小说中,童佳倩是受过良好教育、有极强工作能力、善于独立思考的新时代女性。而到了电视剧中,童佳倩则成了一个没事就撒娇、妒忌心强、任性刁蛮甚至有些泼皮犯浑的“小公主”。反观男主人公刘易阳的人物形象,从原小说到电视剧则有一个比较大的提升。在原小说中,刘易阳虽然也很温柔顾家,深爱妻子,却多少有点不够贴心,不够成熟,有时候还有点大男子主义。而在电视剧中,刘易阳则被塑造成一个成熟稳重、顾大局识大体、负责任会隐忍的深情好男人。

改编创作者在剧中有意拔高男主人公人物形象,拉低女主人公人物形象,实际上就是在剥除原著中的女性主义元素,如此改编,给电视剧《裸婚时代》注入了鲜明的男权思想。

之所以把男女主的地位对调,还有一个重要的现实原因:饰演男主人公的著名演员文章参与了剧本策划,贡献了相关的情节与细节。因此,为特定演员写戏,也是改编路径大变化的重要原因之一。

2. 老人性格的变化

在原小说中,老一辈的人物形象区分度不高。奶奶等人可能过于不近人情,难以被主流电视剧观众接受认可。在原小说中,作者故意设置了童佳倩的公公刘明“出轨”的情节,以显示当今社会女性在婚姻中的弱势地位。

电视剧对几个老人形象做了进一步的区分。刘奶奶作为家中的大长辈通情达理,文化水平不高的婆婆经常撒泼惹事,公公刘明事不关己高高挂起,童母田淑云有点小心眼,童父则是个一心为儿女着想的好爸爸。在电视剧中,刘明“出轨”的桥段被删去了,换成了刘明和田淑云独具时代特色的人物前史。这样的改编,在消减原小说女性主义倾向的同时,还达到了丰富人物关系、增强观众与角色情感共鸣的多重效果。

3. 增设的人物及人物关系

电视剧增设了一些人物，在原有的基础上丰富了人物关系，以达到一部长篇电视剧应有的叙事容量，最大限度地吸引观众。

男主人公刘易阳的好哥们冬瓜就是电视剧新增的角色，这一角色的出现至少有以下几个意义。第一，给刘易阳情感表达以空间。冬瓜类似于堂吉诃德身边的桑丘·潘沙，让刘易阳的内心活动得以外化。第二，与刘易阳的人物形象形成对比，烘托刘易阳的好男人形象。冬瓜更爱玩爱闹，更不成熟，工作能力也一般，更能凸显刘易阳的优秀。第三，与孙晓娆形成独立的故事线，丰富整个故事的容量。冬瓜在后期与孙晓娆形成了独立的故事线，同时还卷入到刘易阳的感情世界中，这极大地丰富了故事的容量。冬瓜和孙晓娆的故事线还带出了“富二代”“玩车族”等一系列社会话题，博人眼球。

女主人公童佳倩的发小兼追求者杜毅则是剧中另一个新增角色。杜毅工作体面，家世不错，人还高大帅气、温柔体贴，几乎是女性理想的结婚对象。他跟孙晓娆类似，就是男女主人公之间的一根刺，影响男女主人公的感情关系，给整个故事增加了看点。

除了新增的冬瓜、杜毅等角色，在电视剧中，一些原著中出现过的人物也发生了比较大的变动。比如，在原小说中黄有为是侵犯陈娇娇的流氓，到了电视剧中则变成了一个不敢摆脱自己失败婚姻的懦夫。再比如，孙晓娆在原著中是一个心机颇深、处心积虑破坏别人家庭的第三者，在电视剧中则成了一个勇敢追爱的富家女。类似这样的改动，既规避掉了某些“越界”情节，又丰富了角色内在的维度。

(三)情节的增删改写

1. 顺序手法的使用

与电视剧不同，原小说并未采取顺序的方式，而是从男女主人公婚姻濒临破裂的一刻讲起，于字里行间带出两人过往的种种。小说开篇即这样写道：

如果,我早知道生了孩子的结果,是有一天要和孩子她父亲分道扬镳,那么我想,也许我不会生下这个孩子。或者说,如果,我早知道和这个男人结婚的结果,不是与他连理比翼,而是要与他的父母,以及他父亲的母亲朝朝暮暮,那么我想,也许我不会和他结婚。再或者说,如果,我早知道怀孕是件如此易如反掌的事儿,而怀了孕立马结婚又是如此顺理成章的事儿,那么我想,无论如何,我也不会在那一天,允许他不戴套儿就压在我的身上。

……

一年后的今天,我站在家门口,双脚叉得与肩同宽,双臂抱在胸前,朝着家门内嚷嚷:"刘易阳,你干什么呢?不想去就直说,别以为磨蹭磨蹭就没事儿了。"

这种近似于话剧的结构可以在故事开篇即形成强烈的戏剧冲突,产生巨大的悬念,从而引发读者的阅读兴趣。但放到电视剧里,则有些不合时宜。在改编过程中,改编创作者将散落在原小说字里行间的大小事件一个个捡起,重新按时间顺序排序,最终形成了"裸婚前的努力""裸婚后的痛苦""离婚后的开解"三部分内容,将男女主人公的情感流变过程清晰地展现在电视剧观众面前。

2. 激化矛盾,放大冲突

小说结构情节的方式往往不是靠矛盾冲突,而是靠情绪的堆积和爆发。将小说中难以应用到电视剧文体中的大段心理描写和细节描写去掉之后,小说的情节往往就会显露出过于平顺、矛盾冲突不够的缺点。

改编创作者为了适应电视剧观众的审美期待,对原著中许多情节进行了激化处理,有意架构出一系列冲突,以增加情节本身的看点。例如,刘易阳和童佳倩在原著中其实并未离婚,两人只是都意识到了自己的婚姻出现了问题。因此,童佳倩主动请缨到上海分公司去工作一段时间,让两人都有一个冷静的空间。而在电视剧中,刘易阳和童佳倩则一路闹到了劳燕分飞的地步,并且在离婚后才渐渐意识到自己身上的问题,开始改变。再比如,刘易阳和童佳倩租房的情节在小说中只是一笔带过,到了电视剧中则涉及双方家庭冲突,足足闹了两集。从这样一些对比中不难看出,电视剧故事情节的起伏程度要远高于原小说。这样有着更激烈矛盾冲突和更强烈起承转合的故事,显然也更适应电视剧的特殊文体要求。

3."越界"情节的修整和替换

前文已经提到,原小说涉及大量在电视剧中不便展现的内容。为了电视剧的顺利播出,改编创作者必须对这些情节进行修整、替换。比如,原著中陈娇娇被黄有为侵犯的情节,在电视剧中就被删去了。再比如,原著中涉及的刘易阳和孙晓娆"婚外情"的内容,在电视剧中也被大幅改编。

与此同时,改编创作者在电视剧中加入了大量社会热点类的情节,以使电视剧在最大限度上贴合观众的日常生活,获得更大的营销优势。比如,电视剧的主创之一文章就给自己扮演的角色刘易阳添加了一个酷爱赛车的特点,这个特点就有利于塑造80后爱玩爱酷的独特形象,既引发年轻人的情感共鸣,又成为宣传的突破口。再比如,电视剧加入的"拜金女""拜金男""办公室恋情""小资一代"等叙事元素,无不引领了社会的热点话题,创造了一轮又一轮收视高潮。

4."多线索叙事"的加入

电视剧对原著中相对单一的叙事线索进行了极大的丰富。先后加入孙晓娆和冬瓜的感情线,陈娇娇和黄有为、崔彬的感情线,特雷西和魏国宁的感情线,童佳倩和杜毅的感情线等多条线索,以达到一部电视剧应有的叙事容量,同时尽可能多地吸引观众。以孙晓娆和冬瓜的感情线为例,这条线索就带起了"富二代""创业""跳槽单飞""恋爱不差钱"等社会热点,在一定程度上增强了电视剧的话题性和可看性。

5.结局的处理

原小说和电视剧在结局的处理上有着较大的不同。在原小说中,男女主人公刘易阳和童佳倩又走到了一起,开始了充满希望的新生活,这属于标准的大团圆结局。正如原著作者唐欣恬所说,她不想写一个"没有希望的婚姻"。而在电视剧中,男女主人公的命运则有些悬而未决,早已离婚的两人在民政局门口再度相遇,欲语还休,这是一个标准的开放式结局。

这种改编,代表了改编创作者"只说现象,不做判断"的创作信条。对于是否赞同年轻人“裸婚”,导演滕华涛始终非常理性,并不对“裸婚”这种现象进行评价。他坦言自己一贯坚持现实主义的原则,同时也不断告诉主创和演员们:只说现象,不提供个人的意见和所谓的判断,所有意见和判断应该交给观众,答案都是观众自己给出来的。所有的影视作品都应坚持给予故事一个开放式的结尾,因为剧情都是在讲述当下的一个现实,这些现实有一个生活在继续的概念,故事只是生活中的一个片段。①

四、小结

电视剧《裸婚时代》改编自80后畅销网络作家唐欣恬的小说《裸婚——80后的新结婚时代》。改编创作者减弱了原小说中对于普通读者而言可能存在理论与实践错位的女性主义元素,牢牢抓住“裸婚”这个话题大做文章,力图在第一时间引发社会最大范围的关注。改编作品对原小说中的人物形象作出诸多调整,同时删减、增补、改写了大量情节,使整个故事更符合电视剧的文本特征,也更契合当前电视剧观众的接受水平。该剧不仅获得了可观的收视成绩,还在全社会范围内引爆了“裸婚”“拜金”等一系列热点话题,是一次成功的改编实践。

这个案例提示我们,由于面对的观众不同、产业属性不同,优秀的文学作品与电视剧作品对思想性的要求也同中有异,改编时要注意与电视剧观众接受水平的对接,同时兼顾电视剧营销中至关重要的话题营造。此外,文学为阅读而写,电视剧为表演而写,因此还需要针对演员团队尤其是其中的著名演员作出调整。

---

① 小轩.专访《裸婚时代》导演滕华涛:只说现象,不做判断[EB/OL].(2015-07-13)[2018-03-25].http://ent.163.com/11/0610/07/76616D8K00031GVS.html.

原作:《福尔摩斯探案集》(柯南·道尔)
改编作品:《神探夏洛克》(迷你剧,2010 年 7 月 25 日首播)
导演:保罗·麦奎根,等
编剧:史蒂文·莫法特、马克·加蒂斯、斯蒂芬·汤普森
主演:本尼迪克特·康伯巴奇、马丁·弗瑞曼
获奖:2014 年第 66 届美国艾美奖迷你剧/电视电影/特别剧情类最佳编剧(最后的誓言)史蒂文·莫法特,2012 年第 65 届英国电影和电视艺术学院奖最佳编剧(贝尔戈维亚丑闻)史蒂文·莫法特,2011 年第 64 届英国电影和电视艺术学院奖最佳剧集《神探夏洛克》第一季

第十三章 《神探夏洛克》:从长篇小说到迷你剧

《神探夏洛克》是英国广播公司(BBC)出品的系列电视剧,到 2017 年已播出四季(每季三集)和一集特别篇,由史蒂文·莫法特、马克·加蒂斯、斯蒂芬·汤普森编剧,本尼迪克特·康巴拉奇、马丁·弗瑞曼等人主演。该剧改编自柯南·道尔创作的侦探系列小说《福尔摩斯探案集》。

截至 2015 年,英剧《神探夏洛克》在英国电影和电视艺术学院电视奖中获得了包括最佳剧集在内的 10 个奖项,在艾美奖上夺得最佳男主角、最佳男配角、最佳编剧等 7 个奖项及 21 项提名。该剧刷新了英国自 2001 年以来的收视纪录,并在超过 200

个国家及地区播放,广受好评。

一、原作的可改编基础

原著作者柯南·道尔是侦探小说历史上最重要的作家之一,堪称现代侦探小说的鼻祖,在全世界的侦探小说迷心中都占有重要地位。日本著名推理漫画《名侦探柯南》中主人公的名字江户川柯南即由柯南·道尔的名字变化而来。《福尔摩斯探案集》是柯南·道尔的代表作,其故事结构、悬念设计、推理手法等都给现代侦探小说树立了典范,开启了侦探小说历史"黄金时代"。"贝克街221B""侦探烟斗""风衣斗篷""猎鹿帽"等小说中的经典元素,几乎成了侦探世界的代名词。自小说面世以来,各种形式的改编之作便层出不穷。将《福尔摩斯探案集》改编成迷你剧集,具有天然的受众基础和话题度,改编价值极高。

《福尔摩斯探案集》以主人公侦探福尔摩斯和他的助手华生的经历为主线,引出了一系列耸人听闻的传奇故事。小说人物极具特色,结构严谨,悬念设置精巧,推理过程更是令人拍案叫绝,具备不错的改编基础。凶杀、盗窃、敲诈、绑架、嫁祸甚至志怪传奇等元素在小说中比比皆是,这样的作品改编成迷你剧集很容易吸引电视主流观众。

当然,由于《福尔摩斯探案集》创作年代比较久远,书中的很多情节和情感都与现代社会有所"脱节"。有人甚至形容该系列小说为"一系列篇章冗长又夹杂许多不必要的废话的侦探故事"①。这样的说法未免过火,但也不无道理。如何将原著中充满工业时代气息的元素合理有效地置换,使得整部作品更具现代性,更易为现代观众所接受,无疑是改编创作者面临的重大问题。

二、改编中需要重点解决的问题

正如上文所述,原著《福尔摩斯探案集》虽然具备极高的改编价值和良

---

① MICHI. We are all Sherlocked![EB/OL].(2012-01-28)[2016-03-26]. https://movie.douban.com/review/5283403/.

好的改编基础,却也因与当今时代的差异巨大而使改编面临许多问题。

(一)原著主角性格扁平,人物关系单薄,情感层面有缺失

原著中,主人公福尔摩斯是“可以媲美世界上最完美的机器,精于推理和观察”,这样的福尔摩斯个性有余,却人性不足。在爱情的世界,柯南·道尔笔下的福尔摩斯更是一片荒芜,事实上,连福尔摩斯自己也是如此认为的:“我只是觉得爱情是心中的一种情感,和我断案时冷静思考的理性是不相容的,为了我的判断力不被影响,这辈子我都不会结婚的。”如果说有什么例外的话,那就是在《波希米亚的丑闻》中,作者借华生之口提到福尔摩斯对艾琳·艾德勒念念不忘,一方面,华生强调“她才貌兼备,只要有她在场,其他女人便会黯然失色。但这并不等于他对艾琳·艾德勒有任何近于爱情的情愫,因为他的头脑理性、刻板、沉着,完全容不下一切情感,尤其是爱情这种情感”。但另一方面,华生又强调“有一个女人,而且是个已故的女人——艾琳·艾德勒,始终保留在他的记忆之中”①。联系到这个故事中华生已经结婚的背景,联想到人人都可能产生的嫉妒心理,确实有人猜测过福尔摩斯与艾琳的感情关系。

如果说爱情对于福尔摩斯来说是同自己毫不相干的东西,那么友情对于他来说则一直存在。菲利普·A.施雷弗勒在《福尔摩斯和华生:理智与情感》一文中认为:“在所有的英国文学作品里,像歇洛克·福尔摩斯和约翰·H·华生医生这样著名的友谊并不多见——尽管有时候看上去两个人截然相反。多年以来,由于对福尔摩斯故事的误解,特别是改编作品的错误演绎,华生经常被误认为只是足智多谋的福尔摩斯的一个陪衬,或者是个只会胡乱叫嚷的家伙。”②这段话很精彩,在标题中点出了福尔摩斯与华生的特点,在正文中点出了福尔摩斯与华生友谊的正反双解。与华生的友谊对福尔摩斯来说确实一直存在,但其点缀性更甚于必要性,因为福尔摩斯更多地将华生定位为一个好助手。华生对此也心知肚明:

---

① 道尔.福尔摩斯探案全集(上)[M].祁万连,译.呼和浩特:内蒙古人民出版社,2002:179,183.

② 道尔.恐怖谷[M].林梦缘,译.北京:新星出版社,2011:229.

> 他晚年时我们之间的关系很特殊。他是屈从于习惯的人,有一些狭隘而根深蒂固的习惯,而我已经成了其中之一。作为一种习惯,我就是像他的提琴,板烟丝,陈年老烟斗,旧案索引,以及其他一些不怎么堂皇的习惯。……如果说,我思想的一贯迟钝有时会让他感到无法忍受,感到烦躁不安,但正是这种烦躁促使其灵感更欢快地迸发出来。我的微不足道、不值一提的用处即体现于此。①

福尔摩斯未涉亲情,不谈爱情,不重友情,这种情感面的缺失导致主人公的性格维度趋于扁平,不够立体丰富,这无疑是将《福尔摩斯探案集》改编成迷你剧集时需要直面的重要问题之一。

(二)原著案件很多,体量水平不一,需要精挑细选

原著《福尔摩斯探案集》包括四部长篇小说,五十六篇中短篇小说,共计六十个故事。这些故事,除了两篇自叙、两篇第三人称叙述外,绝大多数是以约翰·华生的角度叙述的。

表 13-1 《福尔摩斯探案集》故事列表

1. 血字的研究	2. 四个签名	3. 波希米亚丑闻	4. 红发会	5. 身份案
6. 博斯科姆比溪谷秘案	7. 五个桔核	8. 歪唇男人	9. 蓝宝石案	10. 带斑点带子
11. 工程师大拇指案	12. 单身贵族	13. 绿玉皇冠案	14. 铜山毛榉案	15. 银色马
16. 黄面人	17. 株式仲买店员	18. "格洛里亚斯科特"号三桅帆船	19. 马斯格雷夫礼典	20. 赖盖特之谜
21. 驼背人	22. 住院的病人	23. 希腊译员	24. 海军协定	25. 最后一案
26. 巴斯克维尔的猎犬	27. 空屋	28. 诺伍德的建筑师	29. 跳舞的人	30. 孤身骑车人
31. 修道院公学	32. 黑彼得	33. 米尔沃顿	34. 六座拿破仑半身像	35. 三个大学生

① 道尔. 福尔摩斯探案全集(下)[M]. 祁万连,译. 呼和浩特:内蒙古人民出版社,2002:1430.

续表

36. 金边夹鼻眼镜	37. 失踪的中卫	38. 格兰其庄园	39. 第二块血迹	40. 硬纸盒子
41. 藤荘	42. 布鲁斯—帕廷顿计划	43. 魔鬼之足	44. 红圈会	45. 弗朗西斯·卡法克斯女士的失踪
46. 临终的侦探	47. 最后的致意	48. 恐怖谷	49. 王冠宝石案	50. 雷神桥之谜
51. 爬行人	52. 吸血鬼	53. 三个同姓人	54. 显贵的主顾	55. 三角墙山庄
56. 皮肤变白的军人	57. 狮鬃毛	58. 退休的颜料商	59. 戴面纱的房客	60. 肖斯科姆别墅

"我们在谈论福尔摩斯故事如何经典、如何有魅力的同时,也必须看到这六十篇故事并不是十全十美的。有些故事非常优秀,有的故事算是差强人意,也有的故事在水准之下。福尔摩斯故事中几部长篇小说最遭人诟病,这主要是因为其结构上的缺点。除《巴斯克维尔的猎犬》之外的三部长篇小说都只能算是将两个短篇故事或者中篇故事合二为一。"①福尔摩斯系列小说体量巨大,水平不一,要改编成一部每季只有三集、每集九十分钟的迷你剧集,需要对故事进行精挑细选。而且,这些故事的情节跨度极大,各自独立成章,鲜有明确的联系性,想从中为迷你剧集找到一条正反一号一以贯之的斗争主线无疑更加困难。

(三)原著时代气息浓郁,与当今社会存在较大差异

由于原作自诞生至今已百年有余,书中为了真实感而添加的许多时代细节,如今看来在某种程度上反而成了读者接受作品的障碍。当初,福尔摩斯这个人物形象之所以受到广大英国读者的喜爱,就是因为他是一个脚踏实地地生活在伦敦的有血有肉的人,"他乘坐大家熟悉的马车或火车,出没在十一月伦敦的大雾之中;他住在众所周知的旅馆里,阅读《每日电讯报》和其他流行的报纸……"②他亲切而真实,读者很容易相信他就是现实生活中的人。

---

① 道尔. 恐怖谷[M]. 林梦缘,译. 北京:新星出版社,2011:227.
② 傅怡. 福尔摩斯探案全集[M]. 傅怡,译. 北京:新世纪出版社,2011:前言1.

你不管带什么东西,都不要在上面写明发往何处,并在今晚派一个可靠的人送往维多利亚车站。明天早晨你雇一辆双轮马车,但嘱咐你的仆人不要雇第一辆和第二辆主动来揽生意的马车。你坐上双轮马车,在纸条上面写上驶往劳瑟街斯特兰德尽头处交给马车夫,并告诉他别把纸条扔掉。你要事先把车费付清,车一停马上穿过街道,在九点一刻到达街的另一端。你会见到一辆四轮轿式小马车在街边等着,赶车的人身披黑色斗篷,领上镶有红边,你上了车,便能及时赶到维多利亚车站搭乘开往欧洲大陆的快车。①

从中不难看出,曾经令读者感到亲切真实的种种细节,如今已不符合现实。除非有意强调过去,侦探推理类作品往往要求与现实生活紧密结合,以最大限度地营造作品的真实感和刺激感。因而改编创作者不得不面对如何为原著赋予时代气息的问题。这个问题尽管不复杂,但处理好也并不容易。

三、重要改编分析

(一)主要人物形象的丰满及人物关系的丰富

1.巧用"高功能反社会"等标签将主人公性格推向极致

正如上文分析的那样,原著《福尔摩斯探案集》主要人物福尔摩斯存在着整体形象塑造偏于扁平、性格维度不够丰富的问题。由于原著的写作方式是以案件为主、人物为辅,主人公的形象更是淹没在跌宕起伏的案件故事中,越发显得模糊。在BBC版迷你剧集《神探夏洛克》中,主创们巧妙地运用了"高功能反社会"等性格标签,将主人公的性格在原有基础上推向极致。

原小说中福尔摩斯是人类理性的化身。到了迷你剧集中,福尔摩斯的这一特征被无限放大,他几乎被戴上了"日神面具"②。在迷你剧集中,福尔

---

① 道尔.福尔摩斯探案全集(中)[M].祁万连,译.呼和浩特:内蒙古人民出版社,2002:611.
② 张婕妤.英国连续剧《神探夏洛克》的日神面具[J].电影评介,2012(24):74-76.

摩斯年轻英俊，身材傲人，常常穿着剪裁合身、制作精良的西服套装，洋溢着青春的气息。他多才多艺，大脑堪比装了多核处理器的电脑，语速堪比连珠炮，自控力极强，却对人情世故和风月情感一窍不通。他无视社会约定俗成的道德伦理，可以披着床单出现在白金汉宫的会客厅里还不以为然。他对世俗对自己的看法毫不在意，可以在华生与警官视频连线时直白地表达对二人智商的蔑视而丝毫察觉不到气氛的尴尬。他躲避媒体，离群索居，不知道该怎么跟身边的人相处。这样的人物设置，很容易让人想到《星际迷航》中的史波克船长或者《生活大爆炸》中的谢尔顿。以上两个角色都是"高功能反社会"类角色的典型。这类角色往往有着极强的专业能力和极低的生活能力，智商和情商的强烈对比使得这类角色极具性格张力，因而十分受当代影视观众的欢迎和追捧。

随着新性格标签的添加，在原著中显得有些老气横秋，几乎要被情节淹没的福尔摩斯一下子变得年轻时尚，特点突出，且十分符合当代电视观众的审美取向。

2. 增加情感表现，丰富性格维度，构建紧密的人物关系

BBC 版迷你剧集《神探夏洛克》的改编创作者有意增加了主人公福尔摩斯的情感表现，以丰富主人公的性格维度，并从中构建起有效的、引人入胜的人物关系。在该剧集第二季中，福尔摩斯与华生友情线的深化和福尔摩斯与艾琳爱情线的加入就极大地增加了剧集的可看性。

军医约翰·华生是福尔摩斯身边最重要的朋友之一。在原著中，福尔摩斯与华生的情感仅止于遭遇危险时对朋友的关心。但在剧集中，福尔摩斯与华生不仅是并肩作战的战友，更是在生活中互相关心的挚友。

全剧一开始，两人共同来到贝克街 221B 租房时，默契的动作和暧昧的言语就引发了房东太太对二人关系的"怀疑"。在该剧第二季第二集中，面对"失恋"的福尔摩斯，华生更是甘愿放弃自己的约会，留下来照顾好友，这样的行为，甚至引得华生自己的女友醋意大发。不仅如此，在剧集中，华生对福尔摩斯的感情绝不是单向的。即使像福尔摩斯这样极不擅长人际交往的人也常常表现出对华生的关心。例如他会偷偷关心华生写他的博客，在意华生对他的意见，在华生遇到危险时心神不宁等。华生甚至

成了福尔摩斯的一个弱点,成了犯罪分子想要威胁福尔摩斯时首选的绑架对象。

改编创作者对福尔摩斯和华生之间友情线的放大,使观众看到了一个不一样的福尔摩斯,让他可以作为一个“人”而不是“神”被观众接受。“十九世纪的柯南·道尔只向我们描绘了半个福尔摩斯,即理智型的福尔摩斯,而他的另一半——情感型的福尔摩斯则只在闲谈间留了些蛛丝马迹,一切要待到一百多年后的人们用演绎法的精神去重现。”①

不仅仅是友情线,《神探夏洛克》的改编创作者还在第二季中给福尔摩斯添加了一条原著中不存在的爱情线。剧集第二季第一集改编自《冒险史》系列的第一个故事《波希米亚丑闻》。在剧集中,艾琳被大胆地改编成了一个热辣性感的“女王”,她如原著中一样聪明,一样手腕强劲,同福尔摩斯的关系却从竞争挑战变成了诱惑逗引。福尔摩斯对艾琳的敬意,也被刻画成了高智商天才懵懂的爱情。这样的改编,不仅为剧集收获了宣传噱头,更给福尔摩斯以更加全面的展现空间。观众第一次看到了曾经不食人间烟火的天才在爱情中痴情又迷惘的样子,福尔摩斯的人物形象因此一下子立体起来。圣诞节的时候,福尔摩斯推理出茉莉有一份精美的礼品要送给自己的心上人,当他拿起礼盒的时候发现上面写着自己的名字,他没有像往常一样冷淡,反而道歉并亲吻茉莉的脸颊。他为了保护房东太太,为房东太太出气,对歹徒进行了报复。他和哥哥一起抽烟谈论以前的事情,破天荒地祝他圣诞快乐。正是因为艾琳的存在,福尔摩斯开始体验到人间的爱与关怀。该集最后的密码“I' m sherlocked”,成为全世界的福尔摩斯迷们最津津乐道的细节。

(二)情节的选择和主线的构建

原著《福尔摩斯探案集》讲述了大大小小六十个侦探故事,这样的情节量对于一个一季只有三集、每集只有九十分钟的迷你剧集来说显然有些太大。因而,剧集的改编创作者必须对原著的众多故事进行筛选,选出最值得

---

① MICHI. We are all Sherlocked! [EB/OL]. (2012 - 01 - 28) [2016 - 03 - 26]. https://movie.douban.com/review/5283403/.

被搬上电视荧幕的部分。另外,原著六十个故事的内容相对分散,虽然不少故事中都穿插了关于福尔摩斯人生经历的辅线,但总体来看还是难以支撑起一部迷你剧集。改编创作者们必须从纷繁复杂的故事中提取与福尔摩斯人生经历密切相关的部分,同时对各个故事进行逻辑上的串联,以构建起有效的、具有可持续性的戏剧冲突。

剧集第二季主要选择了《波希米亚丑闻》《巴斯克维尔的猎犬》《最后一案》三个故事进行改编,这样的选择,显然是改编创作者深思熟虑的结果。首先,这三个故事在全世界的福尔摩斯迷心目中都占有极其重要地位,改编价值高,容易吸引小说迷观看剧集。其次,这三个故事既对福尔摩斯人物形象的塑造有重大意义,又涵盖了福尔摩斯人生经历中的重要时刻。《波希米亚丑闻》涉及福尔摩斯的爱情,《巴斯克维尔的猎犬》重点表现福尔摩斯与华生的友情,《最后一案》又牵涉到福尔摩斯之死,还有福尔摩斯一生中最重要的敌人——莫里阿提。

改编创作者通过对莫里阿提这一角色的塑造,实质上为剧集构建了一条清晰的正邪对抗的主情节线。在原著《波希米亚丑闻》中,艾琳和莫里阿提不存在任何关系。而在剧集中,艾琳则是接受了莫里阿提的建议才设计出了自己的行动方案。这一改编一下子将莫里阿提渗透到了福尔摩斯人生的各个阶段,成为剧集中与福尔摩斯不停对抗的最大反派。剧集的主要线索也因此而清晰。

除了上文提到的三个主要故事,改编创作者还注意在剧集中运用其他故事中的部分元素,作为主线剧情之外的调节和亮点。如华生的博客里就提到了"第二块血迹""带斑点带子"等福尔摩斯侦破的经典案件,不时到访贝克街221B的求助者们则带来了原著《希腊译员》的部分元素。这样的情节安排,不仅丰富了剧集的情节量,也给广大小说爱好者带来了"考据"的乐趣。有小说迷表示,BBC这部迷你改编剧集需要一帧一帧地看,因为在主线情节之外还穿插着大量原著中的其他情节与细节。这些情节与细节同主线剧情一起,使得整部改编剧集的情节架构丰富多彩。

(三)原著精神内涵的传承和时代气息的重建

有人认为,名著改编不是制作热闹,也不是复现古代的服饰和器物,而应寻找、重现名著中体现出的、能为当代人生提供参照的、优秀的民族文化。[①] 也就是说,名著改编不应局限于照本宣科,而应加入创作者对当今社会的思考。《福尔摩斯探案集》是与其创作时代的现实紧密相关的作品,当年的人们能够从中看到自己生活的影子,从而能全身心地投入故事之中,体验前所未有的新鲜感和刺激感。基于原著的这一特点,一直以忠实再现原著风貌著称的 BBC 决定将迷你剧集的背景设定在当代伦敦。编剧莫法特的想法是让福尔摩斯从传统工业时代的桎梏里解脱出来。他会和他的猎鹿帽以及花呢大衣告别,取而代之的是智能手机和尼古丁贴片。他不再说:“这轻而易举,我亲爱的华生。”他会更年轻,但一如道尔写他的那样是科技先锋。迷你剧集的改编创作者在保留原著精神内涵的基础上,给原著的故事注入了大量的现代元素,为电视观众尽量还原当年小说读者的审美体验,也使其更加符合当代电视观众的审美习惯和审美期待。

首先,原著中明显带有维多利亚时代特色的元素在剧集中都被进行了现代化的改编。福尔摩斯不再头戴猎鹿帽,身披斗篷,手拿烟斗,关注每天的报纸,行走在浓雾弥漫的伦敦街头,而是开始使用黑莓手机、互联网、卫星定位、监控摄像等现代手段进行侦察。华生也不再是一名拿钢笔写字的传记作家,而是成了时下最为流行的“部落客”,在网络世界为自己的伙伴招揽生意。马车夫变成了“的哥”,从不离手的烟斗也成了太阳穴上的两片尼古丁贴片,可以说,现代元素全方位地进入了福尔摩斯的断案生活。再加上前文提到的福尔摩斯年轻时髦的角色定位,使整部剧集再不像原小说般让人觉得暮气沉沉、难以贴近。经典伦敦街景和典型英伦生活方式的融入,也在不知不觉中使整部剧集带有强烈的真实感。

其次,《神探夏洛克》还使用了大量现代而幽默的语言,使剧集在轻松欢乐的氛围中更加贴近当代观众的审美趣味。如第二季第一集中,福尔摩斯面对媒体说“我是个私人侦探,我最不需要公众形象”。类似这样的情节大大增加了剧集的趣味性和人物的真实性。

最后,迷你剧集的改编创作者还注重与时俱进,将当代社会的许多社会

---

① 余荣虎.关于名著改编的“忠实性”原则的再思考——兼论《神探夏洛克》与新版《红楼梦》的对比与启示[J].艺苑,2013(03):27-29.

现象纳入剧集中来。这其中最具代表性的，就是剧中人物对福尔摩斯和华生"情感"的调侃。在剧集中，福尔摩斯与华生的关系可谓"扑朔迷离"。有人称这种改编背离了原著，毕竟在原著中福尔摩斯和华生一直是单纯的朋友关系。但其实笔者认为，这种改编反而在深层次上与原著贴近时代的精神内涵相观照。当今英国社会对同性恋的宽容程度远超维多利亚时期，2014 年 3 月 29 日，英国同性婚姻法正式生效，英国成为全球第 15 个承认同性婚姻合法的国家。《神探夏洛克》对新恋爱模式的默认，既保证了对年轻人的吸引力，又将该剧置于 21 世纪英国的现代话语语境中。① 这样与时俱进的创作思路，无疑大大增加了剧集观众的观看黏性，也很容易产生成功的营销话题。

当然，现代元素的加入，必须以契合原著精神内涵为原则，否则就是肆意篡改，难以让观众满意。美国也有一部用现代视角翻拍《福尔摩斯探案集》的剧集，名叫《基本演绎法》。这部电视剧将福尔摩斯和华生的故事搬到了当代纽约，华生摇身一变成了一个武艺高强的性感女郎。这部美国电视剧中充斥着凶杀、暴力、色情等元素，由于与原著精神气质相差太远，受到了大量原著粉丝和学者的抨击，在收视方面也未取得理想的成绩。《神探夏洛克》的成功与它对原著精神内涵的继承息息相关。《福尔摩斯探案集》代表的是维多利亚时代对理性和智慧的推崇，到了《神探夏洛克》中，这种推崇则变成了一个颇具现代特色的口号，也是剧中的台词："聪明是一种新性感(Brainy is the new sexy)。"这种基于原著精神内涵的现代化演绎，是《神探夏洛克》成功的关键。

四、小结

BBC 版迷你剧集《神探夏洛克》改编自柯南·道尔的经典侦探小说《福尔摩斯探案集》。该剧一经推出，即在全球范围内走红。该剧的改编创作者在高度忠实原著的基础上致力于推陈出新，运用大量现代元素，成功塑造出既符合原著精神又极具现代特色的新版福尔摩斯形象。本文重点以该剧第

---

① 徐嘉. 评 BBC 版《神探夏洛克》的创造性改编[J]. 影视艺术，2015(07)：150－152.

二季为例,从人物形象重塑、情节重构以及现代性元素在剧集中的创造性应用三个方面,探究该迷你剧集改编的成功经验。

这个案例提示我们,相对忠于传统文学经典的当代改编必须直面今昔结合,少不了现代元素的运用,但这种运用必须建立在尊重文学经典精神内涵的基础上,不能舍本逐末,否则仅凭借一时的噱头吸引观众,最终亦难以为继。

原作:《纸牌屋》第一部(迈克尔·道布斯)
改编作品:《纸牌屋》第一季(电视剧,12 集,2013 年 2 月 1 日首播)
导演:大卫·芬奇
编剧:鲍尔·威利蒙
主演:凯文·史派西、罗宾·怀特、迈克尔·凯利、拉斯·米科尔森等
获奖:2013 年第 65 届艾美奖剧情类最佳剧集提名,2014 第 71 届金球奖电视类剧情类最佳剧集提名,2014 第 66 届艾美奖剧情类最佳编剧提名(鲍尔·威利蒙)

第十四章 《纸牌屋》:从长篇小说到电视剧

英国政治家兼作家迈克尔·道布斯(Michael Dobbs)1989 年发表了长篇政治小说《纸牌屋》(*House of Cards*),小说大获好评后,道布斯又先后发表了《纸牌屋 2:玩转国王》《纸牌屋 3:最后一章》。1990 年,英国广播公司(BBC)将道布斯的系列作品改编为三季 12 集电视剧,大受欢迎。2013 年,美国视频网站奈飞(Netflix)推出改编的同名网络剧《纸牌屋》,风靡全球,声名大振。该剧至 2019 年已经播出六季共 73 集,获得了艾美奖、金球奖等大奖,奥巴马及白宫和国会的一些政要都成了这部剧的粉丝。

由于美剧《纸牌屋》的火爆,小说《纸牌屋》的中文版很快在国内发行。三册均由何雨珈翻译,由百花洲文艺出版社于 2014 年至 2015 年出版。

英国长篇小说、英剧与美剧三个版本的《纸牌屋》故事主线大体一致,因为英国与美国的政体有所不同,在细节的处理上,美剧版本与原小说略有差异。本章主要关注美剧《纸牌屋》的改编;鉴于美剧《纸牌屋》的第一季最为精彩,本章主要探讨《纸牌屋》小说第一部到美剧《纸牌屋》第一季的改编策略。

一、原作的可改编基础

英国长篇小说《纸牌屋》第一部主要讲述英国政客弗朗西斯·尤恩·厄克特的宫斗故事,展现老牌政客弗朗西斯·尤恩·厄克特追逐权力的一生,作者以冷静的笔触描绘出血淋淋的英国政坛。男主角厄克特目标明确,心机深沉,胁迫他人为其卖命;当自身安全受到威胁时,不惜亲手杀人。小说中的官员几乎都是不光彩的,他们往往唯利是图、贪财好色、嗜酒成性;鲜见的正面形象——首相亨利·科林格里奇——则懦弱无能,最终遭人陷害名誉扫地,被迫辞职下台,连幕后推手是谁都一无所知。《纸牌屋》给政治剧提供了一个新方向,充满诡计的黑暗系宫斗剧作,可以满足观众的好奇心。

原小说及原英剧虽具有很大影响力,但已过去二十多年之久,如果加以改编,仍可让当今的观众产生较强的新鲜感。美剧中不乏优秀的政治剧,例如《白宫风云》《国土安全》《国务卿女士》《新闻编辑室》等,都是比较正统的政治剧,虽然也描写政治斗争的残酷与黑暗,但大体上宣扬的是较为正面的价值观,老谋深算的反面人物几乎全部落败。相比之下,《纸牌屋》的风格也给人耳目一新的感觉。因此,把英国小说《纸牌屋》再次改编成电视剧,有较强的可行性。

出品方奈飞本为在线视频网站,拥有强大的用户观影习惯数据库,能准确地把握受众的消费习惯:哪分钟暂停、第几集不再观看、哪一段重播率最高……甚至从大卫·芬奇、凯文·史派西、政治剧三个关键词和其受关注度的量化把握中便能预知这部戏的收视前景颇为可观——这其实是一种形式上的市场调查。有了这样的市场数据,奈飞自然也会对《纸牌屋》情有独钟。

二、改编中需要重点解决的问题

除视听转换等常规任务外,电视剧的改编还需要重点解决如下问题。

（一）因地制宜：从英国到美国

《纸牌屋》是一部英国政治小说，主角弗朗西斯·尤恩·厄克特所施展的谋略全是基于英国政坛的。英国实行君主立宪制，美国实行总统共和制。英国首相和内阁均需对议会负责，首相权力受到议会制约；而美国总统与政府只需对选民负责，不必对议会负责。在具体的选举程序上，英美两国也有所差异。因此，在改编过程中，需要注意这点。此外，英国和美国在文化观念上也有不少区别，不管是从美国观众的感受出发，还是从改编的创造性出发，均需作出相应的调整。

（二）与时俱进：从20世纪末到21世纪初

原小说《纸牌屋》发表于1989年，美剧《纸牌屋》于2013年推出，相差24年。在这期间，科技飞速发展，比如，通信工具从座机电话、大哥大变为智能手机，从传统纸媒一家独大到现在网络自媒体日益发达等。改编创作者对此也作出了相应的调整，如美剧《纸牌屋》将人物的通信工具由电话座机换成了手机，加入了网络黑客，甚至加入了网络自媒体“头条网”等，与时俱进。

（三）政治一线独大又相对松散，过场人物较多

表14－1　原小说人物清单

分类	人物	身份	在故事中承担的角色
政府	弗朗西斯·尤恩·厄克特	党鞭长→首相	男主角
	莫蒂玛	弗朗西斯的妻子	弗朗西斯的支持者
	阿拉斯泰尔	弗朗西斯的哥哥	（在故事开始前已牺牲）
	亨利·科林格里奇	首相	在弗朗西斯的打击下，因为哥哥的丑闻事件下台
	查尔斯·科林格里奇	首相的哥哥	潦倒酒鬼，首相下台的原因之一
	罗杰·奥尼尔	执政党宣传部部长	因贪污被弗朗西斯抓住把柄，被迫屈从，成为弗朗西斯安插在内阁的棋子，后被弗朗西斯毒杀

续表

分类	人物	身份	在故事中承担的角色
政府	佩内洛普·盖伊	罗杰的女助手	黑人,速记能力强,喜欢罗杰
	泰迪·威廉姆斯	勋爵,党主席	因弗朗西斯的挑拨离间,与首相失和,背上了出卖内阁的罪名
	迈克尔·塞缪尔	环保部秘书	炮灰,威廉姆斯的朋友,在首相竞选中,因早年"核裁军运动"和共和政体思想,被迫退出
	史蒂夫·肯德里克	反对党议员	罗杰曾经的好友,弗朗西斯打击计划的一颗棋子(医院扩展计划被泄)
	加斯帕·格兰杰	爵士,治安官,自卫队员	国务大臣书面答卷草稿被泄事件的棋子
	西蒙·罗伊德	下议院领袖	国务大臣书面答卷草稿被泄,首相的发言人
	麦肯齐		炮灰,因医院撞人事件退出选举
	哈罗德·厄尔		炮灰,因同性恋事件退出选举
	帕特里克·伍尔顿	外交大臣	炮灰,因与佩妮的不雅录音而退出选举
	皮特·贝尔斯特德		炮灰,最早宣布参选首相,最后退出
	凯文·斯宾塞		与第四十号民意研究调查机密文件外泄事件相关
	萨拉	首相妻子	
报社媒体	玛蒂·斯多林	《每日纪事报》政治版最年轻的记者	弗朗西斯的棋子之一,爱上弗朗西斯,后因追查首相下台真相,被弗朗西斯推下楼死亡
	本杰明·兰德里斯	《每日纪事报》老板、报业巨头	政府的支持者,后来为弗朗西斯登顶首相助力
	格雷维尔·普雷斯顿	《每日纪事报》总编辑	抢了玛蒂民意调查新闻稿
	约翰·科拉杰维斯基	《每日纪事报》副总编辑	玛蒂的男友,与玛蒂一起追查首相下台事件真相
	曼尼·古德柴尔德	联合社记者,老油条	
广告公司	杰雷米	梅里尔·格兰特&琼斯公共有限公司总经理	
其他	费道思·吉哈布瓦拉	印度男人,金融商人	弗朗西斯竞选资金来源之一,暗地里给首相捐钱,是首相下台的诱因之一

小说《纸牌屋》大部分在展现政坛的权谋交易、政府官员间的利益互换，甚少涉及情感等其他方面，政治线一家独大，造成小说的叙事线索较为单一。

小说情节布局也较为松散随意，进程缓慢。小说《纸牌屋》共分为三个部分——“洗牌”“倒牌”“发牌”。“洗牌”部分，前六章均在讲述6月10日大选当天的事情，铺陈各种矛盾事件，出场人物繁多，但是有效情节略少；“倒牌”和“发牌”部分情节进程加快，阴谋层出不穷，但略显仓促。

小说中出场人物众多，从表14-1可以看出，除了主角弗朗西斯、记者玛蒂·斯多林、首相亨利·科林格里奇、政府官员罗杰·奥尼尔等人，其他大部分人物均为过场人物，出现一两次即消失不见。小说中介绍的有名有姓者不胜枚举，但大部分都没有发挥叙事作用，或是几个角色都起着相同作用，例如联合社记者曼尼·古德柴尔德等人。

影视剧需要将情节点有效集中，合理布局，根据人物特点和承担的叙事功能将其进行有效合并。

(四)精妙点评与内心描写不易在荧屏再现

小说《纸牌屋》每一章节前都有一段主角弗朗西斯的独白，或是人生格言，或是对政客的辛辣嘲讽，都是极富魅力的语句，例如：

> 事实如同美酒。你只能在深深的酒窖最阴暗角落找到它。有时还需要颠倒一下。在你让它见光并开始使用之前，还得温柔地替它除除尘。
>
> 英文的“政治”(Politics)来源于古希腊语“Poly”，意思是“很多”；后面的“tics”则来源于“ticks”，意思是“吸血的小虫子”。
>
> 一个政客再怎么邪恶也不为过，一个记者再怎么夸张也不为过。两者都有一个明显的特点：歇斯底里的夸张。[①]

---

① 道布斯.纸牌屋[M].何雨伽，译.北京：百花洲文艺出版社，2014：53，164，218.

除了每章开篇的主角独白,小说中还有大量人物内心活动描写,例如大选当天,弗朗西斯与妻子莫蒂玛到一家酒吧争取最后的选票,弗朗西斯心里极不耐烦,原文中如此写道:

> 他心里想的却是,这些人为什么要费这个劲。这里是位于郊区的萨里郡,在民意调查使用的专业术语中,这里的主要社会阶层是A和B,想出国护照随时拿着就可以上路,车道上停着一辆辆路虎揽胜。不过为什么要买这样的越野车呢?它们唯一可能碰到泥土的时候,不过是主人在某个尽心吃喝的周五晚上驾车时不小心碾过了门前的草坪,或是送他们的小约翰尼或艾玛们上私立学校。在这些区域举行的拉票活动可以说根本没经过精心准备,甚至可以用庸俗来形容。这里的选票不是用来数的,直接称重量就好了。①

这些心理活动与独白,读起来是精妙的。但是影视剧不同于小说,如果单纯依赖原文,照搬照抄地将其以旁白形式呈现,则会显得笨拙,灵气不足。如何在保留原著精髓的基础上,充分发挥影视剧视听语言的优势,是改编过程中需要注意的。

三、重要改编分析

(一)人物的增删、替换及人物关系的变化

美剧《纸牌屋》对原作中出现的人物进行了提炼、合并、增删,使之更符合21世纪观众的观剧习惯。

---

① 道布斯.纸牌屋[M].何雨伽,译.北京:百花洲文艺出版社,2014:9-10.

表 14－2　影视剧人物与原作人物对比(仅列出主要人物)

分类	影视剧人物	原作人物	身份	在故事中承担的角色
政府	弗朗西斯·安德伍德	弗朗西斯·尤恩·厄克特	众议院多数党党鞭→副总统→第46届美国总统	男主角,又名弗兰克
	克莱尔·安德伍德	莫蒂玛	弗兰克的妻子,非营利组织“净水计划”负责人	与弗兰克并肩作战,后放弃了自己的事业,第三季末与弗兰克关系降至冰点、搬离住所
	道格拉斯·斯坦普		弗兰克的幕僚长	弗兰克最忠心的下属,喜欢瑞秋,第二季末被瑞秋击伤
	加勒特·沃克	亨利·科林格里奇	第45届美国总统	后在弗兰克打击下,于第二季末正式下台
	吉姆·马修斯	泰迪·威廉姆斯	前宾州州长,副总统	
	彼得·罗素	罗杰·奥尼尔	议员	因酗酒、吸毒、召妓等丑闻被弗兰克抓到把柄,被迫效忠,后被弗兰克杀掉
	克里斯蒂娜·加拉格	佩内洛普·盖伊	罗素的助手	罗素死后成为总统的私人助理,因威胁到弗兰克,于第二季被辞退
	琳达·瓦斯奎兹		白宫幕僚长	拉丁裔,总统沃克的忠心下属,帮助弗兰克任副总统,后被迫辞职
	爱德华·密查姆		国会警察,弗兰克夫妇的安保人员	弗兰克的忠心保镖,喜欢克莱尔
	杰奎琳·夏普		党鞭继承者	年轻的政治家,曾在军队历练,铁血无私,手腕强硬,被弗兰克选中成为继任党鞭,与雷米产生过感情
	迈克尔·科恩	迈克尔·塞缪尔	环保部秘书	野心勃勃的年轻政治家,副总统竞选的炮灰之一
	佐伊·巴恩斯	玛蒂·斯多林	《华盛顿先驱报》记者→白宫常驻记者→“头条网”记者	弗兰克的棋子之一(原作中为《每日纪事报》政治版记者),于第二季第一集因发现弗兰克的阴谋被杀

续表

分类	影视剧人物	原作人物	身份	在故事中承担的角色
媒体	简宁·斯高斯基		《华盛顿先驱报》首席政治记者→"头条网"记者→教师	一开始与佐伊有矛盾,后经佐伊介绍到"头条网";与佐伊一同追查弗兰克的秘密,佐伊死后,搬离华盛顿与母亲一起生活,以教书为生
	卢卡斯·古德温	约翰·科拉杰维斯基	《华盛顿先驱报》编辑	佐伊的男友,佐伊死后追查弗兰克,被道格设计入狱,出狱后继续追查真相
	汤姆·汉默施密特	格雷维尔·普雷斯顿	《华盛顿先驱报》主编	
其他	雷蒙德·斯塔克		财阀,电力大亨	与沃克总统私交甚笃,举荐弗兰克为副总统,后与弗兰克、沃克闹翻,最终他的证词导致沃克总统下台
	雷米·丹顿		桑科天然气公司说客	与继任党鞭杰奎琳有感情纠葛,曾为弗兰克手下
	瑞秋·波斯纳		妓女	罗素召妓丑闻女主角,被道格要求藏匿,第二季为自保逃走击伤道格
	弗雷迪		肋排烤肉店老板	黑人,弗兰克是其二十年的老顾客,后因救子贱卖餐馆,一无所有

1. 弗朗西斯·安德伍德(弗兰克)

美剧《纸牌屋》不仅极力展现弗兰克的权谋手腕,也为其加入了人物前史,甚至是感情选择,因此,弗兰克的形象较原作更为丰满、真实。扮演弗兰克的演员凯文·史派西在评价弗兰克这个角色时说:"乍一看(他)是一个心狠手辣的角色,但同时他也是一名高效的政客。我觉得观众能有这样道德层面上的辩论,是一件很有意思的事情。"①

在原小说中,弗朗西斯做的主要事情是泄漏政府机密文件,从而使首相与内阁离心,接着挑起媒体对首相能力的质疑,但是描写较为隐晦:记者玛蒂并不直接与弗朗西斯达成交易、交换信息,更多的是弗朗西斯托他人名义

---

① 《纸牌屋》凯文-史佩西专访:我是冲着芬奇来的[EB/OL].(2017-03-08)[2017-07-08].http://yule.sohu.com/20130917/n386672556.shtml.

向玛蒂泄密；弗朗西斯也不只向玛蒂泄密，而是手上有什么资源就给什么样的媒体（如首相哥哥的丑闻事件）；面对罗杰，张弛有度，不仅抓住丑闻进行威胁，同时也树党主席威廉姆斯作为靶子，一步一步引导罗杰做事，而非一味威胁。

美剧《纸牌屋》则直接向观众公开了阴谋操作的过程：弗兰克利用酒驾、召妓等丑闻牢牢控制住罗素，虽然许其以美好的政治前途（帮他竞选宾州州长），但是更多是恐吓、胁迫，简单粗暴；弗兰克亲自出面与佐伊达成双向协议，连原作中的遮羞布都不需要，所有的泄密都是亲手送达。这体现出小说与电视剧为吸引受众在操作手法上的常见差异：前者主要诉诸想象，可以含蓄；后者诉诸视听，常常显露。

在英国版的电视剧《纸牌屋》中，弗朗西斯是个上流社会的绅士，有地位，有财产，一开头行事也很低调。这和美版的弗兰克出身农民有所不同。这种改编大概也与美国人的观念有关：美国的成功者并非都出身高贵，有不少是自己拼搏出来的，因此，"草根"逆袭成为美国文化中的重要现象之一，这也是吸引普通电视观众代入剧情的重要操作手法之一。

2. 克莱尔·安德伍德

克莱尔是弗兰克的妻子，在美剧《纸牌屋》中有大量戏份，从小配角一跃成为女主角。男女搭配，也是影视剧常用而有效的套路之一。

原作中提到弗朗西斯妻子莫蒂玛的地方，总共有三处：第一处是莫蒂玛陪着弗朗西斯在小酒馆为首相争取选票，第二处是弗朗西斯被首相背叛、莫蒂玛赶回家安慰他，第三处是弗朗西斯参选首相、莫蒂玛在家中替他招待客人。虽然原作中的莫蒂玛也被设定为弗朗西斯的同伴，但是她表现出来的更多是一名尽职尽责的政客夫人、上流社会的高贵淑女，缺乏出彩之处：

> 她比他小十二岁，还充满青春活力，虽然随着时间的流逝体重略有增加，但更显得优雅高贵。她是他最亲密的伙伴，他唯一敞开心扉，能够无条件相信和依赖的人。当然，他们俩有各自的生活。他在威斯敏斯特机关算尽，而她……嗯，她喜欢瓦格纳的音乐。他则一直不怎么感兴趣。她有时会消失好几天，和其他人到国外去旅行，分享骑行的乐趣。他从未怀疑过她的忠诚，她也从未对他起

过任何疑心。①

在美剧中,弗兰克的妻子克莱尔的形象显得更为完整、出彩,她与弗兰克一同打拼,是与弗兰克并肩站在一起的同伴。她不仅是政客的妻子,也拥有自己独立的事业——"净水计划",她待人接物优雅得体,干起工作雷厉风行,就像弗兰克的分身。"我不仅要被看到,还要举足轻重"(I don't just want to be seen,I want to be significant)这句台词可以很好地体现克莱尔的野心。她做事不择手段,裁人不留情面,没有一般女性的柔软犹豫,不达目的誓不罢休,颇有莎翁笔下麦克白夫人的风采。

在第一季第一集中,弗兰克因为总统的背叛而未当上国务卿,垂头丧气地回到家中,克莱尔是这么说的:"你应该生气。……我想看到你有更多表现,你应当表现得更好。……我的丈夫从不道歉,即使对我。"可以对比一下《麦克白》中麦克白夫人面对麦克白的犹豫不决时的话:"是男子汉就应当敢作敢为;要是你敢做一个比你更伟大的人物,那才更是一个男子汉。……现在你有了大好的机会,你又失去勇气了。""只要你集中你的全副勇气,我们决不会失败。"②二者如出一辙。

3. 佐伊·巴恩斯

佐伊与原小说中的玛蒂一脉相承,没有太大的变化。她住在乱糟糟的小房间里,每天早上都要在脏衣篮里翻找还能继续穿的衣物;作为从小城市来的女孩,她懂得如何利用自己的优势为自己争取更大的利益;她聪明、野心勃勃,一心做出伟大业绩,又不免急功近利;她又得意扬扬,看不清自己的地位,导致最后功败垂成。

在原小说中,玛蒂爱上了弗朗西斯,虽然她跟科拉杰维斯基在一起,但当科拉杰维斯基问及玛蒂是否心中有别人时,玛蒂默认了;因为这份爱情,玛蒂也很信赖弗朗西斯,将自己的猜测全盘说出,甚至在知道真相时独身去找弗朗西斯。美剧改掉了这一点:佐伊最爱的人是她自己,她与弗兰克达成了信息交换约定,但佐伊并不甘心与弗兰克在一起、被弗兰克控制,她也不

---

① 道布斯. 纸牌屋[M]. 何雨伽,译. 北京:百花洲文艺出版社,2014:70.

② 莎士比亚. 莎士比亚全集:第五卷[M]. 朱生豪,译. 北京:人民文学出版社,1994:211-212.

爱卢卡斯;觉察出有问题时,她第一个怀疑的就是弗兰克。总之,佐伊的主体性或主动性更强了。

4.彼得·罗素

彼得·罗素的原型是原小说中执政党宣传部部长罗杰·奥尼尔。罗杰·奥尼尔是个异常纠结的人,原作用大段的文字对此进行描绘,美剧《纸牌屋》则只用其沉浸于酒精来表现:他有一对孩子,有忠诚的伴侣、助手克里斯蒂娜,但仍然感觉事业空虚渺茫,不停地放纵自己;终于因为酒驾和召妓,被弗兰克抓到了小辫子,不得不听从弗兰克的指挥;每次想要好好地大干一场,都因为弗兰克与别人的利益交换未能成功,最终惨死。

(二)重点情节变化

1.危机的强化

在原小说中,弗朗西斯基本上没有遇到大的危机,罗杰和玛蒂虽然受到威胁,但都在事态尚未扩大时就解决掉了。在美剧中,为增加剧情的吸引力,弗兰克时刻会遇到危机。例如《纸牌屋》第二季最后一集,弗兰克遭遇最大危机:不是总统下台就是他入狱,选择权在雷蒙德手中,弗兰克依然拒绝了雷蒙德的要求,表示"我不会受人摆布,你要我的忠心,就用你的忠心来换"。这种剧情设定要比原作更具看点。

2.婚恋线索的强化

在原小说中,政治线占据极大篇幅,甚少涉及情感线;美剧则在保留了政治主线的基础上,加强了情感线。撇去杰奎琳与雷米、总统夫妇、佐伊与卢卡斯等配角的情感线不提,单就男女主角的婚恋线索而言,美剧做了更为深刻的处理。

原小说甚少提及弗朗西斯夫妇的感情,在弗朗西斯遭到首相背叛、玛蒂夜敲房门后,弗朗西斯妻子莫蒂玛从乡下回来安慰丈夫,夫妻二人就玛蒂发生了如下对话:

莫蒂玛:"她会忠心耿耿吗?"
弗朗西斯:"你指望记者会忠心耿耿?"

莫蒂玛:“你必须得牢牢管住她,弗朗西斯。”

他目光敏锐地看着她,脸上浮现出薄薄的笑容,又迅速消失了。这可不是什么幽默笑话:“她太年轻了,莫蒂玛。”

“太年轻?太漂亮?太能干?太有野心?我不这么认为,弗朗西斯。你这样的男人管得住她。”

他的笑容回来了,这次显得更有温度:“就像过去很多次那样,莫蒂玛,我欠你的。”①

从以上段落可以看出,弗朗西斯夫妇并非寻常夫妻。美剧《纸牌屋》将这种“非正常”夫妻关系做了更为详细的呈现。弗兰克丝毫不介意妻子克莱尔与摄影师亚当的婚外情,克莱尔也没有介意过弗兰克与佐伊的不伦恋情。弗兰克和克莱尔甚至还同时与保镖爱德华·密查姆有过感情。夫妇二人从来不是爱情至上的人,在克莱尔被曝出与亚当的亲密照、威胁到夫妻二人时,弗兰克第一时间声援克莱尔,克莱尔也与弗兰克站在统一战线,毫不犹豫地牺牲亚当。当佐伊的存在威胁到弗兰克时,弗兰克也毫不犹豫地牺牲掉佐伊,尽管此前弗兰克纵容佐伊穿戴克莱尔的衣物。

与影视剧中普通的夫妻明显不同的是,弗兰克与克莱尔更像是并肩作战的搭档,双方坦诚相待,交换利益,以弗兰克的事业为主。在剧中,一旦有需要牺牲克莱尔保全弗兰克的时候,克莱尔虽然不悦,但还是作出了牺牲。到弗兰克当上总统,克莱尔甚至将自己视为生命的“净水计划”拱手让人。

但是,二人的关系在第三季发生了变化,弗兰克做不到对克莱尔完全坦诚,夫妻二人开始冷战,最终克莱尔离开弗兰克。

3. 时事政治的影射

美剧《纸牌屋》中有不少时事政治、现实生活的影射,对熟谙这些事物的观众来说,这些改装出来的剧情片段别具魅力。例如剧中《教育法案》签署场景就与肯尼迪1963年6月10日签署《同酬法案》场景相似,而剧中学校Sentinal军事学院也是真实存在的。

① 道布斯. 纸牌屋[M]. 何雨伽,译. 北京:百花洲文艺出版社,2014:69-70.

4. 对戏剧经典的致敬

美剧《纸牌屋》很大程度上致敬了莎士比亚的名作《理查三世》与《麦克白》。例如男主角弗兰克，就像《理查三世》中的葛洛斯特公爵，钻营权谋、纵横政界。“正如李尔王、哈姆雷特、麦克白，他们的哲学总是与死亡相连，文学批评家哈罗德·布鲁姆说，莎士比亚这些西方正典的全部意义在于使人善用自己的孤独，这一孤独的最终形式是一个人和自己的死亡相遇。对此，该剧使用了戏剧舞台式的调度，弗兰克经常会对着观众说话，但这并非为了引发观众间离式的思考，反而更像戏剧中的独白，使观众成为弗兰克的同谋，也引发了观众与自我心灵对话的代入感。”①

女主角克莱尔就像《麦克白》中的麦克白夫人，心狠手辣、善于算计，激励丈夫不断地获取权力，对权力的渴望远胜金钱、家庭。克莱尔与弗兰克的婚姻生活也与麦克白夫妇相似，彼此坦诚、相互扶持，一起谋算，有着共同的终极目标——权力。

四、小结

改编自英国 1989 年同名政治小说的美剧《纸牌屋》可谓是网络自制剧时代的标杆。2013 年 2 月，美国奈飞公司自制网络剧《纸牌屋》在全球同步推出，该剧以网站用户大数据为指向，制作精良，迅速掀起热潮。《纸牌屋》的出现，为新媒体网络自制内容树立了典范，更彰显出内容为王的魅力。

这个案例提示我们，即便在文化亲近性相当强的英美两国，从文学名著到电视剧的改编，仍然需要因地制宜、与时俱进，需要强化人物、强化情节以适应电视剧观众的收视需求。

---

① 喜多橙.《纸牌屋》：戏剧永不眠[N]. 中国艺术报，2013－4－15.

原作:《西游记》(吴承恩)
改编作品:《西游记》(电视剧,2011年7月28日首播)
导演:张建亚、黄祖权、赵箭
编剧:高大庸、刘毅、郎雪枫、黄永辉、康峰、张华
主演:吴樾、聂远、臧金生、徐锦江

第十五章 《西游记》:从长篇小说到电视剧

《西游记》的故事在中国可谓家喻户晓,拥有极为广泛的群众基础,以《西游记》为底本改编的影视作品多达数十部。在电视剧领域,由杨洁兼任制片人、导演、编剧(合作)的中央电视台1986年版《西游记》——简称"央视版《西游记》""1986央视《西游记》""杨版《西游记》"[①]——已经创下收视神话,至2014年年底重播次数超过3,000次[②]。仅仅十年之后,又有两部《西游记》电视剧先后播出:2010年,由程力栋担任导演的浙版《西游记》(52集)播出;2011年,由张纪中担任总制片人、张建亚担任导演的电视剧《西游记》(有60集上星版和66集地方版两个版本)——简称"张版《西游记》"——播出,近年来,又有与《西游

① 央视版《西游记》还通常被称为"86版《西游记》",但事实上,央视版《西游记》并非是在1986年一年内播出的:1982年国庆期间就播出了试播集《除妖乌鸡国》(后又重拍),1984年2月播出了《计收猪八戒》和《三打白骨精》两集,1986年春节期间播出了前11集,1988年2月前25集全部播出,2000年1月底播出了续集(央视版15集,上星版16集)。

② 《西游记》重播3000多次:已申报吉尼斯纪录[EB/OL].(2014-11-05)[2015-01-11]. http://news.qq.com/a/20141115/028360.htm.

记》相关的三部电影——《西游降魔篇》(2013)、《西游记之大闹天宫》(2014)、《西游记之大圣归来》(2015)公映,为《西游记》的改编提供了多种多样的道路。

在由《西游记》改编而成的电视剧作品中,央视版《西游记》无疑满足了20世纪八九十年代大部分观众对于魔幻世界的想象,获得的正面评价很多,甚至常被加上"经典"的桂冠;而张版《西游记》自筹拍伊始便饱受争议,播出时是"鲜花与板砖齐飞",呈现出两极分化的评论状态。就特效而言,投入巨资的张版《西游记》相较央视版有了长足的进步,腾讯视频、PPTV 等关于这版西游记的介绍都有"中国版《指环王》"的描述,但也有观众不买账,甚至认为还不如央视版的总体效果;就人物造型而言,张版《西游记》同样作出了不小的改动,有的观众惊喜地发现了新意,但也有观众惊呼"天雷滚滚"。

综观张版《西游记》,其在改编尺度上的开放或许背离了一部分观众对《西游记》的想象,但其最大的突破恰在于对既有人物形象的丰满、超越甚至颠覆,以及对《西游记》主旨要义的丰富与解读。本章将对此进行具体分析,希望能对文学名著的多次电视剧改编提供经验与教训。

一、原作的可改编基础

中国的古典名著,尤其是"四大名著"是影视作品汲取灵感和资源的一大宝库,20 世纪八九十年代,"四大名著"被拍成了电视剧,在全国范围内引起了较大反响。1986 年的电视剧《西游记》、1987 年的电视剧《红楼梦》、1994 年的电视剧《三国演义》和 1998 年的电视剧《水浒传》是许多观众心中的经典之作。古典小说《西游记》有着新奇的故事内容和极高的群众接受度,很自然地成为影视化改编的重地。《西游记》作为经典名著之一,其文本深度可供不同时代的后人不断地改编和诠释。

但是,受"先入为主"的审美定势影响,观众会非常自然地将新改编的版本与央视版《西游记》做对比,怀旧情绪促使观众用挑剔的眼光审视前者。央视版《西游记》曾深刻地影响了许多观众对《西游记》的评价。但是,如今看来,它的不足之处也非常明显:虽然保留了原版本的主要情节和人物设定,呈现了清晰的故事情节,但把原文中的大量的佛经褐语、晦涩的对白全部删除,人物僵化,内涵不足。将《西游记》的故事简单化、低龄化地处理成“见魔杀魔”“见妖降妖”的儿童故事,并没有试图探寻原著《西游记》中更为深刻的主旨要义,虽以极佳的通俗性和娱乐性得到了广大观众的认可,但却弱化了对“西游”中文化、宗教层面的解读。

另外,由于在央视版《西游记》中,六小龄童、马德华等表演艺术家刻画的孙悟空、猪八戒等人物形象过于深入人心,也给后续版本在表演风格和拍摄手法上进行突破创新造成了一定的困难。

二、改编中需要重点解决的问题

(一)央视版《西游记》先入为主,深入人心

俗语道:“衣不如新,人不如故”。20世纪80年代的央视版《西游记》是许多观众心中难以磨灭的经典之作,它作为“文艺甘霖”浇灌了当时精神领域相对贫瘠的中国大众的心灵。但是,戏曲化、舞台化的人物形象和表演程式,对《西游记》原著简单低龄化的主旨解读亦是央视版《西游记》的显著特点,这也是它的局限之处。

电视剧是一种极具通俗性和娱乐性的大众文化艺术样式,如果张版《西游记》想在创作风格上进行突破,必然要直面部分观众的“怀旧抵触”。

(二)原小说的主旨存在多种解读,需要选择

《西游记》的写作主旨与根本要义,多年来众说纷纭,可谓仁者见仁,智者见智。不同时代的人对《西游记》的意义阐释有着较大的差异。

“游戏说”认为,《西游记》是一本为了滑稽搞笑而写作的神话小说,除了游戏,并没有什么太深的寓意,但在幽默诙谐中又偶尔透露出对人世间冷峻的见解;“宗教说”认为《西游记》讲的是“佛道并重”抑或是“以佛证道”“扬佛抑道”;“炼丹说”认为《西游记》讲的是道士的炼丹秘籍;除此以外,还有“修心说”“成功学说”“讽刺揭露说”“人民斗争说”“惩恶扬善说”等说法。和《红楼梦》一样,《西游记》经过广大读者、专家学者的深入细致解读之后,其内容绽放出万花筒一般的色彩,主旨的丰富宏大亦可见一斑。

如何打破以往观众对《西游记》产生的刻板印象，如何将学者的专业解读与大众艺术巧妙融合，如何在《西游记》的众多主旨中确定一个最终主旨，是《西游记》影视改编要面对的重要问题。

三、重要改编分析

（一）主要人物与人物形象的变化

1. 确立了唐僧“灵魂人物”的主体地位

无论是在《西游记》原著还是在央视版《西游记》中，唐僧的形象都因“无能”“懦弱”而显得模糊和平面，有时甚至在修禅方面的能力尚不及徒弟。如《西游记》原著第三十二回《平顶山功曹传信，莲花洞木母逢灾》：

> 师徒们正行赏间，又见一山挡路。唐僧道：“徒弟们仔细，前遇山高，恐有虎狼阻挡。”行者道：“师父，出家人莫说在家话。你记得那乌巢和尚的《心经》云‘心无挂碍，无挂碍，方无恐怖，远离颠倒梦想’之言？但只是‘扫除心上垢，洗净耳边尘。不受苦中苦，难为人上人。’你莫生忧虑，但有老孙，就是塌下天来，可保无事。怕什么虎狼！”长老勒回马道：“我当年奉旨出长安，只忆西来拜佛颜。舍利国中金象彩，浮屠塔里玉毫斑。寻穷天下无名水，历遍人间不到山。逐逐烟波重迭迭，几时能彀此身闲？”
>
> 行者闻说，笑呵呵道：“师要身闲，有何难事？若功成之后，万缘都罢，诸法皆空。那时节，自然而然，却不是身闲也？”长老闻言，只得乐以忘忧。①

唐僧尚需孙悟空来开导“出家人莫说在家话”，这实在难以不使人心生疑窦：这三人为何要护送这样一位长老去西天取经呢？这是《西游记》写作的漏洞？还是另有深意？这些问题难以有准确的答案，但对于《西游记》的电视剧改编来说，却是必须要面对的问题。因为这关系到剧情逻辑的合理

---

① 吴承恩. 西游记[M]. 2 版. 北京：人民文学出版社，1980：383.

化、人物形象的塑造以及电视剧《西游记》整体意义的提升。

张版《西游记》对唐僧的形象进行了重新改编,确立了其在取经团队乃至整部电视剧中"灵魂人物"的主体地位。

张版《西游记》中唐僧的扮演者聂远一改之前唐僧"粉面儒雅""胆小懦弱"的外在形象,变得黑瘦精壮,更像一个经历了长途跋涉、时常风餐露宿的行脚僧;在取经的恒心方面,张版的唐僧意志坚定,一心向西,从来没有出现过动摇、后悔或是原著中想要"日后身闲"的想法;在修行悟道方面,张版的唐僧体现了真正的佛性,无论是对人还是对妖怪都怀有一颗大慈悲的心,经常对徒弟甚至是抓走自己的妖怪进行劝善教育,抛却生死、毫不畏惧,成为取经队伍中十足的精神领袖。

可以说,张版《西游记》中唐僧形象的改变是值得关注的,因为较于旧版,他不仅更加贴近历史人物唐玄奘的外形、精神品格,也更加接近"我佛慈悲"的奥义。例如在"三打白骨精"的小故事中,张版唐僧不再是愚昧的"老好人",不分青红皂白便逐走悟空,即便在知道尸魔(白骨精)的真实身份之后,他也依旧对其悲悯有怀,并对悟空始终难以放下恶念感到遗憾,迫不得已用驱逐的方式来惩罚大徒弟,希望他能真正悟道。

> 唐僧:"悟空,我们师徒历尽坎坷、斩妖除魔,为的就是到西天取得真经,可如果没有一颗悲悯的心,取到真经又有何用呢?你纵然可以看得出妖魔,更可以斩杀妖魔,可是要救赎他们,却不是一件容易的事,人与妖在呼吸之间,善与恶在一念之间,你不明白,你走吧。"

在央视版《西游记》中,唐僧与悟空之间只有简单的误会;在张版《西游记》里,唐僧与孙悟空的根本分歧则在于价值观不同。唐僧形象的转变使张版《西游记》具有了不一样的内涵:央视版《西游记》精于表演和打斗,将重心放在一路"斩妖除魔"上,整体上更像是拍给儿童看的神话故事;张版《西游记》尽管特效有时略显粗糙,但却清晰地突出了真正的佛门修行不是"暴力压制暴力"而是"以慈悲为怀"的主旨,在意境上更为高远。

2. 强调了孙悟空修心成佛的过程与转变

在原著《西游记》中,孙悟空无疑是最重要的主角,因此还有整部《西游记》实际上是孙悟空一个人修心过程的“修心说”：唐僧乃悟空之佛念，每当唐僧“心不平”即“妖魔生”，除尽心中妖魔，悟空方成正果。按照这种说法，吴承恩是用了隐喻的手法，写尽悟空成佛之路的艰难。改编电视剧，则应当外化这种隐喻，突出孙悟空的修心过程，而非一味地刻画其与妖魔的缠斗混战。

在张版《西游记》中，孙悟空的逐步转变过程也被清晰化了：从最初的好斗嗜杀、妖性十足、难以驯服到最后的真心礼佛，悟空在唐僧、观音、如来的长期教诲下终于消灭二心，达到了“悟空”的境界。

如果不对“三打白骨精”的故事内涵加以改动，便难有契机切入唐僧对孙悟空的教育；如果不对“真假美猴王”的故事进行深度阐释，一部分观众或许难以理解其中隐含的深意，便也不会留意到悟空内心的斗争和转变。在这一点上，张版《西游记》做得更好。

3. 对其他人物更为丰满的刻画

张版《西游记》的改编做得较为突出的一点还在于对其他人物形象更为丰满的刻画，在这一点上，甚至补足了原著留给读者的想象空间。央视版《西游记》中的人物都比较平面和脸谱化，缺乏个人特色和人伦情感。张版《西游记》里出场的神仙和妖怪们则显得富有新意。如二郎神、观音、白骨精、奎木狼、百花羞、女儿国国王、白鼠精等。

孙悟空大闹天宫之际，观世音向天庭举荐二郎神来降服孙悟空。在原著中，二郎神和孙悟空的这段比试非常精彩，无论是口锋、打斗还是心理的对战都极为好看。央视版《西游记》囿于技术水平，使得这段比试带有了舞台剧和戏曲的程式化表演特点，二郎神的形象单一而平面。在张版《西游记》中，二郎神的形象特点得到了相当大的丰富，而且经改动之后更加符合原著的精神。

张版《西游记》中的二郎神对孙悟空抱有的情感是“惺惺相惜”，对天庭采取的态度则是“不卑不亢”，他甚至在孙悟空被太上老君用金刚琢砸中后，生气地喊出“唇亡齿寒”的心声。二郎神在孙悟空被天庭拷打的时候为他担忧，见他无事之后又心中窃喜，孙悟空被送进八卦炉后，他还不忘专程去告知“巽位有风”。

张版《西游记》中二郎神的所作所为不是毫无根据的,而是对原著都尚未写出来的内容进行的大胆想象:二郎神不住在天庭,而是偏居灌江口,拥兵自重,又与玉帝有旧时恩怨,他和玉帝的关系应当是十分微妙的。另外,从他斧劈桃山救母的经历看,他对孙悟空大闹天宫所持的态度也不可能是完全反对的,甚至有可能在暗自激赏。

因此,叛逆的孙悟空被镇压,二郎神对其怀有同情乃至伸出援手都属于合情合理的推测,张版《西游记》中二郎神的形象令人耳目一新。

除二郎神以外,张版《西游记》还对观音"有百相"的特点进行了演绎,拓展了奎木狼和百花羞的爱情故事,多维度地刻画了白骨精、女儿国女王、白鼠精各自的性格,塑造出了一群有个性、有情感温度的神仙或妖怪,这也是《西游记》改编的一大突破。

4. 打破了"善恶绝对"的观念

在人们的传统观念中,《西游记》中的神仙是绝对正派的,妖怪是绝对阴险的;主角是绝对善良的,反派则是绝对凶恶的。这种"善恶绝对"的观念在今日显然早已不能适用,况且原著《西游记》对仙、妖两派的刻画采用的也是隐晦的笔法,并未直言孰善孰恶。

张版《西游记》勇敢地尝试突破这种传统的观念,多次批判仙界和佛界所作的恶。

奎木狼和百花羞原是天庭的神仙,因产生爱情而思凡下界,最后他们受到了天庭严厉的惩罚。张版《西游记》细腻地刻画了两人之间令人感动的爱情,天庭反而成为拆散者,这不由地使人深思"神性与人性的抉择"这一复杂问题。

因被乌鸡国国王在河水中浸泡了三天三夜,佛便将其浸在水中长达三年,令青毛狮子篡夺了他的王位,这样的"睚眦必报"又是否有违佛的慈悲心?观音所养的金鱼化作金鱼精下界吃掉了许多童男童女,最后观音现身收了妖精,百姓对菩萨感恩戴德,但观音是不是也应该落一个"管教不严"的罪名?狮驼国三怪同样在人间造孽甚多,但最后却能回到"护短"的神佛的背后去。

如此这般,原著《西游记》的种种隐笔给读者留下了许多疑问,如果在改编中对此类疑点全都避而不谈,那么就会失去改编创作者给出自己对于原著的思考这一意义。

张版《西游记》对此没有避讳,而是借孙悟空之口,经常对仙佛两界的护短和不当行为进行直接批评,时常口吐真言的悟空代表了一种朴素的是非观念,既叛逆又正直的悟空形象显得非常可爱。

（二）在阐释、挖掘原著精神上的变化

1. 对现实黑暗、官僚主义进行讽刺

一直以来,《西游记》也被看作是讽刺世情的小说,但原著的讽刺意味较含蓄,隐藏在字里行间。张版《西游记》同样抓住了《西游记》小说的这一精神,着力渲染了天庭中的官僚风气。

在剧中,孙悟空的魂魄被黑白无常勾进幽冥界之时,黑白无常竟然向孙悟空索要贿赂,声称有了贿赂便能饶他一命,致使孙悟空对幽冥界的贪污腐败感到愤怒不已。

同样,悟空大闹天宫之后,众神仙被玉帝派出捉拿悟空,但众神却相互推让,不愿意率先上前吃亏。是故,十万天兵败给孙悟空的另一个原因在这里得到了体现:受天禄的神仙并不愿意真正为朝廷卖力,以至于如一盘散沙,不堪一击。

在取经的路上,老君的坐骑青牛怪用金刚琢使得众神仙全部铩羽而归,并最终使孙悟空发出“最厉害的武器原来是圈子(紧箍咒和金刚琢)”“原来都是圈子,圈子圈了自家人”这样的感慨。

以上是原小说和央视版《西游记》都没有的内容,张版《西游记》继承了原著的讽刺精神,批判了现实黑暗和官僚风气,对当今社会亦同样有警示意义。

2. 对佛旨深意进行解读

经典名著都有其深意,《西游记》也并不只关乎“打怪升级”,其中还蕴含了许多佛教的理论,可以升华到哲思的范畴。

如原著《西游记》第十四回是“心猿归正,六贼无踪”;第五十八回是“二心搅乱大乾坤,一体难修真寂灭”。章回的名字隐藏了孙悟空修行的过程——灭六意、收二心。在故事里,六意外化成六个贼人,二心外化成六耳猕猴,悟空与他们斗争的过程也是他炼心的过程。

这种深意在原著中只是用隐笔写就,如不点出,观众可能并不会留意到。张版《西游记》侧重对佛旨的解读,将其外化成故事来表现,并用台词对其进行解释。这在拓展原著内容,挖掘原著深意,进一步阐释《西游记》内涵方面有一定的意义。

(三)人物造型、台词风格的变化

1. 富有新意与深意的人物造型

张版《西游记》刚刚播出之时,许多观众都表示接受不了人物的造型。和六小龄童饰演的"美猴王"相比,吴樾扮演的孙悟空确实少了几分俊俏,猪八戒的形象则更是让观众直呼"丑"。

客观地说,每个改编版本在人物造型、人物性格、表演方式上都应有其特点。即使达不到锐意创新,也至少不能与前人雷同。比如,新版《红楼梦》中林黛玉的外形虽饱受诟病,却也抓住了黛玉"青春""活泼"等侧面,与87版《红楼梦》的林黛玉形象有所区别,没有落入前人的窠臼。

以孙悟空为例,六小龄童饰演的悟空面部表情生动灵活,一双美目炯炯有神,从石头中蹦出时活泼而灵巧,以"美猴王"的形象俘获了大批观众的心。张版《西游记》里的孙悟空首先在视觉上就令许多观众难以接受:通体无毛,光溜溜、白生生的外形甚至让某些观众联想到了外星人和伏地魔。还有的观众想不明白,为什么这样的孙悟空"吃了一口桃子后,竟生出毛了"。

这种设置与张版《西游记》的创作人员对孙悟空的理解分不开:孙悟空出生之时是石猴,不通人性,因而无毛;接触了人间空气和饮食水土之后,才变得和众猴一样,才开始有了情感和欲望。不得不承认,这样的形象设计是有新意和深意的。

2. 幽默前卫的台词风格

张版《西游记》的台词风格也与央视版《西游记》的台词风格有所不同,前者融入了许多现代词汇,整体显得轻松幽默,颇具逗趣的效果。比如,"三打白骨精"时孙悟空的台词:

他们拿弓箭射我们，他们拿毒药毒我们，他们把我们抓起来以后煎炒烹炸。最可恨的是，还拿我们的脑子当下酒菜呀！下网下扣地把我们活捉了去，叫我们翻跟头，竖蜻蜓，拿我们玩耍呀！（张版《西游记》第十五集）

“这不正是当下捕猴子、食猴脑、当杂耍的真实写照吗？观众在笑过之后，还会很自然地联想到当下动物保护这一时代主题。”①

不仅孙悟空、猪八戒更幽默了，连沙僧也“早已不是二十年前的‘四句半’，如今他敢在死到临头的时候跟刽子手逗闷子，他敢调侃猪八戒说话不照镜子，甚至敢在身边这两个大刺头——八戒、悟空——互殴的时候挺身而出主持公道：‘这人参果是大师兄偷的，多吃一个怎么了？’”②至于其他角色如四大天王的碎嘴、如意真仙称呼悟空为“老弼”等，也都走幽默轻松的路子。

当然，这些改变在有些观众看来还是太“雷”了，张纪中对此解释道：“我们这一版就是拍给年轻人看的，毕竟《西游记》需要通过他们这一代人传承下去，让他们有兴趣看、看得懂是最重要的。台词应该与时俱进，用时代语言说名著故事，经典才能世代传承。”③以娱乐化的方式拍摄古典名著，也是张版《西游记》在风格上的一大突破。娱乐化的方式能让观众轻松观看，便于欣赏，从整体来看，张版《西游记》的娱乐类型属于轻松幽默而不是低级趣味。

四、小结

长久以来，《西游记》以其独特的奇幻魅力吸引着不同时代的创作者对其进行改编翻拍。无论是传统的“忠于原著，慎于翻新”的央视版电视剧《西游记》，还是以娱乐甚至局部颠覆的方式改编的张纪中版《西游记》，都代表

---

① 林荣钦，范鹏南. 论《西游记》影视改编的合理性因素[J]. 重庆科技学院学报(社会科学版)，2012(20)：146－148.

② 《新西游记》十大爆笑台词[EB/OL]. (2012－02－21)[2013－11－05]. http://www.iqiyi.com/dianshiju/jjdph33.html.

③ 经典语录成网络流行语　新《西游记》受8090追捧[EB/OL]. (2012－02－29)[2012－11－15]. http://yule.sohu.com/20120229/n336277141.shtml.

了不同时期的创作心态以及对《西游记》文化内涵的解读。与之前的版本相比,张版《西游记》的表现风格迥然不同:除了特效上的精良制作外,它几乎重新演绎了"西游"的人物,以一种新型的视角诠释了唐僧、孙悟空、二郎神等人物形象,加入了创作者自身对《西游记》的理解,颇有新意。

这个案例提示我们,对文学名著的多次改编而非首次改编有更大的困难,尤其当首次改编或前期改编作品相对忠于原著时,后面的改编如果继续按忠于原著的方式进行改编,则很难出新,观众并不买账(李少红版《红楼梦》可谓典型);如果相对超越原著另辟蹊径,则容易触发观众先入为主的心理,观众同样不易买账;但两者相权,可能相对超越原著的方式更为可取——如果艺术处理得当,与时俱进适宜,会形成新的经典,令观众产生别样的审美体验。在这个方面,张版《西游记》并非尽善尽美,但在一定程度上作出了榜样,值得肯定。

原作：《史记·赵世家》（司马迁）
改编作品1：《赵氏孤儿》（杂剧，纪君祥）
改编作品2：《中国孤儿》（诗剧，伏尔泰）
改编作品3：《赵氏孤儿》（电影，124分钟，2010年12月4日首映）
导演：陈凯歌
编剧：陈凯歌
主演：葛优、王学圻、黄晓明、范冰冰、海清等

改编作品4：《赵氏孤儿案》（电视剧，41集，2013年3月17日首播）
导演：阎建钢
编剧：陈文贵
主演：吴秀波、应采儿、孙淳、王雨
获奖：2013年第19届上海电视节白玉兰奖最佳电视剧奖、最佳编剧奖，2014年第27届中国电视金鹰奖优秀电视剧奖，2015年第30届电视剧飞天奖优秀电视剧奖提名

第十六章　赵氏孤儿：从历史记载到戏剧、电影、电视剧

有关赵氏孤儿的历史记载最早见于《左传》，到司马迁《史记·赵世家》，刘向《新序》《说苑》才有详细记载。程婴与公孙杵臼舍子、舍名、舍命义救赵氏孤儿的悲剧故事涉及家国忠义、两代恩仇、复杂人性，在后代流传甚广，元杂剧《赵氏孤儿》借助戏曲艺术的魅力使相关故事的流传更为广泛和久远。1755年，法国文豪伏尔泰将其改编为《中国孤儿》在法国巴黎公演。在中

国,也有一系列关于赵氏孤儿的改编作品,名字不完全相同,戏曲有京剧版、曲剧版等多种版本,话剧有林兆华版、田沁鑫版,电影有由著名导演陈凯歌执导的《赵氏孤儿》(2010),电视剧有著名导演阎建钢执导的《赵氏孤儿案》(2013 年,41 集)。不同版本的社会影响不尽相同,本章主要对元杂剧版、电影版及电视剧版进行分析,其中两部影视大制作均在社会上引起了广泛争议,票房或收视率均不够理想,值得深入研究。

一、原作的可改编基础

(一)历史记载

《赵氏孤儿》的故事来源于《左传》和《史记》等的相关历史记载,关于其真实性在史学界并无定论。

《左传·宣公二年》主要记载晋灵公与其大臣赵盾之间的冲突,除赵盾家族诸人外,还出现了鉏麑、提弥明、灵辄、董狐、韩厥等人,提及鉏麑奉命刺盾但自杀、提弥明与灵辄救盾、董狐秉笔直书、韩厥劝景公再立赵孤等情节,但并无搜孤、救孤等情节。

《史记》中有多处记载赵孤之事,《史记·晋世家》相关内容与《左传》记载的基本一致。《史记·赵世家》则进一步发展,出现了屠岸贾、程婴、公孙杵臼等人,增加了赵盾与屠岸贾两家的仇杀以及搜孤、救孤的故事,情节复杂曲折。有些人认为这些记载不可信①,果如此,则《史记·赵世家》可视为有关赵氏孤儿的第一个文学改编版本。

《史记·赵世家》赵氏孤儿段落摘录如下:

> 赵朔妻,成公姊,有遗腹,走公宫匿。赵朔客曰公孙杵臼,杵臼谓朔友人程婴曰:"胡不死?"程婴曰:"朔之妇有遗腹,若幸而男,吾奉之;即女也,吾徐死耳。"居无何,而朔妇免身,生男,屠岸贾闻之,索于宫中。夫人置儿袴中,祝曰:"赵宗灭乎,若号;即不灭,若无

① 杨伯峻:"《史记·赵世家》记载赵氏被灭与赵武复立,全采战国传说,与《左传》《国语》不相同,不足为信史"。见杨伯峻《春秋左传注》鲁成公八年(前 583)条。又,清梁玉绳《史记志疑》卷二三晋景公三年条亦认为,此事"妄诞不可信,而所谓屠岸贾、程婴、杵臼,恐亦无此人也"云云。

声。”及索，儿竟无声。已脱，程婴谓公孙杵臼曰：“今一索不得，后必且复索之，奈何？”公孙杵臼曰：“立与死孰难？”程婴曰：“死易，立孤难耳。”公孙杵臼曰：“赵氏先君遇子厚，子强为其难者，吾为其易者，请先死。”乃二人谋取他人婴儿负之，衣以文葆，匿山中。程婴出，谬谓诸将军曰：“婴不肖，不能立赵孤。谁能与我千金，吾告赵氏孤处。”诸将皆喜，许之，发师随程婴攻公孙杵臼。杵臼谬曰：“小人哉程婴！昔下宫之难不能死，与我谋匿赵氏孤儿，今又卖我。纵不能立，而忍卖之乎！”抱儿呼曰：“天乎天乎！赵氏孤儿何罪？请活之，独杀杵臼可也。”诸将不许，遂杀杵臼与孤儿。诸将以为赵氏孤儿良已死，皆喜。然赵氏真孤乃反在，程婴卒与俱匿山中。

居十五年，晋景公疾，卜之，大业之后不遂者为祟。景公问韩厥，厥知赵孤在，乃曰：“大业之后在晋绝祀者，其赵氏乎？夫自中衍者皆嬴姓也。中衍人面鸟噣，降佐殷帝大戊，及周天子，皆有明德。下及幽厉无道，而叔带去周适晋，事先君文侯，至于成公，世有立功，未尝绝祀。今吾君独灭赵宗，国人哀之，故见龟策。唯君图之。”景公问：“赵尚有后子孙乎？”韩厥具以实告。于是景公乃至韩厥谋立赵孤儿，召而匿之宫中。诸将入问疾，景公因韩厥之众以胁诸将而见赵孤。赵孤名曰武。诸将不得已，乃曰：“昔下宫之难，屠岸贾为之，矫以君命，并命群臣。非然，孰敢作难！微君之疾，群臣固且请立赵后。今君有命，群臣之愿也。”于是召赵武、程婴遍拜诸将，遂反与程婴、赵武攻屠岸贾，灭其族。复与赵武田邑如故。

及赵武冠，为成人，程婴乃辞诸大夫，谓赵武曰：“昔下宫之难，皆能死。我非不能死，我思立赵氏之后。今赵武既立，为成人，复故位，我将下报赵宣孟与公孙杵臼。”赵武啼泣顿首固请，曰：“武愿苦筋骨以报子至死，而子忍去我死乎！”程婴曰：“不可。彼以我为能成事，故先我死；今我不报，是以我事为不成。”遂自杀。赵武服齐衰三年，为之祭邑，春秋祠之，世世勿绝。

需要注意的是，在《史记·赵世家》中，程婴告发的假赵孤并非他自己的亲生儿子，而是他与公孙杵臼寻找的“他人婴儿”。

此外,在《论衡》《新序》《说苑》《东周列国志》中也有关于赵氏孤儿的记载或敷衍。

(二)改编基础

对于元杂剧《赵氏孤儿》来说,其改编基础即《左传》《史记》《国语》等书中的相关记载(《东周列国志》在后),相比之下,《史记·赵世家》是篇幅最全、戏剧性最强的原始记载,搜孤、救孤一场戏曲折跌宕,程婴、公孙杵臼两个人物性格鲜明,整个故事悲壮感人、有始有终,具有改编为戏剧的良好基础。

二、改编中需要重点解决的问题

(一)"谋取他人婴儿"不可取,影响到价值观与英雄形象

《史记·赵世家》中程婴和公孙杵臼是"谋取他人婴儿"代替赵孤死难的,用"他人婴儿"作为替罪羊严重影响到程婴与公孙杵臼两个人的英雄形象与悲壮之举,价值观错误。

(二)程婴与赵孤复仇皆靠外力,缺乏主动性与戏剧性

在《史记·赵世家》中,程婴在深山中含辛茹苦15年抚养赵孤成人,并未有任何复仇举动。只是因为晋景公有病,韩厥借机陈说真相,赵孤即被景公秘接入宫,会群臣,群臣遵景公命助赵孤、程婴灭屠岸贾满族。在这样的情节中,赵孤复仇缺乏主动性,亦缺乏戏剧性。

(三)程婴于赵孤成功复仇5年后自杀,悲壮但不圆满

在《史记·赵世家》中,程婴等赵孤成功复仇5年后自杀,以追随公孙杵臼于地下,赵孤苦劝不成。程婴之行固然可敬,但与善有善报的大众欣赏心理有距离,与赵孤复仇的主体剧情也有距离。

(四)程妻缺席,不符当代情理

在《史记·赵世家》中,被牺牲的程子的母亲、程婴的妻子并未出场。这

在当时男尊女卑的历史环境中可以理解，但无法说服当代普遍持男女平等观念的观众。因此，程妻的线索有待补充、强化。

从古至今，以赵氏孤儿为题材的改编作品很多，此处主要依次介绍以下4个版本：元杂剧《赵氏孤儿》、伏尔泰剧本《中国孤儿》、电影《赵氏孤儿》、电视剧《赵氏孤儿案》。无论是哪个版本，在出品的时代都属于面向大众的商业性叙事作品，因而在最大可能地满足主流观众欣赏需求以追求最大商业价值的初衷上是一致的。其不同之处在于如何满足不同社会背景下的不同主流观众的欣赏需求。

三、杂剧《赵氏孤儿》的重要改编分析

（一）时代背景与主题立意的变化

宋朝皇族赵氏自认为是春秋时晋国赵氏之后，加封拯救赵氏孤儿而做出牺牲的程婴、公孙杵臼等人为"忠臣义士"，并立庙予以祭拜。北宋末年，宋徽宗、宋钦宗被金人掳至北方后，"救赵孤""存赵孤"就成为南宋军民抵抗侵略的一种精神力量。当南宋处于风雨飘摇中，"救赵孤""存赵孤"更是成了鲜明的政治口号。元朝代宋之后，"救赵孤""存赵孤"的社会心理仍然存在，程婴与公孙杵臼仍然是受到大力歌颂的英雄。

有人认为把元杂剧《赵氏孤儿》与"反元复宋"联系起来"似未免过于敏感"，因为"元人写杂剧只为娱人娱情，绝不当作政治武器"①。但这种说法也似乎过于绝对。

（二）主要人物与关键情节的变化

1. 屠岸贾欲杀光半岁婴儿：更坏更恶，增强反面压力

在《史记·赵世家》中，屠岸贾虽坏，只是欲杀赵氏遗孤而已，程婴和公孙杵臼为了防止屠岸贾继续追查下去，就定下了李代桃僵、牺牲两人（他人子与公孙杵臼）的苦肉计，戏剧性稍弱。但在元杂剧《赵氏孤儿》中，屠岸贾

---

① 史良昭. 导读[M]//纪君祥，等. 赵氏孤儿. 上海：上海古籍出版社，2010：3.

变得更坏更恶:“我如今不免诈传灵公的命,把晋国内但是半岁之下,一月之上,新添的小厮,都与我拘刷将来,见一个剁三剑。其中必然有赵氏孤儿,可不除了我这腹心之害?”[①]这个改动,不仅增强了戏剧性,而且增强了程婴与公孙杵臼舍子、舍命、舍名等英雄壮举的必要性。

2. 舍子救孤:从谋取他人婴儿到主动舍子

如前所述,《史记·赵世家》中程婴与公孙杵臼谋取他人婴儿代赵孤死难之举存在严重问题,但这个情节又是剧情发展的关键,缺之则逊色。从逻辑上考虑,如果一定要保留舍子救孤这个情节,将他人婴儿换作程婴或公孙杵臼自己的儿子可在一定程度上解决问题并强化戏剧性。相比之下,将婴儿设计为程婴的儿子,戏剧冲突将更为激烈。事实上,元杂剧《赵氏孤儿》就是这样做的。

在元杂剧中,为了救赵孤和众多无辜幼儿,程婴主动牺牲了自己的儿子,并且“出首”告密,还亲自杖打自己的同盟者公孙杵臼,甚至亲眼看着屠岸贾将自己的亲生儿子剁为三截,而自己只能“心似热油浇,泪珠儿不敢对人抛。背地里揾了,没来由割舍的亲生骨肉吃三刀”[②]。接下来,他忍着丧子之巨痛,背负着卖友求荣之骂名,还要向仇人献媚,可以说这是一种比牺牲生命更痛苦的考验。但是,为了救孤,为了一种正义或信念,他坚毅而远谋,最终经受住了非常人所能经受的考验。正是舍子救孤的行为突显了程婴坚守道义、勇于牺牲自己的高风亮节,让他的形象作为“忠义”的文化符号存在于人们的心中。

应该说,纪君祥将他人之子改为程婴自己的孩子,是一个极其重要的情节改动,极大地增加了作品的戏剧性,强化了程婴的英雄形象(牺牲他人孩子绝非英雄之举)。从元杂剧开始,“舍子救孤”的情节就是整个故事的高潮,也是故事价值取向的重要承载。

在当时的历史环境和价值场域中,程婴、公孙杵臼乃至韩厥为了忠义而牺牲亲人、牺牲自我生命的行为也许是值得称颂的;以现代的人文眼光来

---

① 纪君祥,等. 赵氏孤儿[M]. 上海:上海古籍出版社,2010:19.

② 纪君祥,等. 赵氏孤儿[M]. 上海:上海古籍出版社,2010:28. 引者按:这段唱词是公孙杵臼的(前有“见程婴”三字),描绘公孙眼中的程婴。

看,公孙杵臼等人为了忠义而自我牺牲固然值得尊敬,但程婴牺牲自己孩子的性命去搭救另一个孩子,则显得过于残忍。于是,如何处理元杂剧中"主动献子"这一核心情节,便成为此后作品再改编时的一大挑战。

3. 程赵复仇:由被动等待到主动复仇

如前所述,《史记·赵世家》中赵孤与程婴的复仇缺乏主动性和戏剧性,改编时要想增加戏剧性,需增加赵孤与程婴在复仇中的主动性。鉴于赵孤弱小,只有程婴能够主动复仇。从逻辑上考虑,在不增加帮手的情况下,程婴要想同时抚养孤儿并且向屠岸贾复仇,但又不能暴露身份且不能在短时间内复仇成功(须等待赵孤长大成人后亲自复仇),困难极大。比如,可写程婴多次秘密刺杀屠岸贾不成而被追捕,带赵孤东躲西藏屡遭风险,但这其中仍然缺乏赵孤的充分参与。为了进一步增强人物关系以增加戏剧性,在人物表演空间受限明显的戏曲舞台上,令程婴、赵孤与屠岸贾同处一室、韬光养晦徐图复仇成为剧情发展的选择,屠岸贾纳程婴为门客、认赵孤为义子顺理成章地让三人同处一室,也唯有如此,才能在赵孤复仇的结局前埋下最大的伏笔与悬念,增强戏剧性。事实上,元杂剧《赵氏孤儿》也是这样做的。

古代社会以血亲关系作为联结社会的纽带,在"有仇必报"的文化逻辑中,"君子报仇,十年不晚",为曾经受到侵害的族人复仇是子孙应尽的孝道,是一种义务。元杂剧《赵氏孤儿》亦选取为血亲复仇的方式来表现其惩恶扬善的主题。屠岸贾陷害赵朔,致使赵氏一族惨遭灭门,唯一留存的血脉赵孤在知晓自己的身世后,便立刻为赵氏报仇,"把奸贼全家杀尽",让冤情得以昭雪。

不过,屠岸贾认赵孤为义子的情节设置是柄双刃剑,一方面强化了人物关系、增强了戏剧性,另一方面也为赵孤复仇杀死屠岸贾添加了感情障碍,毕竟屠岸贾于赵孤多了层养育之恩。

4. 程婴结局:由自杀到存活

如前所述,《史记·赵世家》中程婴之死固然可敬,但与剧情发展主线和大众接受心理不尽一致,因此,无论是从剧本的结构统一考虑,还是从大众的心理接受考虑,或将程婴之死删去,或把时间提前在赵孤成功复仇的同时。当然,程婴也可以有别的死亡方式,甚至赵孤也可以在复仇时死去(这样就与西方的悲剧结局近似了)。最终,杂剧《赵氏孤儿》简便有效地选择删除程婴自杀的情节,并且由国君赐给程婴“十顷田庄”,善有善报,皆大欢喜。

5. 其他人物与情节的改变

《史记·赵世家》并未提及赵孤母亲是生是死,但在元杂剧《赵氏孤儿》中,赵孤的母亲为避免走漏消息而自杀,进一步曾强了戏剧性。

在《史记·赵世家》中,韩厥在屠岸贾攻打赵府前给赵朔送信劝其快逃,赵朔不肯,但请韩厥帮忙“不绝赵祀”,则虽死无恨。韩厥虽然答应,只是“称疾不出”,并未参与救孤事件,仅在赵孤长大之后向景公陈情获允。在元杂剧《赵氏孤儿》中,韩厥虽然同情赵家,但身为屠岸贾的属下,奉命把守宫门防止赵孤逃出,最终出于义气放程婴带孤儿逃走,并自杀身亡。元杂剧的这种改编方式,进一步增加了人物关系的复杂性和剧情发展的曲折性,加强了作品的悲剧氛围,值得充分肯定。

在《史记·赵世家》中,程妻是缺席的。在元杂剧《赵氏孤儿》中,程妻依然是缺席的。严格来说,程妻的这种“缺席”不是完全的不在场,而是作为潜在人物隐藏在剧本之后:“念程婴年近四旬有五,所生一子,未经满月。”①形式上的“缺席”,恰恰表现出意义上的“在场”。程婴之妻在元杂剧中的缺席是以男尊女卑的历史文化的长久在场为前提的。作为潜在的程婴独子的母亲,程婴之妻对自己孩子的生死命运没有抉择或言说的权利。

应该说,程妻的缺席是一种遗憾。如果元杂剧能够加上程妻这个人物及其反对之举,既合乎情理,又可进一步强化剧情,扩大戏剧张力。当然,加上程妻,故事可能会被拉长,还可能影响到程婴的正面英雄形象(提醒观众关注程婴不人性的一面),也许正是基于这些考虑,纪君祥仍然保持了程妻的缺席。

但是,程妻的缺席显然与倡导男女平等的现代思想不符。没有程婴之妻,哪里来的程婴之子?亲生骨肉被舍弃,生身母亲怎么没有任何抗议?母亲的失声既不合乎情理,也不符合逻辑。因此,当代的影视剧改编作品常增设程婴之妻这一角色,显示出对于性别平等的现代思想的关注,显示出对当

① 纪君祥,等. 赵氏孤儿[M]. 上海:上海古籍出版社,2010:21.

代观众尤其是女性观众的关注。

四、诗剧《中国孤儿》的重要改编分析

《赵氏孤儿》以其强大的艺术传播力成为影响后世的重要原作,有关赵氏孤儿的改编作品,还会参考相关历史记载,但根据相关历史记载改编的《赵氏孤儿》后来居上,反成为后世作品改编的重要依据。

(一)时代背景与主题立意的变化

1732 年,元杂剧《赵氏孤儿》由马若瑟译成法文;1735 年,这个译本被收入杜赫德主编的四大卷《中华帝国全志》里。马若瑟删去了原本里的唱词,在有唱词的地方标出:一个角色现在“唱”或者“背诵一些诗句”。伏尔泰被剧中所表现的牺牲精神与高尚的道德力量所感染,萌发了改编的念头。1745 年,伏尔泰完成《中国孤儿》初稿,1755 年 8 月 20 日,该诗剧首次在巴黎的法兰西歌剧院公演。

在此之前,卢梭发表了反对启蒙哲学的著作《论科学与艺术》,书中认为文明是痛苦与堕落的根源,并以中国为例,将中国视为一个“受文明腐蚀的国家”,其高度发达的文明致使国家覆灭,而被鞑靼人征服蹂躏。伏尔泰将《赵氏孤儿》的情节由春秋时期移至成吉思汗时代,着力描述蒙古征服者最终被汉民族的文化所征服,从而显示理性的胜利。他认为,虽然汉民族政府被蒙古人征服,但其文明却始终占据着优胜地位,成为实质上的统治者。“作者在剧中贯穿着教人以德,使普遍的理性抑制人们的利己欲望,来建立和平与幸福社会的原则。”①

伏尔泰在剧中刻画的伊达美这个形象无法与原作中的任何人物对号入座,她既不肯交出王子,也拒绝以自己的孩子代替,更不愿失节以求两全,这其中有忠义和人伦的统一,也有“大义”和“小节”的矛盾。伏尔泰将伊达美塑造成理性、母爱和贞节的化身,很明显,伏尔泰的哲学使他不肯丢掉个人的自然情感,来成就什么“大义”,却也无法把个人情感抬到足以牺牲国家利

① 范希衡.《赵氏孤儿》与《中国孤儿》[M].上海:上海古籍出版社,2010:197.

益的高度。因此,在两相权衡之下,伊达美只有选择三人俱亡,才不违背她所有的坚持。而成吉思汗以一个贤明君王的形象化解了不可调和的矛盾,宽恕了所有人,这是伏尔泰在开明、理性的君主制之下追求自由与平等的理想的最佳体现。

(二)主要人物与关键情节的变化

《中国孤儿》虽由《赵氏孤儿》改编而成,但由于时间、地点都发生了变化——由春秋之晋国改为蒙古灭宋之京城,主要人物的名字、身份、性格与主要情节均发生了巨大的变化。大致来说,臧惕相当于程婴,成吉思汗作为战胜者的首领与屠岸贾地位相似,另外,相当于程妻的伊达美被塑造出来,并成为《中国孤儿》中的重要角色之一。因《中国孤儿》与《赵氏孤儿》的区别太大,下面仅重点分析舍子救孤情节的变化与伊达美的增加。

1. 妻子反对丈夫舍子救孤

在《赵氏孤儿》中,程婴主动舍子,程妻缺席。在《中国孤儿》中,臧惕为保护小王子,同样主动舍子,但他的妻子伊达美对此表示了强烈的愤慨,责备丈夫"太薄情没有天性",不同意丈夫所谓"这孩子是我生的,比皇子又算什么"的不平等论调:

> 不,我不懂那一套骇人的忠胆义胆。……有什么贵和贱,又有什么主和臣,都不过一点虚荣定了一时的名分;天生来大家平等,倒了运大家相同,每个人都只负担自己的一份伤痛;他的一份他够了,像这样弥天浩劫,要谋自己的善后,这才是我们职责。
>
> 君王吗?呸!告诉你,他们根本就无权:凭什么把活儿子拿给死鬼做贡献?呸!什么臣呀妾呀,我们看这套名分,哪抵得上父和夫两个名称的神圣!父子之亲夫妇情,这才是根本纲纪,才是整个民族的天然义务和维系。这纲纪是神授的,其余都是人为的。①

然后,认为"我儿要紧"的伊达美向成吉思汗说明他们所抓的并非王子,

---

① 纪君祥,等.赵氏孤儿[M].上海:上海古籍出版社,2010:132-134.

而是自己的儿子。由此可以看出东西方两个不同时代的不同作者的不同价值观念。

与《赵氏孤儿》的相关情节相比,《中国孤儿》还加入了爱情戏:成吉思汗当年向伊达美求爱不成、如今再向伊达美求爱,臧惕希望妻子在自己身死之后改嫁成吉思汗,以便保护小皇子。这一提议同样遭到了伊达美的拒绝与痛斥:

> 住口,这是什么话?你把我当什么人?我岂能毁节杀夫来换取皇后之尊?你道我为母能慈,为妻就不顾节义?全无心肝的人啊,亏你说是我知己!你那副铁石心肠,一天连作两个恶:逆天性杀子全忠,反爱情休妻救国!你对不起亲生子,更对不起你的妻。[①]

在《中国孤儿》中,伊达美并未仅仅责备与埋怨丈夫,她并不惧怕成吉思汗的威势(因而敢于拒绝成吉思汗的再次求爱),她一直忠于自己的丈夫,尊重自己的丈夫,在无法两全的情况下,她宁愿与丈夫同生共死,并主动提出一起自杀以主宰命运:

> 我们的死法很多,为什么受人宰割?牵到神坛的牛羊才延颈受人杀戮,胆怯心虚的罪人才让人拖去枭首,但是英雄好汉都掌握自家生命:怎么能候个主子来宣布他的死刑?难道一个人生就要这样因循、被动!我们该效法邻邦那种刚毅的作用:他们都是高亢的,坚持着天赋人权,他们生要有自由,死要凭他们自愿:一个侮辱就可以使他们丢开性命,他们并不怕死寐,却只怕生被骂名。那强项的日本人会伺机先事自裁,决不等暴君怒目来把他送进棺材。我们教化了这些英勇的岛国之民,现在让我们来学那种必要的刚劲。也像他们自裁吧。[②]

在伊达美的映衬之下,臧惕的形象不仅远不如《赵氏孤儿》中的程婴高大,甚至还显得迂腐呆板。事实上,在《中国孤儿》中,相当于程婴的臧惕虽

---

① 纪君祥,等.赵氏孤儿[M].上海:上海古籍出版社,2010:167-168.
② 纪君祥,等.赵氏孤儿[M].上海:上海古籍出版社,2010:180-181.

然仍是主角,但只能屈居伊达美和成吉思汗之后。

2. 不一样的复仇:和平代替杀戮

在遵循三一律的《中国孤儿》中,相当于赵孤的小皇子只是一个“道具”,没有复仇的能力和时间,因此,相当于赵孤复仇的情节实际上已经没有了。但是,在《中国孤儿》中,成吉思汗对伊达美是有“情仇”的——当初伊达美拒绝了铁木真的求爱,如今再一次拒绝成吉思汗的求爱,而伊达美的丈夫还试图用假皇子蒙骗他,因此,成吉思汗是可以报仇且有能力报仇的。但最终,在编剧的笔下,成吉思汗在某种程度上成了一个“以德报怨”的人——他被伊达美和臧惕的情义节操征服,不仅赦免了所有人的死罪(包括小皇子),而且要拜臧惕为官管理蒙古军民:

> 我来颁饬令,夫人,你们就可以知晓。你们既对我公平,我也对你们公道,我在这里所见的,我可不敢相信,你们俩我都钦佩,你们服了我的心。胜利之神曾把我拥上了这个王位,以不及你们,真叫我好生惭愧!尽管我身经百战,放出了光芒万丈;你们使我逊色了,我要和你们争光。我原不知一个人会能征服他自己,这个无上年光荣,我学到了,谢谢你。你们把我变革了,就该享这份荣誉;我来叫你们团圆,我来把你们保护。你们,幸福夫妻啊,那条无辜的生命——你们的先王之子,我就交你们照应。根据战胜的特权,我原可把他堆栈,这特权交给你们,以免我胡乱施为。这孩子大难不死,我还请你们相信,将和你们的儿子同由我代作父亲。你们将看到是否我的话真实无讹。你们把我征服者已经变成了王者。(对臧惕)我请你在这里做论道经邦的宰相;希望你为政高明也和为人一样;希望你化民成俗,讲正义、阐扬理性。我要求战败之民来治理战胜之民;临民以文德为先,从此要崇文黜武,就请你控制武力,他应该向你低头;我首先以身作则,愿以我帝王之贵,身披甲手持弓箭,来服从你的箴规。①

① 纪君祥,等. 赵氏孤儿[M]. 上海:上海古籍出版社,2010:183 - 184.

在剧本的开始，尽管成吉思汗并非和平主义者而是战争挑起者，但在剧本的结尾，作者用成吉思汗实现了以理节情、追求和平的政治理想。尽管这个结尾只是作者的艺术虚构或一厢情愿，但与赵孤以暴制暴、灭掉屠岸贾全族的结尾相比，《中国孤儿》的结尾值得肯定。

五、电影《赵氏孤儿》的重要改编分析

（一）社会背景与主题立意的变化

电影《赵氏孤儿》的制作是当代中国市场经济背景下的一次文化产业活动。电影主要面向的是年轻观众。由于时代的变迁，当今的年轻人对程婴舍亲子救赵孤的行为、对赵孤杀掉与己有恩的屠岸贾的行为有着多元的看法：赞扬者有之，质疑者也有之。质疑的声音可能更强。

但遗憾的是，面对当代观众的接受现实，作为50后的导演兼编剧陈凯歌与年龄小得多的“前期剧本创作者”高璇、任宝茹等，在价值观层面上未能获得共识。

从电影《赵氏孤儿》编剧高璇的微博上获知：电影前半部的搜孤、救孤是由高璇与任宝茹编剧，后因与陈凯歌意见产生分歧，二人退出《赵氏孤儿》的创作。

高璇与任宝茹始终坚持程婴在十五年里认识到利用赵孤先认贼后杀贼、唆使少年杀人这件事的残忍，最后放弃，可能因为自己怀柔为屠岸贾所杀，也可能放弃让赵孤杀屠、自己去杀最后和屠岸贾同归于尽，甚至屠岸贾自杀也有可能。而陈凯歌认为不能在是非观上左右摇摆，坚持最后结局是一个快意恩仇的故事。

高与任退出后，据说有赵宁宇加入，当然主要还是陈凯歌亲力亲为。于是，《赵氏孤儿》前后两部分出现了两种截然不同的风格。

高与任的后半部是：程婴利用赵孤接近屠岸贾，几次杀之未遂，于是决计利用赵孤复仇，当前史披露，赵孤于情无法下手，于理必须杀屠，程婴目睹赵孤纠结，遂觉自己逼少年杀人之残忍，在复仇箭在弦上一刻，少年崩溃手软，程婴为护赵孤，以身殒命。

感觉这个结局才是与惊心动魄的上半部一脉相承的。陈凯歌弃而不用,就此错过了一个拍出五星或近五星电影的机会,真可惜。[①]

不同的人对此观点可以有不同的看法,但从中我们也可以感受到某些年轻人的想法。陈凯歌与高璇、任宝茹都认为不能在是非观上左右摇摆,但陈凯歌坚持这是一个快意恩仇的故事,而高璇、任宝茹则坚持"把反人性的行为改造成人性的光辉","程婴表现的主要是'仁',而不是原来的'义'"[②]。陈凯歌与高璇、任宝茹的矛盾,实际上是两种不同价值观念的矛盾,这种矛盾会对电影市场产生影响,引起广泛争议。

(二)主要人物与关键情节的变化

1. 舍子救孤:被动献子的阴差阳错,英雄形象的矮化消解

电影版《赵氏孤儿》无法找到一个足以说服并打动当下观众的"主动献子"的理由,于是,便讨巧地回避了程婴主动牺牲自己孩子的"动机困境",代之以"被动献子"。

面对庄姬夫人舍己救子,程婴不得不搭把手将孩子救出困境。他本以为将孩子带出赵府,交与公孙杵臼即可全身而退,但是阴差阳错,屠岸贾全城搜捕婴儿,程妻把赵孤作为自家孩子交了出去。另一边,公孙杵臼来索要孤儿,程婴只得以自己的儿子冒充赵孤交给公孙杵臼。此举本是希望公孙能将自己的儿子以赵孤的名义带出城,这样屠岸贾便无计可施,赵家的孩子作为程家子嗣也可幸免于难。可是屠岸贾封城,公孙杵臼为救孩子而死,此时说出公孙杵臼家的孩子并非赵家的孩子,非但不会使自己的孩子免于一死,极有可能导致多疑的屠岸贾将两个孩子一并处死。在这种两难之境下,程婴只得忍痛看着自己的妻儿死于屠岸贾手中。

元杂剧中主动换婴的英雄义举在电影中成为无奈、巧合、误会的结果,

---

① 小懋:《赵氏孤儿》弃用的后半部剧本[EB/OL].(2010-12-05)[2015-12-13]. http://movie.douban.com/review/4503755/.

② 《赵氏孤儿》编剧:我们的工作被前期剧本创作淹没[EB/OL].(2011-04-08)[2015-12-14]. http://ent.ifeng.com/yuping/detail_2010_12/21/3620061_0.shtml.

虽然表现了尊重每个个体生命的诉求，但付出的代价也很沉重——程婴和公孙杵臼的英雄义举被矮化。也许经过这种“去崇高化”处理的程婴更符合人性，人物形象也更为饱满真实，但数百年来“赵氏孤儿”的故事蕴含的侠义之风、悲壮之气、英雄之举却也随之大为消解。程婴不再是原著中那个为知己者死的侠士，更不是那个牺牲骨肉成就忠义的英雄，而是一个无奈面对厄运的小人物，一个利用孤儿满足复仇欲望的自私者。由此，电影引发了许多争议：有人认可这种改编，但也有人认为影片刻意矮化英雄、消解大义，拆解了故事本身所蕴含的基本文化精神。故事的基点落在了个人的情仇，无法上升到为死去的忠臣烈士伸张正义的高度，丧失了艺术作品所应具有的文化品格和精神价值。

2. 程赵复仇：正义内涵被消解

元杂剧《赵氏孤儿》中的程婴身上几乎集合了中华民族所有的优秀品质——正义、忠诚、隐忍、坚韧。然而，现代观众呼吁贴近生活、符合人性的影视角色，“高大全”式的英雄人物相对来说欠缺真实性。因此，在对程婴的改编中会出现两种不同的尝试：一种是矮化英雄人物，从符合人性或生活常识的角度解构英雄的崇高性；另一种是保留英雄的崇高性，但在此基础上发掘人物生活化的一面，以增强亲切感。电影《赵氏孤儿》选择了前一种道路。程婴不再是赵氏的门客，只是一个救死扶伤的市井郎中，是给庄姬夫人保胎的医生。身份的转变让程婴的救孤行为脱离了忠孝节义等传统道德观念的支撑而成为一次阴差阳错的无奈之举。在最不恰当的时机，程婴出现在了赵府，结果被卷入政治的漩涡，救孤原非有意，献子更出偶然，却最终落得妻儿皆死、家破人亡。之后，他更是将赵孤作为一个复仇的工具，只为“杀人诛心”——“我要让屠岸贾和这个孩子亲近，把这个孩子抚养成人，然后把他带到屠岸贾面前告诉他，他是什么人，我是什么人”，计划以这种极端的方式让屠岸贾受到惩罚。

从赵孤的角度来看，电影没有打破血亲复仇的套路，赵孤仍旧只是一个复仇的工具。在影片中，赵孤对屠岸贾说：“我什么都不要，只要你的命，为我爹报仇。”然而，这个“爹”其实不是指赵朔，而是指程婴。所以说，赵孤是为完成程婴的心愿才要杀死屠岸贾的。同样是要杀人取命，电影《赵氏孤儿》中的动机与传统戏曲中的动机完全不同。电影中赵孤复仇仅仅是为了报答程婴舍子的抚育之恩,基本不具有匡扶正义、惩恶扬善的复杂内涵,甚至达不到为赵氏家族雪冤的高度。这样的改编丧失了元杂剧和《史记》中以程婴为代表的一众义士救孤、存孤以及复仇背后所传达的精神特质——忠诚与大义。

元杂剧因为淡化了程婴父子在屠岸府生活的过程,赵孤的复仇就不必面对过多的情感矛盾。而电影对程婴父子与屠岸贾相处过程的着力渲染,使得赵孤的复仇背负了巨大的情感压力。从某种程度上说,是屠岸贾成就了赵孤,而不是婆婆妈妈的程婴。屠岸贾为程勃争取上学读书的权利,带他到野外去玩耍,当他意识到面前威风凛凛的义子就是没有赶尽杀绝的赵氏孤儿的时候,还是在战场被困的关键时刻救了程勃;在与程勃最后的搏斗中,面对孩子招招夺命的进攻,他却处处留情……面对这样一个父亲式的人物,赵孤如何坚定复仇的决心,电影也没有给出合理的解释。前一刻赵孤还在和程婴拼命抢夺救命药丸为干爹治病,后一时刻就要与之一决生死,而且复仇时表情凛然,哪里还有前面大段大段铺垫应该造就的父子之情和人性纠结?当屠岸贾以一种几乎不可能的方式死于程勃剑下时,观众的感情应该是复杂的,不一定会获得观看戏曲时的那种正义战胜邪恶的简单满足,反而可能会有惋惜、同情与怜悯。

3. 反面人物屠岸贾:性格断层

在元杂剧《赵氏孤儿》中,屠岸贾作为反面人物的代表,集奸邪、残暴于一身,陷害忠良、嗜杀成性,连一个婴儿都不放过,可谓十恶不赦之恶人。改编后的电影除了把程婴这个英雄人物"人性化"以拉下神坛外,还把屠岸贾这个反面人物也"人性化"了,表现出其性格的复杂性与多面性。

晋国国君的挑衅、赵家的羞辱与排挤,他自身的嫉妒和报复心,三重推动力使屠岸贾做出杀害赵家的选择。正义的旗帜虽然在屠岸贾残杀赵家三百多条人命的时候自然而然地倒向了赵氏集团一方,然而屠岸贾养育义子的那份深情和苦心又使人看不出这个人曾经是个泯灭人性的杀人恶魔。与元杂剧中的一笔带过不同,电影为培养赵孤和干爹屠岸贾的感情留下了充足的空间和时间,用了近乎一半的情节浓墨重彩地描述了赵孤在屠府的"成长史”。与程勃朝夕相处，日常生活情境中的屠岸贾多了些世俗情与人情味。

影片一味地想要体现人性的复杂，希望能够在屠岸贾身上展现出更为全面、更为正常的复杂人性，然而这种诉求却在影片中变成了对人性的简单化、平面化的处理。由此，摔孤时的暴戾残忍与抚孤时的慈祥温和构成了电影版屠岸贾性格前后的分裂。影片没有对这种性格上的巨大转变做出令人信服的解释，让观众不得不质疑这种巨大变化的可能性。

4. 程妻出场：妇人短见的刻板形象

在电影中，程婴之妻的形象主要在程婴救孤时想以己之子偷换赵氏孤儿的行为中展现：程妻对程婴的行为极其反对，她一心想保护自己孩子，但却没料到将自己的孩子送上了死亡之路。

在影片中，赵家孤儿哭闹，程妻怀抱孤儿，边哄边开门，却遇上了前来搜查婴儿的官兵。孤儿顺理成章地被官兵抱走，成为程婴亲生儿子的替代品。公孙杵臼把程妻及程子送出城的行动未果，程妻只好躲入公孙家的墙壁夹层中。在全城一百多婴儿生命的压力下，程婴只好供出了公孙杵臼，但他没有想到公孙杵臼与自己的老婆孩子并未成功出城。公孙杵臼又用自己的死使屠岸贾相信，在墙壁夹层中的婴儿就是赵氏孤儿。这样，由程婴、程妻和公孙杵臼共同完成了“换婴”的环节。

程妻形象的设置在实现情节的逻辑建构上是有一定的作用的，她是程婴阴差阳错被动献子所必不可少的一环，为救孤的行动增添了可信度。孩子被摔死，妻子又被残忍杀害的情节，也为程婴忍辱负重、一心复仇的人生信念提供了足够的内在驱动力。但是，说到底，电影中短暂“在场”的程妻，也还只是男权社会下可怜的牺牲品，出于护子之心，却成为害死亲生骨肉的一大助力；无辜身亡，却成为程婴内心阴暗、走上复仇道路的合理注脚。由此，程妻不免被贴上了目光短浅乃至红颜祸水的标签，利弊兼具。

六、电视剧《赵氏孤儿案》的重要改编分析

（一）时代背景与主题立意的变化

电视剧《赵氏孤儿案》的制作同样是当代中国市场经济背景下的一次文

化产业活动。电视剧主要面向的是中老年观众。由于时代的变迁,当今的中老年观众对程婴舍己子救赵孤的行为以及赵孤杀死与己有恩的屠岸贾的行为同样有不同的认识。

导演阎建钢是把"弘扬民族道义"作为创作这部电视剧的中心追求的:"《赵氏孤儿》是关于'道'和'义'的故事,中国人之所以对《赵氏孤儿》怀有特殊的情结,正是由于对'道'和'义'所含价值观与美学观孜孜不倦的探求。然而,这些传统的美德在如今的社会正慢慢被淡忘和抛弃。创作电视剧版《赵氏孤儿》,我仍然要强调它的价值观传达,要努力发扬中华民族千古不变的道义精神,期望该剧能让更多人知道'道义'二字的重要性。"①

(二)主要人物与关键情节的变化

1. 舍子救孤:崇高精神的延续与杀子成仁的人伦困境

基于导演"弘扬民族道义""不会做颠覆性处理"②的初衷,《赵氏孤儿案》基本沿袭了元杂剧中程婴主动献子的思路,以此作为表现人物崇高精神的重要契机。不过,电视剧将元杂剧中的屠岸贾三剑斩子改成了程婴摔子(在电影版中是屠岸贾摔子,沿用《东周列国志》中屠岸贾摔子的描述)。让剧中道德完美的"圣父"式人物程婴选择杀子成仁,与这个古老故事里最大的人伦难题正面碰撞,"很可能会把某些蛰伏在献子、杀妻背后的一种与人类的共同价值相悖逆的错误观念传播给当代观众——即在讲述一个拯救生命的历史故事的同时,把另一个蔑视人性的故事传播于世"③。正是因为中间存在难以两全之处,导致电视剧受到较多争议。事实上,饰演程婴的演员吴秀波曾经表示:"直到拍摄时才体会到这部戏有多虐心,我的整个精力和体力都面临崩溃。心情就像阴沉的天空,很不舒服。为拍好程婴摔子那场戏,我和自己较劲了一个月,几乎精神崩溃。"④

应当指出,现在的观众既希望看到传统的英雄形象及其义举,又要找到

---

① 今天我们如何面对经典——由电视剧《赵氏孤儿案》引发的讨论[N]. 人民日报,2013-4-18.
② 今天我们如何面对经典——由电视剧《赵氏孤儿案》引发的讨论[N]. 人民日报,2013-4-18.
③ 贾磊磊.《赵氏孤儿》影片分析[J]. 当代电影. 2011(01):41-45.
④ 张子艺.《赵氏孤儿案》热播 主演吴秀波接受《西部商报》专访[EB/OL].(2013-03-27)[2015-06-16]. http://gansu.gansudaily.com.cn/system/2013/03/27/013796976.shtml.

程婴主动牺牲自己孩子的合理性，这几乎是一个死结。换言之，相对忠于原著的改编本身就是一次不够理智的冒险行为。电影中的程婴或许更能为当下社会所接受，更符合当下一些人的价值标准，而那个坚持“忠义”“诚信”的程婴或许反而会被认为是虚假的、不真实的。但是，也有人认为，作为具有道德关切、人文关怀和文化传播责任的艺术家，不能也不应该丧失对于诸如“忠义”“诚信”之类传统文化、传统美德的传扬与承续。这似乎是历史剧改编过程中，改编创作者不得不面临的困境。

从人物塑造角度来看，与电影《赵氏孤儿》中的市井化程婴不同，电视剧《赵氏孤儿案》的程婴不仅保留了原有的高大形象，又多了超凡飘逸的气质与安守本分的智慧，值得肯定。在电视剧当中，程婴不再是赵朔的门客，甚至不是与赵家常往来的医生，他是一位悲天悯人的忠义之士。这个才华横溢的历史小人物，所求的不是纵横中原身显六国，而是无愧于心地安身立命。只是，命运加身，身不由己。出于对国家的忠，程婴不得不千里迢迢从楚国返回晋国，冒死通报卑南叛变的军情；因敬重赵朔的忠良仁义，感于赵朔的救命之恩，程婴必须忍辱负重，舍子救孤。

当然，对于这位出身卑微却又义薄云天的主人公，电视剧也挖掘了他作为普通人的情感特点，比如对妻子的不离不弃、对亲儿的念念不忘、对赵孤的父子情深等，给冷面英雄身上增添了几缕柔情。而为了体现人物的真实感，电视剧还加强了细节的铺垫，如在献子前夜，程婴长达八分钟的哭诉独白，充分展现了一位父亲舍弃亲儿之前的痛苦与纠结。

儿啊，为父与你相处的时间不长，今日为父有一事相求，要跟我儿聊一聊。你若应允，可不哭不闹，你若不允，只需啼哭一声或皱一皱眉头，为父一定不去做。父母生下了你，你就此有了性命，人生不过两字：一为生，二为死。有人死，万人景仰；有人死，万人唾骂；有人死，让人拍手称快；有人死，让人永生怀念。儿啊，这几日，在这城中有许多和你一样大的孩子接二连三没了性命。为父要管你要一样东西，儿啊，为父要你的命。你，你，你若应允，便对为父笑笑。儿啊，还有太多的事，你还没有做，你还不会走路，还不会说话，还没有吃到一餐父母给你做的饭。儿啊，等为父做完这一

生的苦事,便与你相会,今生今世,永生永世,我与孩儿魂魄相依,骨血相连,永不分离。(《赵氏孤儿案》第17集台词)

2. 程赵复仇:现代法治精神的植入

电视剧《赵氏孤儿案》打破了血亲复仇的传统套路,结合当代法治观念,改变了赵孤的复仇之路。在君王默许赵孤手刃仇人的时刻,赵孤却要求按照正常的法律程序来审理屠岸贾,不仅追究他残害忠良之罪,更要惩治他通敌卖国之恶。

赵武:定罪得有证据,何况这么大的案子,一定要有充足的证据。

韩厥:对付屠岸贾需要证据吗?就凭他欠下赵家的血债,你就可以杀了他。

赵武:身为司寇,岂能滥用私刑?

韩厥:你怎么还不明白,国君就是给你这个机会让你为父报仇。

赵武:报仇?

韩厥:朝中大臣那么多,国君为何单选你为司寇?就是给你一个替父报仇的机会。

赵武:君要臣死,一句话就可以,国君若要杀屠岸贾,一声令下就行,何必要借我之手?

韩厥:国君杀和你杀大不一样,你是赵武,赵朔的儿子。赵武杀屠岸贾,名正言顺。国君是一片苦心。

赵武:国君的一片苦心?

韩厥:别在这儿愣着了,现在就去杀了屠岸贾。

赵武:我还不能去杀他。

韩厥:赵武,你还是不是赵朔的儿子?我问你,你还是不是赵朔的儿子?

赵武:赵武请教将军,当年我爹也是一个无视律法滥用私刑的蛮夫吗?

韩厥：你闭嘴，你爹是你爹，你是你，杀父之仇不报，你枉为人子。

赵武：将军，我是赵朔的儿子，也是程婴的儿子，今日得知我任司寇，义父再三叮嘱，屠岸贾就是仗着司寇一职拥有司法大权才会滥杀无辜，今日我为司寇，当秉公执法，这样才对得起国君的信任，对得起这个职位的神圣。

韩厥：你对不起你爹，对不起赵朔大人。

（《赵氏孤儿案》第40集台词）

屠岸贾经营一生，全盘皆输，在赵孤的威逼下拔剑自刎。韩厥则宣告世人：赵孤手刃逆贼屠岸贾，为赵氏复仇了。这种设计跳出家族恩怨和个人情仇而上升到对国家命运的思考，既让奸贼接受了灵魂的审判和煎熬，罪有应得，自取灭亡，同时又延续了复仇的主题，使赵孤的举动超越了一般的报私仇行为，为人物更添了几分正义的光彩。这一改编显然融入了现代法治精神，是现代语境对经典的一种延伸演绎，值得肯定。

3. 屠岸贾：反派立体化影响道德评判

电视剧《赵氏孤儿案》中的屠岸贾阴险、狠毒，但改编创作者也对这个反面人物进行了多角度的人性化开掘。

他是一个爱家爱妻的好丈夫，更是一个慈父。电视剧特意增加了屠岸贾的夫人和儿子两个人物。屠岸贾对夫人宠爱有加，当夫人去世后，他把所有的爱都给了儿子，毕生的追求只是为儿子铺路，并为了实现这个目的而不择手段。

另外，电视剧对屠岸贾与程婴之间的智慧较量也进行了诸多特写，这给了屠岸贾展现自己既邪恶又坦荡的双面人格以机会。

好人和坏人泾渭分明，对观众有有益的引导作用，会有相当一部分人去学习正面人物和其行为，批判反面人物和其行为。而电视剧对反面人物进行立体化刻画，弱化了故事开始的道德预设，会影响观众对故事的道德评判。

4. 程妻出场：性格丰满的叙事道具

电视剧《赵氏孤儿案》篇幅长，程婴之妻应该有更多的表现空间，但她仍然是一个叙事的道具,在电视剧后半段一直处在疯癫状态,只为表现程婴夫妻情深。

应当承认,电视剧将程妻这个人物性格丰满起来了。她终于有了个名字,叫宋香。宋香有着传统女性的品格,尽管市井,尽管蛮直,但温柔深情也自有风情,敢爱敢恨。从开始她与丈夫一起时的小媳妇的形象,到后来的村妇甚至是泼妇形象,都很符合宋香这个人物的生活背景、所经历的事。她随着深爱的男人一路颠沛流离,随时陷入生命危险依旧无怨无悔,上能高山危途挺着肚子独驾马车逃跑,下能周旋于晋国两大第二夫人之间左右逢源,倒也算一代奇女子。

作为一个妻子,一个母亲,能够和丈夫恩爱,给孩子关爱,就是宋香人生最大的幸福。但是"换子救孤"那天晚上,她一觉醒来发现整个世界都崩塌了,整整第十七集,宋香甚至没说一句台词,只在接近尾声的三分钟里,失魂落魄地出现在"弃子"现场。摆在宋香面前的是对于亲生孩子与赵氏孤儿的取舍,是忠于丈夫还是保护儿子的选择,还有生性多疑、残杀无辜的屠岸贾的威胁。在这种状况下,宋香的崩溃仍旧体现了隐藏在"男女平等"之下的男权思想,女性没有独立性和话语权,是男权主导下的附属品,母爱特征被压抑,只能是成就程婴国家大义的道具。

从元杂剧到电影再到电视剧,《赵氏孤儿》中程婴之妻角色的从无到有,地位的从轻到重,对于孤儿复仇悲剧叙事结构趋于完整有着重要意义,是中国社会女性地位提高和女性意识觉醒的写照。但影视剧对女性形象的塑造尚存遗憾,以至于女性的价值被遮蔽,女性的力量被消隐,无从超越"缺席"的历史语境。性别意识的缺位致使改编创作者的精品意识打折。

七、小结

从相关历史记载到杂剧《赵氏孤儿》再到后来的《中国孤儿》等改编作品,每个改编作品都有自己的长短优劣。撇开《中国孤儿》不论,元杂剧《赵氏孤儿》是一部改编得相当成功的戏剧作品,其增强人物关系、强化戏剧冲突的种种经验值得学习。电影《赵氏孤儿》的改编重新诠释了程婴救孤"忠义"行为背后的个人话语,试图以一种被现代人广为接受的价值观来重新诠释剧中人物，但未能很好地处理赵孤的复仇动机，前紧后松，从而导致观众接受上的分化。在电视剧《赵氏孤儿案》中，元杂剧的叙事框架仍然存在，人物形象也丰满和立体起来，崇高的传统价值理念被延续，值得肯定，但作品对现代观众难以接受的情节与价值观在处理上有失当之处，同样引起了争议，改编中的经验教训值得我们关注。

这个案例提示我们，每一个 IP 都有无数种改编的可能，改编创作者需要与时俱进，因地制宜。但当故事核所蕴含的价值观开始引发巨大争议的时候，无论如何改编，都有可能继续引发争议。此时，类似《中国孤儿》的处理——进一步推陈出新——就是可选的途径之一。

后 记

本书的案例分析内容于2016年完成，本为中国传媒大学研究生院案例库建设项目的结项成果（内容要比本书丰富许多），今抽出部分内容汇编成书，供更多人浏览。

曾有不少师生参与了案例的撰稿与修订工作。如今，参与撰稿工作的同学们都已经毕业离校。由于联系不尽方便，最后的修改与定稿工作主要由李胜利、黄金华、杜斌完成，有些案例的文字已与初稿大不相同。具体工作名单如下：

序号	案例	初稿	修改定稿
1	天下无贼	杜斌	李胜利、黄金华
2	色戒	刘慧	李胜利、杜斌
3	让子弹飞	李化，王艺璇	李胜利、杜斌
4	金陵十三钗	杨紫钰	李胜利、杜斌
5	万箭穿心	曾子芊	李胜利、杜斌
6	法国中尉的女人	张红柳	李胜利、杜斌
7	白鹿原	曾子芊，唐佩璐	李胜利、杜斌
8	狮子王	杜斌	李胜利、黄金华
9	潜伏	王艺璇	李胜利、杜斌
10	贫嘴张大民的幸福生活	许影	李胜利、杜斌

续表

序号	案例	初稿	修改定稿
11	暗算	邢亚楠	李胜利、杜斌
12	裸婚时代	杜斌	李胜利、黄金华
13	神探夏洛克	杜斌	李胜利、黄金华
14	纸牌屋	王艺璇	李胜利、杜斌
15	西游记	曾子芊	李胜利、杜斌
16	赵氏孤儿	王佳,字宁宇	李胜利、杜斌

由于能力有限,案例分析中肯定存在各种不足之处,敬请批评指正!在未来的日子里,我们将进一步增减案例,修订行文。

李胜利

2020 年 8 月 16 日

图书在版编目(CIP)数据

影视剧改编经典案例解析 / 李胜利，黄金华，杜斌编著. -- 北京：中国传媒大学出版社，2021.2（2024.12重印）

影视艺术专业精品课系列教材

ISBN 978-7-5657-2801-3

Ⅰ. ①影… Ⅱ. ①李… ②黄… ③杜… Ⅲ. ①电影改编—案例—高等学校—教材 ②电视剧—改编—案例—高等学校—教材 Ⅳ. ①I053.5

中国版本图书馆 CIP 数据核字(2020)第 202802 号

影视剧改编经典案例解析

YINGSHIJU GAIBIAN JINGDIAN ANLI JIEXI

编　　著　李胜利　黄金华　杜　斌
策划编辑　赵　欣
责任编辑　赵　欣
特约编辑　高卓毓　周　蕊
责任印制　李志鹏
封面设计　拓美设计

出版发行　中国传媒大学出版社
社　　址　北京市朝阳区定福庄东街 1 号　　**邮　　编**　100024
电　　话　86－10－65450528　65450532　　**传　　真**　65779405
网　　址　http://cucp.cuc.edu.cn
经　　销　全国新华书店

印　　刷　三河市东方印刷有限公司
开　　本　710mm×1000mm　1/16
印　　张　13.5
字　　数　207 千字
版　　次　2021 年 2 月第 1 版
印　　次　2024 年12月第 3 次印刷

书　　号　ISBN 978-7-5657-2801-3/I·2801　　**定　　价**　56.00 元

本社法律顾问：北京嘉润律师事务所　郭建平